野上豊一郎の文学

――漱石の一番弟子として――

稲垣信子

明治書院

はじめに

野上豊一郎は、夏目漱石の愛弟子の一人であり、また『秀吉と利休』を発表した野上彌生子の夫である。

彼自身は能楽研究者として、昭和十三年には『能　研究と発見』で文学博士号を取得し、海外交換教官として「能を中心としたる日本文学史」の題目で、イギリスをはじめヨーロッパ各地で講演をしているが、漱石が亡くなるまでは、文学の道を歩いていた。

わたしの所蔵している極めて乏しい野上豊一郎関係の参考文献をほんの少し調べてみただけでも、「著作年表」や「資料年表」から推して、かなり膨大な作品が残されていることが分かるのだが、今までに彼の著作をまとめる人が出なかったのは何故であろうか。

友人も多く、教え子にも恵まれていたにも拘わらず、没後六十年以上にもなるのに、未だ『野上豊一郎全集』は刊行されていない。

わたしは自分の『「野上彌生子日記」を読む』（上・下）が明治書院から二〇〇三年に刊行されて間もなく、法政大学構内に設置された野上記念法政大学能楽研究所を訪れたことがある。

当時、所長をしておられた表章先生が、豊一郎の著書や蔵書のぎっしりとつまった資料室に案内してくださり、謡曲本の納められた桐箱まで棚からおろして見せてくださった。

その時、わたしはふと表先生に「豊一郎の全集が出版されないのはどうしてでしょうか」とお訊ねした。

かねがね不審に思っていたので、つい口から出てしまったのだが、表先生はこの思いがけない質問に戸惑われたらしく、しばらくわたしを見つめておられた。

「それをなさることができたのは、彌生子先生だけでした」

としぼり出すようにおっしゃった。

そう言えば、豊一郎亡き後、彼の著作権は未亡人の彌生子に移ったはずである。彌生子が認めない限り、できない相談だったということなのだろうか。

豊一郎は彌生子と結婚後間もなく、漱石に彼女の処女作を紹介し、発表の場を得てもらったことがある。妻に頼まれたからなのだが、そのことを彼女が忘れてしまったとは思えない。

漱石亡き後、豊一郎は文学作品をものするのを止め、能楽一本に進んで行った。

今、若かりし頃の豊一郎の文学をご紹介するのも無駄ではないと思う。

目次

＊本文中の〃〃は原文からの引用を示す。

第一章　豊一郎の臼杵時代

野上豊一郎は一八八三年（明治十六年）九月十四日、大分県北海部郡福良村二四六番地（現在臼杵市大字福良二十八番地）、通称平清水《ひらそうず》に、野上庄三郎・チヨ夫妻の長男として生まれた。彌生子より二歳年上である。

一八九〇年（明治二十三年）四月、臼杵尋常小学校に入学、さらに一八九四年四月、臼杵尋常高等小学校に進み、一八九七年（明治三十年）三月に卒業。四月には創設されたばかりの大分県立臼杵中学校（現在県立臼杵高等学校）に入学した。第一期生である。

わたしはちょうど百年後の一九九七年三月三十日に、臼杵市を訪れ、当時まだお元気でいらした篠田美佐子さんに案内されて、豊一郎が住んでいたといわれる家屋を表側から見せていただいた。豊一郎とは全く関係のない住人だったので、内部に入ることはできなかったが、酒、煙草、雑貨を売っていた店の面影は残っていた。あまりにも小さく地味な感じで、法政大学総長にまで登りつめ、大学構内に能楽研究所を設置した豊一郎の育った家とは、とても信じられなかった。家並には、新聞販売店やペリカン便の黄色い幟《のぼり》を立てた店、軒の浅い木造二階建の旅館などがチマチマと肩を寄せ合い、なんとも古びた通りであった。

わたしはその時ふと思い出した。彌生子が亡くなってから発表された、谷川俊太郎とのインタビューの中の彌生子の発言である。

——野上の家は美濃の野上の里の出生で、稲葉氏の財政の係だったの。その関係で兄弟二人が非常に仲良く国分煙草を作って、大阪に輸出をしていたの。だから野上の家には格子づくりの貧相な工場があって、そこを通るといつでもチャキチャキと煙草切りの音がしていたそうよ。商売も堅いし、その頃はお金がたくさんあったのね。

ところが、人のいい弟が鉱山の仕事に手を出して破産した。お兄さんである野上の父は、自分が責任をもつからといって、何もかも払っちゃった。だから野上は高等学校時代は給費生かな、そんな事情で育った人なの。（「思い出すことども」昭和六十年（一九八五）六月一日発行の「中央公論」に、未発表インタビューとして掲載。）

煙草の小売店というのも、その名残かもしれない。

それに比べると、大分県立臼杵高等学校は、明るいオレンジ色の校舎で、白枠のガラス窓もよく磨きこまれ、空調設備も各教室の外に見受けられて、大そう立派であった。

正面玄関には「平成七・八年度　高等学校文部省指定生徒指導研究推進モデル校」の大きな看板が掲げられており、その熱気が外部にも溢れているように思われた。

わたしはまだ「野上彌生子日記を読む」を「双鷲」*に執筆中だったので、名乗りをあげて訪問するのはためらわれたが、当時の校長先生にはお会いしたかったと、今になって後悔している。

臼杵中学校には、彌生子は女性なので進学できず、豊一郎とは別の道を歩んだ。しかし、臼杵尋常小学校には豊一郎の二年後に入学したはずである。その頃の二人の関係はどうだったのだろうか。

当時、臼杵では学校以外に、漢文や国文を習いに私塾へ通うことが流行していた。いわゆる「本読に行く」である。彌生子は「その頃の思ひ出——師友のひとびと」（昭和十七年四月一日刊「婦人公論」）に次のように書いている。

——今は廃《すた》れてゐるが、私たちの育つ頃、郷里の臼杵《うすき》では「本読に行く」と云ふことが流行《はや》つてゐた。学校以外に漢文や国文を習ひに行くのである。菊川南峰《きくかわなんぽう》と云ふ陶淵明風な超俗的な漢学者と、久保千尋《くぼちひろ》と云ふ小中村清矩社中の国学者が代表的な先生で、野上などは菊川先生組であつたが、私は久保先生のところへ通つた。

しかし、「本読に行く」の後は、明治女学校時代に移り、豊一郎のことは何も書かれていない。中学時代の豊一郎は、どんなふうな少年であったろう。

彼は「本読」を途中で止め、健康な身体作りをするために、柔道に通ったという。また、中内蝶二、大町桂月が選者となっている「中學世界」に、随時投稿していた。

豊一郎は読むことも書くことも好きな文学少年だったのである。

「中學世界」は、わずか一二〇ページ程度（附録が付いた時は二〇〇ページ）の雑誌だが、実に細かい活字で二段組に印刷されていて、内容もバラエティに富み、イラストも面白い。月平均二回発行。定価二円。

論文、小説、エッセイ、詩、和歌、俳句と、中学生の投稿とは思えないほどの作品で、明治三十年当時の彼らのすばらしさに驚嘆する。
豊一郎の中学生時代のエッセイは次の通り。
「戸次原の古戦場」（明治三十二年三月十日号）
「沈堕滝」（明治三十二年八月二十五日号）
「早吸のながめ」（明治三十二年十二月三日号）
「田舎めぐり」（明治三十三年三月十日号）
「月夜の音頭瀬戸」（明治三十三年六月五日号）
「文明と野蛮と」（明治三十四年六月二十日号）
「和文英訳――英文の論文」（明治三十四年九月十日号）
「意志の強き英雄」（明治三十四年九月二十日号）
豊一郎が臼杵中学の三年生から四年生にかけての投稿で、「戸次原の古戦場」から「月夜の音頭瀬戸」まではすべて旅行記。漢字が多く、表現も固く大げさで辟易させられるが、力強いことは確か。
「戸次原の古戦場」の冒頭。
――噫、古戦場――殺気天地に充ち、腥風惨憺たりし昔、剣閃き飛矢叫びたりし處。

四〇〇字詰原稿用紙に換算すると約八枚だが、この調子が続く。戸次原で戦った武士たちの姿を想像して書いたものだが、文末の批評は次の通り。

——李華「吊古戦場文」より出でたるが如きも稍脱化の妙を得ざるものあり。

漢文で習得した文章を、十六歳の若者が背伸びして綴ったものと見なされている。しかし、この評を得たことが、逆に豊一郎を奮起させたらしい。

第三作の「早吸のながめ」は、「明治青年文壇特集号」の普通文のジャンルで、第二賞を獲得している。

——地図を繙きし者は知らん。四国の西端に方りて一脈の長棧西に奔り、東緯百三十度の海中に蜿蜒として斗出するものあるを。

冒頭は相変わらず固いが、第一作に比べて分かり易くはなっている。批評も温かく、豊一郎は歓喜したことだろう。

——筆路極めて軽快、よく早吸の瀬戸の勝を記し得て殆んど遺憾なからんとす。壮遊思ふべし。

入賞作品なので、活字もやや大きく読み易いが、普通文なのにやたらに傍点をつけているのが目障りだった。

次の「田舎めぐり」は、「青年文壇」のジャンルで甲賞を獲得、「月夜の音頭瀬戸」では坤《こん》賞を得ている。

次第に力を認められていっているのは明らか。

そして中学五年生、十八歳の夏、初めて旅行記ではなく、論文「文明と野蛮と」で、第四賞を与えられた。

この号は「英才詞苑　夏の巻」と名付けられた特別編集で、巻頭の写真もカラー四ページ、モノクロ八ページといつもより多く、本文一四七ページに附録八四ページを加えた分厚なものとなっている。

豊一郎の論文は、都会人の奢侈と田舎者の質朴を比較しながら、文明国が未開人にことごとく滅ぼされた例をあげている。歴史書をよく読んでいなければ書けない内容である。論理も一貫して分かり易い。

批評も初めて大町桂月が署名入りで賞讃している。

――文明の幣を論じて、また余蘊なしといふべし。

次に受賞したのは、「和文英訳」で、「青年文壇」の第五賞。筆名も所属中学校名もすべてローマ字だが、タイトルはない。

内容は多くの政治家が昔から不慮の死を遂げていることを、古今東西の例をあげて実証している。これも歴史書から生まれた作品だが、単語数は一二〇程度で、やや物足りない。

中学時代最後の作品「意志の強き英雄」も論文。冒頭で、結論を述べている。

——確信すると能はざれども、概して東洋の英雄は感情激しく、西洋の英雄は意志強し。

この結論を読者に納得させるために、洋の東西の英雄の言動をあげていて、なかなか面白い。豊一郎が歴史書ばかりでなく、伝記もよく読んでいることが分かる。

批評は大町桂月。

——よく幣の在る處を観破せる者。

この「意志の強き英雄」は、臼杵中学校の第一回卒業記念帖にも掲載された。

臼杵中学校時代の豊一郎は、文字通り質実剛健の九州男児だが、別の一面もあったことが「中學世界　夏期増刊」（明治三十九年六月二十日刊）の「ハンモック」の章の中に現れている。タイトルも「吾が最初のキス」。

豊一郎はすでに臼杵中学校を卒業して上京、第一高等学校から東京帝大に進んで二年生となっている。

このタイトルから、わたしは当然、彌生子とのそれを想像したのだが、内容はまったく違っていた。

——われ未だ中学校の初年級なりし程のことなりき。葭堀《よしぼり》とて今は一本の葭も生へねど蓮多く咲く池の畔《ほとり》に、エベールと呼ぶ加特力《カトリック》教の牧師住みたり。佛蘭西人にて、いと親切なる人なりき。我は親しき一人の友と一週間に三度必ず此処に行くを常としたり。佛蘭西語の初歩を教はる傍、或は巴里羅馬の物がたり聞き、或はエベールが奏づるピアノに合せて歌うたふなど、さま〴〵の娯《たのし》みに二日目の来ることのみ待たれて、月水金の午後は、学校の授業終るとすぐ、葭堀の池をめぐりて名も知らぬ西洋花の咲ける門を潜《くぐ》り、すり絵のがらす窓より、小さき顔のぞけては、うろ覚えのおぼつか無げにもコンマン、ブルー、ボルテー、ブー、モンペールと呼びかけたり。『モン・ペール』とは其のころ信徒どもが使へる語なりしを、我らも真似してエベールを呼ぶに斯く云ひたり。

（「吾が最初のキス」）

冒頭からいささか雰囲気の違うことが読み取れる。

いつもは筒井君という友人と二人で教会を訪れるのだが、あいにく彼は都合が悪く欠席してしまう。豊一郎はせめてカンパニヤの昔話でも聞こうと思い、独りでエベールの所へ行く。彼は教会の裏木戸から花園をめぐり歩いている神父を見つけ、先生！　と走り寄る。エベールは、独りで訪れた豊一郎に「よき児なり」と言い、桜草の花を摘んでそのポケットに挿し入れ、にっこり笑った。

エベールは私室に豊一郎を導き入れ、自らコーヒーをたてて勧めてくれる。そして「御身は神様を信ずるや」と問いかける。しかし、豊一郎はすぐには頷けない。

幼い時から仏教の教えにある極楽の蓮の花と、地獄の剣の山は想像されていたが、天国にいるという天使の姿を描くことはできない。

するとエベールは「御身は可愛き児なり」と言いざま、豊一郎の頭をかき抱いて、その額に接吻する。驚いて眼を大きく見開くと、再び熱い唇を押し付けてきた。

――幾年か過ぎけむ、今は昔のことゝなりぬ。さても髯美しき『モンペール』何処の果にゐますらんか。

ラストの二行に、豊一郎の想いがこもっている。

＊「双鷲」（そうしゅう）
稲垣瑞雄と妻・楢信子の二人誌。一年に二回、春と秋に出版。約80ページ。
詩、小説、評論、戯曲、随筆等掲載。表紙、挿絵、カット、すべて稲垣瑞雄。
創刊：昭和四十九年五月十九日
価格：創刊当時は五百円、現在千円
最新号　八十三号　二〇一五年二月三日刊
発行所　双鷲社

第二章　一高から東大へ　進学そして学生結婚

明治三十五年（一九〇二）三月、豊一郎は大分県立臼杵中学校を卒業生三十五名中、首席で卒業した。

同年七月、東京の第一高等学校を受験して合格、九月には上京して、一高の寄宿舎・西寮九番室に入った。

豊一郎は何故、熊本県の第五高等学校ではなく、遠く離れた一高を目指したのだろうか。これは、わたしの推察だが、小手川酒造のヤヱが二年前に上京して、叔父の家から明治女学校に通っていることを知っていたからではないだろうか。しかも、その叔父というのは、三年前の明治三十二年に、板垣退助を臼杵に連れて来ている小手川豊次郎なのだ。このことは臼杵でも大評判だった。政治家について、当時の青年が無関心であったはずはない。いわゆる青雲の志を抱いて上京した、というところか。

一高の寮の同級生には、一生の友人となった安倍能成や、華厳の滝に飛び込んで自殺した藤村操がいた。

この寮生活については、「中學世界」第九巻七号（明治三十九年六月十日刊）に、「一高自治寮生活春の巻」として、鳩箭子のペンネームで発表している。四〇〇字詰原稿用紙に換算すると約二十枚。二段組十二ページ。

一、小使室物語　二、寒稽古　三、紀念祭（三月一日）　四、春色　五、花やすみ　の五章。冒頭には椿の花の並んだ飾りも付され、なかなかの扱い。

　九月の入寮時から春休みまでの半年間の一高自治寮生活を、講談調で紹介。総ルビなので漢字も読めないことはないが、見た目には煩わしい。その反面、寮生たちの会話は、いかにも若者らしく闊達でさわやか。当時の弊衣破帽の群像が躍り出てくる。

　中でも三月一日の一高祭の描写には、豊一郎も力を込めたらしく、催物のすべてを細部にわたって記している。

　各寮の飾り付け、新寮歌の発表、相撲大会、剣道、撃剣、弓道の試合、仮装行列、喫茶店、音楽隊、素人狂言や一幕物の演劇など実に盛り沢山で、その渦中に入って歩き回り、目眩がしそうなほどである。

　挿絵もすべてこの紀念祭のものらしく、学生帽をかぶり前掛けを付けたお茶売りや、酒やビールの入った箱を胸の前に肩から下げた、駅弁売りのような学生、〝女子大學のフートボール〟と称する看護婦姿の少女たち、窓辺に寄り添って読書する和服姿の女性など、想像をかき立てられる。

　文末には〝次號―夏の巻（新緑の向ケ丘、俳句會、郊外スケッチ、對外マッチ、遠足、歸省）〟と予告があり、豊一郎の一高自治寮生活に対する意欲と愛着がうかがえる。

　それもそのはず、同号には「評論（一）」として巖谷小波、「文學談片（五二）」として、夏目漱石も寄稿しているのだ。表紙は「六月」と題された平福百穂の絵。ギリシアの女神が、左右に二つ口のついたラッパを吹いている。

しかし、次号には「夏の巻」は掲載されず、八月十日号になった。二段組十二ページ、四〇〇字詰原稿用紙に換算すると約二十四枚くらいか。筆名は前と同じ鳩笛子。イラストも二葉。今度は応募画の中から賞を得た、宮崎與平の「悠流」。遠くに林を疎らに見せた島影と中央左寄りに帆船、流れが美しい。もう一葉は、何かの講の幟を立てた学生たちの集まり、こちらは粗いスケッチ風。

内容は、一、新緑　二、十傑當選　三、生徒控所　四、ノックの響（對外野球仕合）　五、郊外スケッチ　六、日曜日　七、歸省。総ルビ付き旧漢字は前作と同じ。

「春の巻」のような漢文調のこわばった文体ではなく、肩の力を抜いたやまと言葉で、ずっと読み易い。生真面目な一高寮生活の紹介というより、豊一郎自身の感情が素直に流れ出ていてほほえましい。

豊一郎が最も面白がって書いているのは、第二章の十傑當選である。

西寮茶話会の余興として、「西寮十傑」の投票が行われ、大食家、朝寝坊、獰猛家、美声家、勉強家などが選ばれる。豊一郎の同室の本山君は常日頃から「ラ・マルセーユ」を調子外れの大声で歌って皆を辟易させているので、逆にそれをからかうつもりで票集めをして当選させるが、本人は得々として歌って聞かせる。いかにも明治の若者の剛胆さが溢れていて微笑ましい。

もうひとつ面白かったのは、第四章の「ノックの響」である。冒頭を紹介しよう。

――『フエーア、ヒット！』

静《しづ》まり返《かへ》つてゐる運動場《グラウンド》の寂寞《せきばく》を破《やぶ》つてカチーンと計《ばか》り小気味《こきみ》のよいノックの響《ひゞき》と共《とも》に、アンパイアは鋭《するど》い聲《こゑ》で斯《か》う宣告《せんこく》した。その時早《ときはや》くS.S-2Bのヂレクトの熱球《ねつきゆう》は、数《す》千の人《ひと》の視線《しせん》を導《みちび》いて飛去《とびさ》つた。満場《まんじよう》の拍手喝采《はくしゆかつさひ》は俄《にわか》に起《おこ》る。此時今《このときいま》の打者《バツター》の黒田はバットを投《な》げ捨《す》つるが早《はや》いか、飛《と》ぶが如《ごと》く已《すで》に一壘《ファースト》を陥《おとしい》れたのである。

米艦ケンタッキーの乗組員の選手と、一高野球部との試合である。数千の観客が入っているらしく、歓声が伝わってくる。スコアは米艦ケンタッキーチーム0、一高27。ほんとうかしらと首を傾げたくなるが、末尾は、

――上野《うへの》の森《もり》、天王寺《てんのうじ》の塔《たふ》は、淡紫《うすむらさき》の色《いろ》ほんのりと夕靄《ゆふもや》の裡《うち》に包《つゝ》まれてゐる。

とはなはだ詩的である。

どうやらこの「一高自治寮生活夏の巻」は、豊一郎の創作らしい。というのは、第七章の帰省では、主人公に弟妹がいることになっている。豊一郎は一人息子で兄弟はいないはずなのだ。そのせいか、彼はまだ書き足りなかったと見え、「自治寮生活後日譚」として、同じ鳩笛子の筆名で「中學世界」の明治四十年一月十日号に発表している。四〇〇字詰原稿用紙に換算して、三十枚程度。「同室會」「剛健の氣風」「一高の詩的なる點」「一高の名物」の四章。イラストは大

きいのが一葉、小型のが二葉。串に餅か芋片を挟んで囲炉裏を囲んで相対した学生服と羽織、袴の若者二人が約二分の一ページ分を使って中央に。小型のは幾年學模様(一)と(二)。なかなかしゃれた感じである。

最初の「同室會」には、西寮九番室の仲間七人が登場する。内田、永田、芝辻、立花、本山、島崎に豊一郎が豊國の樓上に集い、痛飲している場面から始まる。

大学を卒業し、学士になっても、博士になっても開くのだという。余程なつかしく気の合う仲間なのだろう。羨ましい限りである。ドイツ語やフランス語を縦横に交えて、文学論をたたかわせている。

ゲーテ、ハイネ、バイロン、ミュッセ、シェレー、シャトーブリアン、ラマルチーンなど外国の作家の名前が飛び交い、「實際今の青年は今少し外國文學を味ひ得なくちゃ駄目だと思ふ」と島崎君を嘆かせている。

豊一郎自身も「中學世界」に「片々録（ツルゲ子ーフ）」や「詩人ポープ及び其の批評論」「文豪スヰフト」などを、明治三十八年三月から翌年の二月にかけて、次々に発表しているのだ。もしかしたら、豊一郎はこの島崎君に自分の意見を言わせているのかもしれない。少し引用してみよう。

——寫實と云ふのは寫真の如く現實《レアル》の世戀人情《マンナー》を色も艶もなく有りの儘に寫せばそれでよい

と云ふ意味では決してあるまい、僕思ふにだね、寫實小説だつて藝術《アート》たる以上は、作者は之に對して抽象と醇化の二つの方法《みち》に依て之を美的《エツセチック》にしなくては不可《いけ》ないだらう、いゝかい、先づその抽象によりて現實の中から穢ない無趣味な分子を取り除けてさ、次にその精選した材料を醇化すれば茲に初めて一篇の藝術的の作物が出来るだらう。此の醇化と抽象を行はなくて三面記事的の出來事をいくら列べ立てた處が君、それを藝術《アート》としては——文學としては何等の價値も無いだらうぢやないか、少くとも僕は斯う信ずる。

　少し面倒な議論になってきたな、とからかわれながらも主張する島崎君に、若き日の豊一郎の姿がみえかくれする。

　寮生活から明治三十六年（一九〇三）に、豊一郎は下宿生活に移った。新住居は小石川区原町十番地の塩谷家だというが、この住所表示に、わたしはショックを受けた。わたしが奈良女子大学卒業後は新聞社か雑誌社に入りたいと思い、当時の同窓会の東京支部長・第一回卒業生の伊藤カズ先生を訪問したところ、さっそく読売新聞社の論説委員を務めていた愛川重義氏の夫人を紹介してくださった。夫人が奈良女高師の教え子だったからである。そして、その住所が原町十番地だった。芝生を敷きつめた広い庭で、ショートパンツ姿の夫人が散水していらしたのをありありと想い出す。

　豊一郎は、その下宿で寺田寅彦と出遭う。

――同じ家に寺田寅彦が独居しており、彼との親密な交際が始まる。ヤヱは下宿の豊一郎のもとに足繁く通って勉強を教わったり、また彼の身の回りの世話をするなどした。

（平井法『近代文学研究叢書　67』昭和女子大学近代文学研究室）

二十歳の豊一郎の身の回りの世話を、十八歳の彌生子がしているのだ。ほほえましく、愛らしい。学生結婚するようになるのは当然の成行だったろう。

明治三十八年六月、豊一郎は一高を卒業し、同年九月、東京帝国大学文学部に入学、英文科専攻の学生として、再び漱石の十八世紀文学やシェイクスピアの講義を受けることになった。

漱石はこの年の初めから「ホトトギス」に「吾輩は猫である」を連載しているので、文学好きの学生たちはその自宅にも押しかけていた。寺田寅彦、鈴木三重吉、森田草平、小宮豊隆、安倍能成、岩波茂雄、阿部次郎、津田青楓らと共に、漱石山脈の一角を占めた、いわゆる木曜会である。

さらに翌年の八月には、小手川ヤヱ（彌生子）と正式に結婚。新居は、巣鴨町上駒込三八八、内海方。

この新居付近の写真が「野上弥生子展」の図録（一九八五年刊）に載っているが、狭い通りに木造二階家が犇めき合い、窓から洗濯物が食み出ているようなごたついた所である。だが、豊一郎夫妻の住んだのはおよそ八十年以上も前なので、おそらく閑散としていたことだろう。同図録に併載されている「明治末の山手線駒込駅付近」の写真は、林の連なる土手沿いの淋しい田舎道で、電車もたった一輛で走っているのだから。

彌生子との結婚については、豊一郎の小説「赤門前」に実に面白く描かれている。「赤門前」は、野上臼川のペンネームで、明治四十二年（一九〇九）九月八日から同年十二月二十九日まで、九十一回に亘って「國民新聞」に連載されたもの。

一回分は、四〇〇字詰原稿用紙に換算して三枚から五枚程度だが、合計すると二四五枚にもなり、単行本一冊分として丁度よい長さだ。これが何故、実現しなかったのであろうか。百年後の現在読んでみても、内容は面白く、当時の東京の風俗、習慣、風景など実に豊かに描かれているのだ。

主人公は、東京帝国大学文科大学英文科四年の聞太《もんた》。彼は英文科主任教授であるイギリス人のリーマン博士の、一方的な「卒業論文廃止、合否は授業内での試験で決定」という通告に、仲間の学生たちと共に反対運動を起こしている。理論と感情の渦巻く中で、友人の高辻君との会話を通して、文学、哲学、読書、女性論などが展開され、豊一郎の内面が次第に明白になってくる。

次に彌生子と思われる同郷の少女、静子との交流が、しめやかに、しかも色っぽく綴られている。彼女は染井橋近くの叔父夫婦の家に寄寓して、明治女学校に通っているが、「赤門前」の㈠では、静子との仲を次のように描写。

――今では如何なる時に於ても静子は自分を待つ者となつた。それで氣分のむしやくしやする時などは直ぐ下宿を飛び出して無意識に歩いてさへ居ると、足は獨りで染井橋を渡つて了ふ。

叔父は留守勝ちの政商。モデルは明らかに小手川豊次郎。その妻は柳橋で左褄をとっていた美しい女。両者ともやさしく二人を見守っている。

この平和な家に、突如として執達吏が襲い、家財道具ばかりか叔母の持ち物や静子の着物にまで、差押えの札を貼り付けてゆく。叔父が代議士の連帯保証人になって金を借りてやったが、その男・丸田がどうしても返金しないので、突然叔父の所に差押えが来たのだ。

この場面は、四十七、四十八、四十九と連載されているが、まるで映画でも見るように生き生きとペンが走っていて面白い。

この人騒がせな叔父から、聞太は「米國移民條令」の翻訳を頼まれ、一ページについて五円という、かなり高額なアルバイトができ、卒業後の就職の面倒までみてやろうなどと言われている。

次に、その間に挟まれながら飛石のように続き、最後近くなって連続するテーマは、故郷に残してきた聞太の両親のことである。老父母は、古い藪の奥で淋しく暮らしているが、東京大学で勉強中の聞太には心配かけまいとして、父親の病がかなり悪化しているのに知らせない。

「赤門前」の末尾は、ようやく帰郷した聞太が、母親の手助けをし、父の介護に当たる生活に入ったところ。山伏に祈禱させたりもするが一向に快くならない。そこへ、聞太の身を案じた静子から、これからそちらへ行くという電報が届く。結びの一節。

――其時、静子から電報が来た。而して今新橋を立つ、とあった。

明治四十年（一九〇七）二月には、漱石の推輓を受けて、彌生子は「ホトトギス」に処女作「縁」を発表した。仲介の役を担ったのは、夫の豊一郎であった。

第三章　卒業論文
（ロバート・バアンズについて）

明治四十一年（一九〇八）四月、豊一郎はスコットランドの詩人ロバート・バアンズ（一七五九〜九六）論をロレンス教授に提出し、六月に口答試問を受けて無事パス。七月には晴れて東京大学文学部英文科を卒業、大学院に進んだ。

このロバート・バアンズについて、豊一郎はお馴染みの「中學世界」にこの年の十月号と十一月号の二回に亘って紹介している。

十月号は「蘇國の郷土詩人」、十一月号は「バアンズの詩（評釋）」。十月号のペンネームは臼川だが、十一月号には、〝文學士　野上臼川〟とあり、肩肘張っていて微笑ましい。

「蘇國の郷土詩人」は、二段組十二ページ。四〇〇字詰原稿用紙に換算して約二十一枚。内容は次の十章。

一、緒言　二、バアンズの幼時　三、マウント、オリフアント時代　四、ロチリ時代　五、モスギイル時代　六、ジーンとメリー　七、エヂンボロウ訪問　八、旅行、再びエヂンボロウを訪ふ　九、エリスランド時代　十、ゾムフリス時代、死

ロバート・バアンズの三十七年の短い生涯を、その住んでいた土地の名を付けて忠実に追いかけている。スコットランド語のせいか、訳語も見慣れないものが多く、少し読みづらい。例えばエジンバラも、エヂンボロウ。

第一章緒言では、豊一郎はバアンズはスコットランド随一の詩人で、幅広い読者層を有してお

り、英国文学史上でも、抒情詩人としては第一位の地位を占める、と絶讃している。

第二章の冒頭で、豊一郎はバアンズの生涯を次のように結論付けている。

——バアンズは三十八年の生涯を旅から旅に移住して過した。貧乏は死ぬまで伴侶《ともだち》でありました。

しかし、これは十章まで通読してみると、事実は少し違うようだ。むしろ貧しい農夫の生活から這い上がろうと家を飛び出し、測量術を学んだり、良家の娘に恋をして、結婚もしないうちに双子を産ませてしまったり、上流社会のスターになって有頂天に振舞ったりと目まぐるしい人生を送っている。だが勉強好き、読書好きであったことには変わりなく、常に詩、小説、宗教書を愛読していたという。

十五歳の夏、初恋。その想いを「美しいネル」と題して詩にし、カーライルに激賞されたのが、詩人として生きる契機となったが、生活は安定せず、女のことで失敗したり、不良とつき合って堕落しかけたりし、父親は死の床で「バアンズのことが一番心配だ」と嘆くほどであったという。

それでも十代後半から二十代前半は腰が定まらず、弟と二人で土地を借りて再び農業に戻ったが、それも失敗した。けれども、その苦悩を詩作にぶつけ、長編詩を続けて発表。その詩のタイトル名を、豊一郎は次のように列挙している。

「ハロウィン」「二十日鼠《ねずみ》に與ふる歌」「農夫の土曜の夜」「悪魔に與ふ」「老農夫の老馬に與ふ

る歌」「二犬」「野菊」「愁」「ジョーリ・ベッカーズ」

二十七歳の時にバアンズは良家の娘ジーンと恋に墜ち、双子を産ませたが、娘の父親の許しが得られず別れてしまう。その後、他の女メリーに夢中になり、聖書を交換し結婚の約束までしたが、彼女も不幸にして熱病で死んだ。

これでは自暴自棄になるのも当然だが、その失意の底からキルマアノク本（バアンズの第一詩集）が出版され、彼は一躍有名になった。エジンバラの雑誌に批評が出たため、早速、上京。忽ち上流社会の花形としてもてはやされる。だが、農夫出身のバアンズには、軽佻浮薄な都会の雰囲気が鼻につき、三か月でこの地を去る。

その後、ジーンの家族とも仲直りし、正式に結婚。一家の主として、一週間に二〇〇マイルも馬で走り回らなければならない収税吏となって働くが、次第に健康を害し、床に伏せることが多くなった。

この間にバアンズ本来の抒情的短詩《ソング》が続々と生まれた。その中の傑作として、豊一郎は次の詩をあげている。

「天なるメリーに」「ラウンド、ラング、シン」「スキート、アフトン」「シルバー、タッシー」「ジョン、アンダソン、マイ、ジョー」「オブ、ア、ゼ、アーツ」「ヅーンの岸邊」。

その一方ではフランス革命の影響を受け、新しい土地で政党に入り、革命軍に武器を送ったりして当局に睨まれたという。情熱家だったのだ。

一七九六年七月二十一日、ヅムフリスで逝去。セントマイケル寺院に葬られた。

十一月号の「バアンズの詩（評釋）」は、二段組八ページだが、スコットランド語の原詩を混えて、四〇〇字詰原稿用紙に換算して十七、八枚程度。

長編詩《ポエム》より短詩《ソング》の方が秀れているといい、次の三編の詩をあげて、逐語訳を試みている。

「JOHN ANDERSON, MY JO」「OF A' THE AIRIS」「THE BANKS O'DOON」

各詩ともスコットランド語が多出するので、ひとつひとつ英語に直し、さらに節ごとに訳文を添えている。

そのやり方は、まさに中学校の英語の授業そのままで、黒板に書く字や豊一郎の講義の声まで聞こえてきそうなほどである。彼は当時、滝之川の私立聖学院英語学校の講師を勤めていたから、当然といえば当然だろう。

成績優秀だった豊一郎が何故正式の就職をしなかったのか、わたしは不思議に思う。学生結婚もし、一家の主として新居（巣鴨町上駒込三三四番地）も構えているのだから、しっかりと生計を立てなければならなかったはずなのに、講師ばかりを続けている。よほど勤め先に時間を奪われるのが嫌だったのだろうか。学者や作家になる為には、自由時間を確保しなければ駄目だと思っていたのだろうか。それともジャーナリストを志していたのだろうか。いずれにしても明治四十年に、夏目漱石が東大教授を辞して、朝日新聞社に入ったのと無関係ではあるまい。

第四章　「ホトトギス」へ

――明治四十二年――

豊一郎は大学院時代の一年間に、「ホトトギス」に短編小説を発表した。同誌には二年前に評論二編「自然派観」と「小説短評」を載せているが、小説は初めてだ。

「破甕」（明治四十二年一月一日号）

「石菖屋の婆さん」（明治四十二年二月一日号）

「床屋」（明治四十二年三月一日号）

「破甕」は、附録のトップを飾った。四〇〇字詰原稿用紙に換算して約四十五枚。段抜きで行間も広く、読み易い。

十四章に分かれ、文体も平易だが、決して感銘の深い作品ではない。

主人公は、高等学校二年の時に不意にアメリカに渡り六年後にまた突如として帰ってきた雀部《ささべ》。その友人の檜垣が彼から聞いた放浪物語を中心に、二人で同級生の、今は天文台で変星光の研究をしている峰を訪ねたり、檜垣が病母の身を案じて故郷に三日がかりで帰る話などがとめどなく流れる。「破甕」とはひびの入った酒瓶《デミジョン》のことで、雀部の行う末を暗示しているらしい。故郷の古老たちの話では、彼の祖父も狂った血を嘆いて割腹自殺をし、父親も発狂してこの世を早く去ったのだという。

雀部自身もアメリカでその恋人エルシィを争って、画家を月夜の晩に殺してしまったようなことを口走る。

雀部のアメリカでの生活を中軸にし、腰を据えて書いたら面白い小説になっただろう。

第二作目の「石菖屋の婆さん」は、二段組七ページ弱で、約十七枚の掌編だが、この方は密度が濃く、独居老人の寂しさがしんしんと心に迫ってくる。

石菖《せきしょう》というのは、サトイモ科の多年草で水辺に自生していて、ショウブに似た香気のある黄色の細い花をつけるという。これを鉢植えの観葉植物として売る植木屋が石菖屋と称ばれ、昔は栄えていたらしい。

婆さんはこの家の一人娘で、十六歳の時に三つ年上の男と結婚したが、彼は一年足らずで亡くなり、あとには赤ん坊のお雪が残された。そのお雪も七歳で里子に出してしまい、両親が死んでから六十五歳の現在まで、婆さんはずっと一人だ。

今では石菖屋は、日本橋の塩物問屋・川久の別荘で、貸家となっており、婆さんはその番人。新しい住み手の面倒をみたり、逆に見られたりして暮らしている。

雪の日の葬列、暗い森、不吉な鴉の啼き声、雨漏りのしはじめた別荘、婆さんが細々と作る石菖の小鉢など、どれをとっても物寂しいが、きっちりとした品格を感じさせる一編である。

第三作目の「床屋」はわずか十枚弱。豊一郎が床屋で顔を剃ってもらいながら見聞したことをスケッチ風にまとめたもの。登場人物は床屋の主人とその女房。それにフラリと店にやってきた腰のおちつかない若者。その三人のやりとりを『……』でつないだコント。

豊一郎がどうしてこのような作品を「ホトトギス」に出したのか、理解に苦しむ。志賀直哉の「剃刀」（明治四十三年）は、もしかしたらこれをヒントにしたのではないだろうか。おれならこう書くが、どうだ、という疳走った志賀の表情がみえるようだ。

明治四十二年六月、東大大学院を卒業した豊一郎は、高浜虚子の世話で国民新聞社に入社したが、「ホトトギス」には、九月一日号に「鵜飼」を掲載している。四〇〇字詰原稿用紙換算二十七枚の短編で、臼杵中学時代によく書いた旅行記の系列。

長谷部は友人の大庭に誘われて、波久礼《はぐれ》という地図にも載っていないような小さな川沿いの村の鮎漁を見に行く。そこに大庭の友人の画家・小園さんが逗留していて、三人で一緒に鮎釣りの舟に乗り、川を溯りながら鵜が潜って鮎を横に銜えて獲ってくるのを真近に見物する。

——流の静な所に来た時、爺は鵜を手に乗せて川に入つた。腰ほどもある水流を背にしてパッと手から放すと鵜は瞬間に水の中に潜つて了ふ。若い男と子供は網の両端を持て半円形を描いて爺を真ん中に圍む。其の中に包まれた鮎が鵜に捕られるのである。網を使はなくちや捕れないもんか、と聞いた所が、網が無くちや鮎が決して鵜の口に入るものでないと料理人が説明した。長い頸が光る魚を横に銜へて何度も水面に現はれた。而して網の中の鮎が大分捕り盡された頃鵜は爺の手元に曳き寄せられて、脹《ふく》らんだ頸を絞られる。

鵜が捕った鮎をすべて吐き出させられるのを見て、長谷部は人間なら社会主義でも起すだろうと言う。すると料理人がこの波久札にも社会主義ができましたと話す。

この他、画家の逗留している宿屋に泊まった時に見聞した旅人たちの様子や、釣舟の客たち、船頭や女中たちの動きなどを丁寧に描いている。最後は山間のけわしい道を走っていた馬車が谷底にころげ落ちた話。乗っていた三十歳前後の女は三歳の子を抱いて死んだという。後味はあまりよくないが、豊一郎と一緒に波久礼を旅し、鵜飼見物をしたような気持ちにはなる。

明治四十二年九月より、豊一郎はその後一生を通じて深い絆を結ぶことになる法政大学の前身・和仏法律学校法政大学に、英語・英文学の講師として就職した。この他に、神田神保町の私立錦城中学校にも講師として四月から勤めているので、国民新聞社と合わせて三か所に通勤していることになる。これでは席の温まる暇はなかっただろう。

しかし、この多忙の中で豊一郎は、安倍能成に誘われて謡曲を習い始めた。師匠は下掛宝生流家元・宝生新である。この謡曲が豊一郎の最高傑作『能　研究と発見』を生み出させる原動力となった。漱石や小宮豊隆も、宝生新の弟子であったというから、師弟で切磋琢磨することも、強烈な刺激となったであろう。よき友、よき師はそのまま、よきライバルでもある。啀み合うばかりが、ライバルではない。

「ホトトギス」への寄稿は、その後も半年に一度の割合で続いている。豊一郎は盟友・高浜虚子の主宰する同誌には、どんなに多忙でも原稿を送っているのだ。

掌編「槍と釣針」（明治四十二年十月一日刊「ホトトギス」）は、行変えも会話もあまりない、流れるような十七枚（四〇〇字詰原稿用紙）で、特に面白い。

主人公の修三は、その書斎に古道具屋から買った手槍を立てかけてある。何故そのようなものを買ったかというと、かわいがっていた鳩を、近所の野良猫が食べてしまったので、今度見つけたら突き殺してやろうと思ったからだ。

その手槍は人目を引くらしく、訪ねてきた人が皆不思議に思い、無闇に詮索したり、やたらに褒めそやしたりするが、彼自身は週に六時間だけ私立学校で英語を教えている、無収入に近い男である。

麹町に住んでいる叔父からは「此の世智辛い世の中に大學を卒業して置いてベンベラベンと遊んで居ると云うなあ、少し暢氣すぎやァしないか」と小言を言われる。

しかし、修三は「我々は寝ころんで世界を横に見て居るけれども頭の中の活動は片時も休息して居やしない」と、自分の私淑している先生の口吻を借りて腹の中で弁解している。

ここまで書けば読者にもお分かりのはず。主人公の修三は、豊一郎自身、叔父は、妻・彌生子の叔父・小手川豊次郎、先生は夏目漱石である。

手槍を買ったものの修三の手にかかるような野良猫ではなく、振り回すたびに失敗した。そこへ小石川の友人がふらりとやってきて妙案を授けてくれた。

――猫を捕るには釣るに限る。それは大きな釣針に牛肉を附けて障子の間から出して置くと其匂を嗅いで必ずやつて來る。その時猫を釣つて置いて、後《うしろ》から廻つて首玉をつかんで後足を結《ゆは》ひて了ふ。それから前足を結ひて了ふ。然うすれば此方《こつち》のもんだと云つた。（「槍と釣針」）

けれども、結局は猫が牛肉をすこしかじったところで、修三が早目に糸を引いてしまったので失敗した。

妻は「猫は魔物だから人の手には掛らないんですよ」と疾くから諦めているようだった。

「槍と釣針」というタイトルだが、中心は猫が卵を二つ温めている最中の母鳩を襲ってくわえこみ、縁の下へもぐり込んでしまった場面である。

――他所から歸つて來ると裏庭の方で常ならぬ人聲がした。いきなり座敷へ走り上つて見ると、細君が跣足になつて庭の眞中に立つて泣きさうな顔をしてゐた。其傍に隣家の細君が物さしを持つたまゝ立つてゐた。どちらも血相を變へて茫然としてゐた。修三は瞬間に事件を直覺した。と同時に二人の女の姿が滑稽な偶像を網膜の上に映して殆んど無意識の間に發作的の笑が腹の底からせり上つて來た。細君は口惜しさうな目をして、笑ひ事ぢや有りませんよ貴郎《あなた》、チイちやんが捕られたんですよ、と叫んだ。此場合そのチイちやんが又滑稽に響いたから笑が再び發しようとしてゐる時、隣家の細君がまァ、と云つて惘れた顔を造つた。修三は何だか見下げられたやうな意識が閃いて急に醒めた心持になつた。早く助けてやつて頂戴と細君は叫んだ。　（「槍と釣針」）

修三と妻と隣家の細君の姿が、まざまざと浮かぶ。

それから憎き野良猫退治が始まる。特に猫が捕えた母鳩をしゃぶっている場面が凄い。

――猫の出入の出來さうな口をば板で塞いで置いて、疊を一枚づゝめくつて行くと、茶の間の下あたりに黒猫の大きな影を認めた。前足で鳩の翼を抑へつけて踞《しやが》んだまゝ、二つの目を輝かしてゐるのが暗い中に朧に見えた。細君の持つて來た蠟燭を差し出して湿つぽい床の下を覗いて見ると、その距離は一間にも足らなかつた。猫は灯を見ても逃げようともせず、柔かい毛を抱いて一口づつしやぶつて居るのがあり〳〵と見えた。修三は身體がブル〳〵と震へて飛掛からうかとまで思つた。（中略）修三は暗い所を探して鳩の首だけを拾つた。艶《つや》やかな眼を固く閉ぢて黄い膜が真上を蔽うてゐた。赤かつた嘴の色も褪めてゐた。其夜修三は松の枝に提灯を下げて、小さい首を庭の隅に埋めてやつた。　（「槍と釣針」）

妻の彌生子も、半年前の「ホトトギス」四月一日号に「鳩公の話」を書いている。豊一郎と同じく十七枚くらい。

こちらの方は、母鳩を失ってとり遺されてしまった子鳩を、お曾代さんが大切に育ててゆく話。夫婦が大事に飼っていた鳩のことを、それぞれ分け持って「ホトトギス」に寄稿しているのは微笑ましい。夫の方は、母鳩を食べてしまった野良猫への仇討話を、妻の方はとり残された子鳩を育てる話として、まことに役割を心得た作品である。

ところが彌生子はこれだけでは物足りなかったとみえて、「婦人画報」（明治四十四年九月一日号）に、「弾正と呼んだ鳩」を書いている。

目の上に黒点があり、なんとなく憎らしげな感じのする鳩が猫にくわれてしまった話である。ここで、例の古道具屋から買った槍が登場する。

夫が長槍のさやを払って屋根に上がり、植木職人に示唆された瓦の上を踏みしめながら、屋根裏に巣くっている猫を探す。そこへ黒猫が飛び出してきて、玄関のさし出た庇下に飛び込んだ。夫の突き刺した槍が猫の眼を傷つけたらしいが、そんなことには怯まず、血を滴らせたまま百日紅の葉陰に駈け降り、魔物のように生垣をとび越えて消え去った。

この頃、夫妻の家には十数羽の鳩が集まっている。赤ん坊を庭で遊ばせながら、とうもろこしを撒いてやるからである。そのうち彌生子は、弾正と名付けていた鳩がいないのに気付いた。

――此不幸な弾正と云つた鳩について、私は今まで知らなかつた鳩の或一面の気質と云ふ様なものを知る機會があつた。それは温順とか、平和とか、怡楽とか云ふ様な、穏やかな文字の形容にのみ属すると思つてゐた鳩が、中々そう計りではない、場合によつては頗る激しい、残忍な気象を持つてゐるものだと云ふ事である。（「弾正と呼んだ鳩」）

「残忍な気象」というのは、弾正が生まれたばかりの雛鳩の目を突いて殺してしまうことを指す。

最初はこの間までチイチイと泣いていた雛鳩が、いつの間にか鳴かなくなる。女中が巣の中を見たところ、二、三滴の赤い血を浸みつかせて死んでいるのを発見する。

同じことが二度続いた時、鳩の弾正の鋭い嘴に生々しい血の痕を発見する。

雛鳩を狙うのは黒猫ばかりではない。嫉妬に狂った残忍な雄鳩「弾正」の仕業でもあったのだ。

第五章　旺盛な執筆活動

——明治四十三年〜四十五年——

明治四十三年（一九一〇）一月二十九日に、野上豊一郎、彌生子夫妻に、長男、素一が誕生した。豊一郎は二十七歳、彌生子は二十五歳。共に学び、共に書くことを中心に据えた知的な夫婦に、新たな生命が加わったのだ。子育てという重大な任務を背負わねばならない。

国民新聞社の編集、私立錦城中学校の英語講師、さらに和仏法律学校法政大学予科の英語、英文学講師として、豊一郎は縦横無尽に活動しはじめた。

特に国民新聞社の入社に際して力添えをしてくれた高浜虚子の主宰する「ホトトギス」には、感謝の気持ちを込めて執筆している。その中には、かなり無理して書いたと思われるものもあるが、忠実に追いかけてみよう。

先ず四月一日号に、トップ作品「涼風」を発表している。筆名は野上臼川。二段組八ページで、四〇〇字詰原稿換算、約十四枚の掌編。

内容は、初児を妻が流産した話である。この時期に、このようなものを書いたことに、わたしは少し違和感を覚えたが、素一が無事に生まれたからこそ、この世に死児として生まれた初児のことを書いたのであろうか。

主人公の耕作は、法政大学を卒業して、江戸橋の郵便本局に課長代理として勤めているが、毎日帰宅して夕飯をすますと、駒込の自宅を出て湯島の中泉産婦人科医院に入院中の若い妻を見舞う。病名は腎臓炎。

この日は国元の親たちが初孫の顔を早く見たいと言って、産衣を送ってきていた。赤い柄の女児用のもので、手紙には女の子の祝衣を贈れば、男児が生まれるという言い伝えがあるから、とその理由が平仮名ばかりで書いてあった。耕作は妻の病名を、国元には知らせていなかったのだ。妻は青白い顔に力のない微笑を浮かべて、「駄目なんですとさ」と投げ出すように言った。腎臓炎のために、胎児が死んでしまったのである。

――『樂みにしてゐたものを、如何しませうねえ。』

斯う云つた目の縁には涙が一ぱい湛へてゐた。耕作は勉めて平気を装ふつもりで、

『仕方がないさ。』

と雑作もなく斷念《あきら》め得たやうに云つて、云つた後から何と云ふ厭やな言葉だらうと自分ながら思ひ付いた。（「涼風」）

午後四時半の内診によると死んだ胎児は、今夜のうちに出てしまうのだという。耕作は何か面白い話をして妻を慰めようと思うが、何にも思い付かない。そのうちに三人のナースが大きなボール箱や銀色の消毒器械を持ち込んできたので、耕作は病室を出て廊下の突当りにある応接室に入る。

そこへ黒い手術着の上に白い前掛けを付けた院長夫人がやって来て、簡単に悔みを述べ、「奥さんは大へん神経過敏になっていらっしゃいますから、刺激するようなことはお避けください」

と注意する。

その応接室には、大きなガラス瓶の中に死児のからだが一体ずつ入った戸棚があった。耕作はアルコール漬の死児を仔細に眺めた。

――何んだ皆動物の様ぢやないか、まるで鬼の子見たいな顔をしてる。自分の子供も今にあんなになるんぢや無いか知らと思つたら、彼は非常な不快を覚えた。誰があんな目を見せるものか。残酷極まるぢやないか。今に青い顔をした院長がやつて来て、死んで生れたあなたの子供を醫學上の参考品として保存したいから預けますまいかと云ふかも知れない。きつと云ふに違ひない。其時は一も二も無く撥ね付けてやらう。おれには其んな公共心は微塵もない。子供は直ぐ焼いて了はう。然うだ、焼くんだ焼くんだ。焼いて、灰にして置けば何よりも綺麗だ。

（「涼風」）

その時、耕作は今日ふと耳にした職場の電信係の話を思い出した。彼は毎月一人で、百に近い死亡報告の電報を処理しているというのだ。今は痛切にそのことが妻と自分との間に割り込んできた。胎児ばかりでなく、妻まで〝小さい美しい歯で唇を噛んだまゝ呼吸が止つてゐる姿が目の前に見えて〟きた。

そこへナースが耕作を呼びに来た。病室に入った彼は、妻の分娩が意外に軽かったこと、死児は男であったことなどを聞かされる。そして白布に包まれた小さな自分の分身を見る。

「坊やを私に一目見せて下さい」

と妻に頼まれたが、〝長い目を閉《つ》ぶつて蕾のやうな口を結んでゐる罪のない顔を見たら、一時に感情を動かされて病氣に障りはすまいかと云ふ心配があつたから、お前は見ない方がいゝよ、と云つた。〟

死児の棺の中には、妻の願いを入れ、コスモス、ダリア、菊など秋の草花をたくさん詰め、国元から初孫のためにと送られてきた赤い柄の産衣をのせて大風呂敷に包み、耕作はそれを抱えて車で自宅に帰る。

翌日は勤めを休んで区役所へ行き、埋葬許可證《ママ》を貰う。それから小さな棺を、三河島の火葬場に運ぶ。火葬場に入るのは初めてであった。

死児の棺が紅入りの産衣を被せられ、滑車に乗って鉄の扉の中に封じこまれてゆくのを、耕作は一人で見守る。

翌日、黒い小瓶に詰められた骨と灰を抱えて、東京へ戻るのだが、その途中の川の風景が「涼風」というタイトルを豊一郎に付けさせたのだろう。

――大きな帆が朝の涼しい風を張つて幾つも幾つも通り過ぎた。岸の上には青い蘆が深く繁つて水鳥が其の上に輪を作つて飛んだ。

（「涼風」）

ラストに近い一節である。

翌五月一日発行の「ホトトギス」の巻頭を飾ったのも豊一郎の小説「椿」である。二段組五ページ、四〇〇字詰原稿用紙換算約十三枚。暗く湿った掌編。その冒頭を紹介する。

——毎年花の頃になると經驗することだが、四月初旬の太陽が乳の如く垂れた厚い雲の間から市街と云ふ市街の上に重い鈍い光を投げて、妙に氣の欝する朝が幾日も続いた。それでも大抵空のどこかの方角には明るい隙間があつて其處から碧い色が覗いたが、此日は明け方から今にも雨粒が落ちて來るんでは無いかと思はれるまで、空一面濁つた雲に塗りつぶされて、氣層の壓力が頭の上に明かに感ぜられた。往來を歩く人々の顔には男にも女にも天氣を氣に病む色が悉く印せられた。（「椿」）

何とも重苦しく暗い。克明な描写が却って雰囲気を固くしてしまっている。もう少し詩的に書いた方がよいのにと思う。写実主義とは、このような文章をいうのであろうか。

主人公は瘠せこけた頬と落ち窪んだ眼をもつ青年、恒郎。朝九時になっても起き上がれない。天井の板目を見つめたり、壁にかけられた一枚の銅版画を眺めたりする。

その絵から、かつて見棄てた女お新を思い出す。

彼女は日に焼けた小さな手をもった田舎の少女だったが、息を引き取る間際まで恒郎の名を呼んでいたという。お新が肺炎で死んで二年後に帰郷した恒郎は、うすら寒い竹藪の陰に西日を受けて立つ貧しげなその墓に参り、初めて涙を流した。しかし、彼の身体は年を追う毎に汚れ、衰えていった。

階下では胸を病んで離縁された姉が、痰をのどにからませてしきりに咳きこんでいる。この姉も運命に見放されたらしく、せっかくの初児を死なせてしまったのだ。

その上、今度は田舎から弟まで恒郎を頼って出て来るという。せっかく小学校の教師をしているというのに、わざわざ辞めて上京するなんて馬鹿じゃないか。

恒郎は考えれば考えるほど、暗く落ち込んでしまう。

　――おれは何故《なぜ》總領なんかに生れて來たんだらう。死んで生れ代るべき時が有つたら、此次は亞米利加か何處かに生れる事だ。而して苦むも一人、樂むも一人の身になりたい。義理人情の國は斯んな弱い人間には煩しくて棲めやしない。（「椿」）

「椿」の主題は、ここにあるのかも知れない。この日本という国の家族制度ほど、長男を圧迫するものはない。この作品の生まれた明治四十三年（一九一〇）以来、私たち夫婦の結婚した昭和三十二年（一九五七）まで、第二次世界大戦に敗れたにも拘わらず、長男に一家の責任を負わせる思想は一向に変わっていない。安月給の夫に次から次へと弟妹たちが田舎から上京してすがりついてきていた。また、両親もそれが当然だと思っているらしかった。わたしは外地で育ったせいか、そのような家族制度に縛られた覚えがないので、非常に息苦しかった。

「椿」の主人公、恒郎も薄給の中から毎月母親に仕送りしている。それやこれやで押し潰されそうな気持ちの中で、恒郎は二坪に足らぬ庭に、燃えるように咲いている紅椿を見る。ポタリポタリと首が脱け落ちるように散る花に、自分たち一家の未来を想像する。

読み終わって気の滅入る小説であるが表紙の絵は斬新。

南国の海辺にそそり立つ二本の椰子の樹、白い半月がゆらぐ波の上にかかり、「ホトトギス」と白抜きで刻まれている。目次に画家の名はない。裏表紙は「夕ぐれ」と題す下村為山の、微笑ましい父子の図。半裸で首に手拭を巻き、ウチワを持った父親と浴衣姿の男の子が石垣の上に並んで坐っている。裾の方に魚籠や網が達者な筆づかいで描かれ、いかにも涼しげだ。

次に紹介する「ホトトギス　定期増刊号　第二冊」（明治四十三年六月廿五日発行）の表紙も、実に華やかで魅力的である。「盛夏」らしく、ピンクとブルーのあじさいの花が一輪ずつ大きく画面を埋め、淡い緑の葉がそれを囲んでいる。手前には朱色の姫百合が五輪。図案は橋口五葉。裏表紙は、中村不折の「新緑」。みどりの草原の中のうねった白い道を、男が二人急いでいる。前を行くのは白いパナマ帽と羽織姿の主人らしい人。付いているのは、荷をかついだ人足風。だるまを象った不折のサインが面白い。

この増刊号には、豊一郎と彌生子が揃って作品を発表している。目次では、彌生子が先で「閑居」。豊一郎は三作あとで「死んだ仙三郎氏」。一段組十六ページで、四〇〇字詰原稿用紙換算約四十枚。中編のノンフィクションノベル。

第一章の冒頭に〝北山仙三郎氏に關する追憶の數々〟と宣言しているから、読者は否応なく、豊一郎と仙三郎氏とに最初から最後まで付き合わされることになる。

上京した豊一郎は、新橋まで出迎えてくれた郷土の先輩、北山仙三郎氏について、本郷弓町の下宿へ行く。そこから二人の共同生活が始まった。

仙三郎氏は村で小学校の教師をしていたが、医者の大河内氏から学資を出してもらって上京、中学校四年に編入の末、医科大学に進学し、現在は大学病院の助手となっている。将来は大河内家の養子に入り、そこの娘、伊勢子と結婚することになるのだという。しかし、彼は豊一郎に、できることなら今のままでいたいともらす。

第二章は、仙三郎氏が病院勤めの合間を縫って、同郷の学生の診察を下宿でしていること、その中には悪所通いの末、性病に罹っている法科大学生、木村もいる。また時折、許嫁の伊勢子から手紙が届くが、仙三郎氏は丁寧に返事を書いている。だが、仙三郎氏には妙に醒めたところがあって、次のように言う。

――『我々は又女に對しても普通の人の如く單に美しいとか恰好がよいとかそんな簡單な感情のみで見る事は出來ません。同時に穢い缺點がザラに目に着くから、つまり科學者が一個の物質に對する樣な態度に出でざるを得ない譯です。或點から云ふと幸福が少ないのかも知れませんな。』

（「死んだ仙三郎氏」）

ところが或る日、豊一郎は何気なく仙三郎氏の洋書の中から、伊勢子の半身像の写真を見つけてしまう。そこには鉛筆で、Vivat veginal と書き散らされていた。

第三章は、学校の日課に追われ、豊一郎も次第に忙しくなり、仙三郎氏との接点が失われてゆくことから始まる。しかし、その中で、学資を出してくれている大河内氏が、ひそかに同郷の学生、木村に仙三郎氏の素行調査を依頼していたことを知る。自分の娘の婿となる男の身辺が心配だったのだろうけれど、〝『其れ程信用の出來ない者を何故養子にするんだ。養子となる以上は親と子ぢやありませんか。親が子供の身元を他人に、而かも木村輩に依頼するつて、餘んまりでさァね。何處に斯んな分らない話があるでせう。』〟と、珍しく顔を真赤にして仙三郎氏は怒っていた。けれども約束は約束なのだ。それから一か月後、仙三郎氏は「人間はあきらめという事が必要だ」と自分を慰めるように言い、故郷に帰り、伊勢子と結婚した。

第四章。豊一郎は下宿を出て寄宿舎に入る。そこへ仙三郎氏から手紙が届いた。できれば俗界になぞ出ずに、そのまま勉強を続けてほしい。自分のことは何も聞いてくれるな、という短い文面であった。

その後の手紙で、仙三郎氏に子供ができたこと、京都へ移住することになったのを知る。そこで豊一郎は、冬休みに帰省する時に、京都駅で途中下車し、丸太町室町通の仙三郎氏の新居を訪ねた。しかし、学生時代のように打ち解けて話すことができない。妻の伊勢子はお白粉を厚くこってりと塗り、ひどく派手な身なりをしていた。仙三郎氏は話の末に、「私は奮闘の生活です」とポツリと言った。

——以前から青かつた顔が益々青く、目の腰が深く折れて三十代の青年とは思へない程であつた。（「死んだ仙三郎氏」）

第五章で、豊一郎は何故仙三郎氏が青ざめて元気がなくなっていたかを、故郷で知ることになる。

結婚前、伊勢子は病院の薬局にいた色白の少年と関係していたというのである。当然それが露見して、少年は解雇されたが、その後もこっそり会っていたらしく結婚後に生まれた子供も八か月で、どうやら少年の子らしいとの噂なのだ。

仙三郎氏の姉は、豊一郎が京都に立ち寄った話をすると、根掘り葉掘り仙三郎氏の様子を聞き、「あなたは仙三郎の子どもというのをみましたか」と問いかける。そしてさらに「兄弟の内でも、あの子が一番実直で、一番気の弱い子であつたから、今に見なさい、死んで了ひますよ」とまで断言する。

翌年の夏、豊一郎は仙三郎氏が病死したという訃報に接した。

——目に残つてゐるのは故郷で小學校を教へてゐた頃の若々しい仙三郎氏でもなければ東京

で一所に暮してゐた頃の落ち着いた仙三郎氏でもなく、去年の暮時雨催ひの空の下に見た、影の淡くなつたやうな淋しい顔の仙三郎氏であつた。（「死んだ仙三郎氏」）

最終章は、仙三郎氏が死ぬ三週間前に豊一郎に宛てて寄越した長い手紙のこと。その内容は発表できない、とあり、読者をがっかりさせる。

その夏、帰省した豊一郎は、大河内家の主人が背髄病で倒れたまま起つこともできない状態であること、解雇された薬局の少年は、その後壮士俳優の仲間に加わり、京都時代の伊勢子とも逢っていたこと、そのような苦しみに耐えられず、仙三郎氏は服毒自殺をしたのだという噂を聞く。それ以来「京都」「京都」と駅員が連呼しても、京都では決して降りようとは思わない。

話の筋だけ辿ると、ほとんど三文小説まがいだが、随所に挟まれた豊一郎の自然描写や、仙三郎氏の人生観が読む者の心に沁みてくる。

また一ページをまるまる使って描かれた宮崎與平と石井柏亭の挿画も、豊一郎の作品と付かず離れずで、意味深長。與平の「合せ鏡」と柏亭の「ふじ菊」は、仙三郎氏の浮気な妻、伊勢子を、柏亭の風景画「縄手」と「嵐峡」は京都を、そして「鼠」（與平）は、伊勢子という雌猫にからだをくわえられた鼠の仙三郎氏を具現しているようで切ない。

一方の彌生子の「閑居」は、四〇〇字詰原稿用紙換算約二十三枚の短編小説。彼女の作品によく姿を現す、美しいが足萎えの女、津瀬子。彼女の一日の生活を、現在、過去、夢、人間関係などを自在に絡めながら描いている。ゆったりとしたところと、足早に駆けるような文章が入り乱れて、決して秀作とは言えないが、彌生子らしい雰囲気が漂っている。

「ホトトギス」第十四巻第一号にも、豊一郎と彌生子は揃い踏み（文）で作品を載せている。豊一郎は「修善寺より（漱石氏病状記、二）」。彌生子のほうは附録小説のトップ「飼犬」。前者は手紙形式のエッセイ、後者は私小説風。

漱石が明治四十三年八月二十三日に修善寺の旅館で大吐血して以来、弟子たちは知らせを聞いて慌しく駆けつけた。（漱石病状記、一）は、坂元雪鳥が「八月二十四日の夜」と題して、吐血直後の漱石の様子を生々しく描写している。

危篤に陥った漱石に、次々に注射が打たれる。カンフル十五筒、食塩水八〇〇ｃｃ等。甦った彼は、その傷跡が痛いと訴えたり、杉本医師がドイツ語で、キンド、レッツテゼーエンと雪鳥に耳打ちしたのを聞きとっていて、「昨夜は子供たちを喚べと云つてたぢァないか」と口辺に幽かな微笑をうかべて弟子をからかったりしている。

漱石の面目躍如である。この他にも夫人のことを心配したりしていて、やさしい側面も見せている。

これに比べると豊一郎の「修善寺より」は、二週間後の九月七日から始まっているので、やや穏やかだ。彼も師の急変を聞いて枕辺に馳せ参じたのだが、その時のことを思うと〝まるで隔世の感があります。〟と記している。とはいえ、やはり当時のことは書かずにはいられなかったとみえ、最初のうちはその騒ぎの話題で持ち切っている。

豊一郎が漱石危篤の電報を受け取ったのは、八月二十三日夜十一時頃。その翌朝の一番電車に乗るまで、恐ろしい妄想（漱石の死）に襲われて眠れなかったこと、修善寺へは森田草平、鈴木三重吉と一緒に走ったこと等が克明に記されている。当時は、東京から三島乗り換えで、七、八時間もかかったらしい。その間、弟子たちはまだ間に合うだろうかと気が気ではなかったという。

漱石は厚さ二尺もある白い藁布団の中に埋もれ、天井から吊された氷嚢を胃の上にのせられて、絶対安静の状態だった。電灯も黒い布で包まれていて、部屋もうす暗い。駆けつけてそのまま滞在する弟子や医者のために、六部屋も借り切っていたが、二週間後の現在は、四部屋のみで、医師、看護婦二人、小宮豊隆と豊一郎、そして病室。

看護婦の「病床日誌」を見せてもらうと、脈搏、体温、呼吸、便痛など平生と変わらず、痛みもない模様とある。食物は三〇〇グラムの葛湯、一五〇グラムのスープを三度に分けて与え、その他に少量の飴とアイスクリーム。

現在なら専ら中心静脈注射による点滴のみで、絶食を強いられているところだ。

九月八日

漱石の容貌はヒゲ茫々、頬がこけ、貧血のため青ざめてはいるが、十日前とは比ぶべくもなく恢復している。

危篤当時は、眼光鋭く鬼気迫ると、安倍能成が評したけれど、現在は伏せた目のまわりに温かな色がたたえられて、どこかキリストに似ている。豊一郎が漱石にそう言うと、漱石は〝磔刑の様だと答へられた〟。

少しずつ読書も許されたらしく、枕元に雑誌が散乱している。「スバル」「新小説」「ホトトギス」「三田文學」「中央公論」など。

漱石は小説は面白くない、人事の葛藤にも興味はないと言う。考えるのは自然の推移と食物のことばかり。

九月十八日は名月だから、その晩は謡でもやりましょうか、と豊一郎が言うと、漱石は〝「それよりは枝豆が食ひたい。」〟と応じた。

九月九日

漱石が新聞を読みたいというので、鏡子夫人が「朝日」の三面と「國民」の一面のみを枕元に持ってゆく。新聞には刺激的なニュースが掲載されるからいけないと、医師に止められていたのだ。特に友人作家や親しい人の死亡記事はよくないとの事だったので、弟子たちも長與博士や梅博士の死も知らせてはいなかった。

ところが見舞いに来た某工学博士がそのあたりのことをペラペラと喋り出し、お付きの弟子が慌てて連れ出す一幕もあった。灯台下暗しの好例である。

漱石は食欲も増してきたらしく、見舞いの到来物をみんな見せろ、と夫人に命じ、勿論医師からは禁じられているので、せいぜい口にするのはドロップのみだが、ずいぶん食い意地が張っていると感心する。しかも、煙草はこっそり吸っていたとのこと。読んでいてもハラハラする。

一方、付添いのために来ている豊一郎や小宮豊隆は、毎日のらりくらりと暮らしていて学究の徒などとはとてもいえない生活ぶりだと豊一郎は正直に告白している。

――まるで牛のような遊民の生活である。健康な者さへ此では身體が悪くなりそうだ。

（「修善寺より」）

しかし、一度病室に入ると、俄然緊張し、本のページをめくるのを手伝ったりしている。特に〝死〟という言葉を避けるため、世間の話題にも神経を尖らせている。

九月十日

漱石に言いつけられ、看護婦が豊一郎たちを起こしに来る。まだ六時過ぎなのだが、漱石自身は四時頃目を覚まして夜明けを待っているのだという。

朝食後、運動不足を解消しようと、豊一郎は小宮に誘われて花摘みに出かける。鏡子夫人も同行し、白萩とカンナの咲いている家に頼みこんで切って貰い病室に飾る。

午後は医者のM氏と豊一郎と小宮と協力してヴェネティアン・アイスクリームを手作りする。漱石に供するためだが、クランクを激しい勢いで回すので騒がしい。

小田原のN君から、お見舞いにと折鶴をはじめとして、雛、早乙女、柿の花、蛙、蟹、具足箱、飛鳥などの美しい折紙が送られてくる。それをひとつずつ、枕元に並べて漱石に見せてあげる。

九月十一日

今朝も漱石に起こされる。若い者が朝寝をするものじゃない、と文句を言われている。漱石はメモ帖をとり出し、万年筆でメモをとり、それを切り裂いて東京の小さな娘に返事を書いた。

豊一郎は暇にまかせて、同宿者の様子をいろいろと書き留めているが、温泉場に泊まりに来る客の話は読んでいて面白くも何ともない。むしろそんな喧騒に近い場所に、重態の漱石をいつまで留めおくつもりだろうと、こちらの方が苛々する。

――今日は、いつになつたら東京に歸れるかと心細い事を云つてゐられた。吐血の當坐は斯んな所で死にたくは無いと云はれてゐたのが、此頃ではもう其んな事は云はぬ。歸京して病院に入る後の事なぞをよく話す。

（「修善寺より」）

見舞状もよく届く。その中で徳田秋江のものを食べる時はよく噛むように、という手紙、神田の十六歳の少年からの手紙、韓国の未知の人からの手紙など紹介している。おそらく、それらを枕元で音読してあげているのだろう。

九月十二日

漱石が床屋を呼んで、寝たまま髯を剃らせた。見違えるほど病人らしくなくなった。

——小宮が Renaissance der Jugendfrischheit ですねと云ふと、然うでもあるまいと笑はれてゐる。非常にさつぱりしたと云つて鏡を見ては顎を撫で廻したり舌を出して見たり目の縁を返して見たりしてゐた。

（「修善寺より」）

ところがこの日、漱石はフレンドを買って捲煙草にして五本も吸っている。我慢するのも限界だと思ったのだろうか。医者のM氏が留守なのをいい事にしている、としか思えない。六年後、再発させて死に至るのも、この無用心が祟ったのだ。

さて明治四十三年には、豊一郎は「ホトトギス」の他にも実によく短編を発表している。年譜より「掲載誌」名と作品数を列記してみよう。

「秀才文壇」「帝國文學」「國民新聞」「ＡＢＣ」に各一編ずつ。「新小説」「文章世界」に、各二編ずつ。「新文藝」には三編。「英學生」には五編。

「英學生」に多筆しているのは、前年より主幹を務めていたからであろう。

明治四十四年（一九一一）も豊一郎は、「ホトトギス」新年号に小説を発表している。

四〇〇字詰原稿用紙換算約三十六枚の「黍の道」。
黍とは、イネ科の一年生作物。インド原産とされ、中国では古くから主要な穀物で五穀の一つ。古く朝鮮から渡来したが、現在はほとんど栽培しない。果実は、食用・飼料、また餅菓子、酒などの原料。（『広辞苑』参考）
タイトルからしてイメージが湧かないのは、現在では目にすることができないからだろう。それだけでも不利である。しかし、内容は当時の貧しい人たちの生活が滲み出ていて胸が痛む。
一、坂　二、上の家　三、黍の道　四、夜露の四章。
植木屋へ養子として入った駒吉は、その家の一人娘と結婚して五人の子供をなした。長男の金太は十二歳、末っ子はまだ一歳で鎌と名付けられ、長女のお鉛《えん》がいつもおぶって坂の道を行ったりきたりしている。

腕のよい植木屋の養父と日頃から病がちだった妻が亡くなってからは、駒吉は一か月二十円近く稼ぐのだが、ほとんど酒に費してしまう。わずかに金太が植木の小鉢を縁日に出したりして日銭をもって帰り、弟妹にアメを買ってやったりしている。

駒吉は困ると子供を坂の上の夫婦者の家に、五十銭でもよいから借りて来いと追いやっている。哀れだとは思いながらも、くせになるからと、心を鬼にして断ったり、さとしたりしているが、夫婦者も気が気でない。

勉強のよくできた二男の銀次は、学校を退めさせられて奉公へ出され、三男の鉄三は栄養不良が祟って、からだじゅう水脹れとなり、ついに死んでしまう。

――一番に古《ふる》く煤《すす》けた小田原提灯を下げてゐるのは金太である。其次に小さい棺《くわん》を荒縄で結《いは》いて其に六尺棒を通して兩端を下げて來る二人《ふたり》は、金太の父の駒吉と其仲間である。駒吉は片一方の手に鍬を持てゐる。此は自分で墓の穴を掘る爲である。其後からお鉛《えん》が赤ん坊を負《おん》ぶして尻の切れた草履をピチヤ〳〵いはし乍ら蹤いて來る。誰も悲しさうな顔をしてゐる者はない。

（「黍の道」）

ここに、「黍の道」の真髄がある。一世紀前の東京の郊外には、このような貧しい人たちが犇めいていたのである。なんともやり切れない世界だが、子ども同士の会話、労働者たちのやりとり、坂の上の中流階級らしい夫婦の言葉など、当時が偲ばれて、まるで白黒の古い映画を見ているようである。

それに比べると、新年号の表紙は実に鮮やかで美しい。表から裏にかけて一面の梅林。鶯色のバックに黒い梅の枝が張り、白梅が満開である。左手奥に渋茶と橙いろの藁葺き小屋が五軒、右手前には村々を練り歩くらしいチンドン屋の男女が一息入れている。のどかな田舎の風景で、図案は小川千甕。

三月一日号の「ホトトギス」にも、豊一郎は暗い小説を載せている。「顔」というタイトルのもとに集められた五人の作家の中でトップに置かれているが、二段組でわずか四ページ。四〇〇字詰原稿用紙換算十枚の掌編「或る夏の夜」である。

蒸し暑い夏の夜に、頭の中で蟬が鳴きわめく。動悸も激しく、熱も上がったようだ。今にも死にそうに思え、私は隣室の平田夫妻を起こし、医者を招んでもらう。

しかし、医者は「気分のせいでしょう」とうすら笑いを浮かべている。さらに、脳神経の衰弱しているときは往々にして起こり得る現象です、とも言う。

――『さぞ變てこな顔ををしてゐたでせうね。』

と私は他人の出來事を回想するやうな氣になつて冗談の如く聞いて見た。

『本統に死ぬるのかと思ひましたぜ。』

と平田さんが答へた。細君は、

『私手觸を持て來て見ると、漬茄子のやうな顔をしてるんでせう。びつくらしッ了ひましたわ。』（傍点引用者）

（「或る夏の夜」）

この掌編の題は「漬茄子」としたほうが面白い。

引き続き四月号にも、二段組五ページ、約十二枚のエッセイ「帝國劇場所感」を寄せている。

前作「或る夏の夜」に比べると、こちらの方が豊一郎らしくすっきりしている。
文頭に●印を付けた十七項目に及ぶ演劇批評で、この年の三月二日に開場式を行ったばかりの帝国劇場の出し物を中心とした感想である。
〝三月四日　初日で山崎紫紅（頼朝）ほか上演、六世尾上梅幸・市川高麗蔵・七世宗十郎・尾上松助・森律子ら出演。〟（『近代日本総合年表』第三版　岩波書店刊）
次に、豊一郎の批評をざっと紹介してみよう。
一、エレン・テリイがシェイクスピアの演劇を理解しているのは、学者よりも役者だと主張している。〝例えば、宗教を科学的に研究している学者は、マリアの前でアーメンと唱える百姓より博識ではあるけれども、いずれが果して宗教に浸っているだろうか。〟と、豊一郎も問いかけている。
二、役者は脚本作家の意図を深く追及することが重要で、それだけの頭脳をもっていなければならない。今回の初芝居で観た高麗蔵などは、全くそれが分かっていない。
三、脚本のよいのが少ないのも、帝劇の芝居を面白くなくしている。今回の「頼朝」も然り。女主人公に扮した梅幸が苦心して演じているにも拘わらず、一向に見映えがしないのは、脚本が貧しいせいである。
四、芝居を観に行くと、前記の二項目の何れかが不満である。また、時としては二項目共にだめで、今回の帝劇の芝居は、まさにその典型。
五、「帝國劇場所感」など書くつもりはなかったし、むしろ歌舞伎については無知な見物人にすぎない。（豊一郎はここで初めてへり下ってみせた）
六、二階の特等席に招かれて芝居見物をしたが、周囲のきらびやかさに比べて、舞台が狭く薄汚い。特に最後に、浅草のルナパークみたいな場面を見せられ、これなら呂昇を聴きに行った方がよかったと、友人と語り合った。
七、ここで初めて、能と歌舞伎の比較が出る。能の方は、背景もシンプルで、小道具も極めて少ないが、役者の位置、動きなど微細な点まで研究されており、さえざえと演じられている。これに比して、歌舞伎は雑然としていて、騒々しいばかりである。

——能が接戰の光景を演ずるもの丶中に『正尊』と云ふのがある。所謂『堀川夜討』である。餘り面白いとは思はないが、それでも狭い舞臺と橋掛を巧妙に利用してキチンと締つた統一の中に十餘人の奮闘を見せて、正尊對辨慶の接戰は元より姉輪平治以下その他雑兵に至るまで、一々の變化ある白兵戰が鮮やかに印象される。ツマリ之は段取りの巧妙と云ふ事に歸せねばならぬ。僕は能を以て芝居を律するのでは無いが、芝居の段取りのまづいのは下手な實寫が禍したのではあるまいかと思ふ。

『能　研究と発見』の萌芽をここに見る。

八、『頼朝』の後で豊一郎は、満足すべき芝居に出遭ったことを記す。雁次郎の『伊賀越』である。背景も服装もケバケバしくなく、役者の所作も明白だったと評している。

九、ここも前項に引き続き雁次郎ぼめ。小宮豊隆は幕間に、森田草平をふり返って、仁左衛門のほうがよいと言っていたが、豊一郎は反対の考えだという。

十、最初の項目であげたエレン・テリイの、役者は作者にもっとも貫入していなければならない、という鉄則を、雁次郎は『伊賀越』の主人公・政右衛門で実行してみせていると評している。

十一、それに比べると、この点にもっとも欠けているのは高麗蔵で、『頼朝』などでは単に目を白黒させているだけで甚だよくない。また、梅幸の天女も美しくない。

——殊に天井から吊り下げられて悠々と宙乗りをしながらあの長大な顔でニヤリ〱得意げに笑つてゐる所は滑稽であつた。（「帝國劇場所感」）

十二、高麗蔵と梅幸の演技の批評。

十三、演者の批評ばかりをして、脚本の批評をしないのは、世間で定評があるので止めたのである。

十四〜十七、日本の女優論。二年間の稽古だけで、帝劇の舞台に立たせたのは無謀である。その上、日本の女優は、顔も身体も小さく、見映えがしない。西洋のサラ・ベルナールやエレン・テリイなどは、大きな腕、長い脚、凹凸の激しい顔など、写真で見る度に舞台上の効果が想像できるのだという。

――人種改良と云ふ事の行はれない限りは自分は女優に對して何等の期待をも抱く事が出來ぬ。

（「帝國劇場所感」）

「ホトトギス」七月一日号では、再び小説に戻って、「着港前」を発表している。段抜きで十二ページ、四〇〇字詰原稿用紙換算で約二十五枚、トップ作品である。

舞台は、大連から宇品へ向かっている陸軍病院船「みよし丸」の船上。登場人物はそこで働いている看護婦の道子と芳子、時は日露戦争（明治三十七年二月十日～明治三十八年九月五日）の最中の七月上旬の暗い夜。

大部分は、道子と芳子との会話だが、それを通してロシア兵の捕虜のことや日本の傷病兵のことが、読者にもよく伝わってくる。しかも、その中に豊一郎の思想、心情が含まれている。

――『露西亞人は一體が素直でせう。日本の兵隊のやうに何かと云ふと直ぐ切齒扼腕するといふ様な事は無い代り、コセ〳〵した處がなくて鷹揚で何處となく大國の人間といふ感じがあります。傷が痛いから泣くと云ふのも云つて見れば感情を偽らないのでせう。此春宇品の手前に二ノ島と云つて捕虜収容所があるあすこから高濱へ護送するのに露西亞人は皆んな大きな袋を背負つて行つた。その中には羽根枕やヴイオリンが入つてるんでせう。それを一人が弾き出すと一人が踊り出すぢやありませんか。そして大勢でもつてそれを取りまいて歌つてるの。わたし其れを見てつく〴〵羨しくなつちやつた。あんな人の國に生れたら同じ人間でももつと樂みが多からうと思ひました。』

『その代り戰争に負ける。』

『負けたつて仕方がないわ。日本のやうに勝つた所で矢張り何萬といふ人が死ぬるのですもの。何航海わたし達だけでも片輪になつた人を五百人づゝ後送して歸るぢやありませんか』

『本統だ。そして重病人は皆死んで了ふ。』
（「着港前」）

男にだまされて結婚したことのある道子の身の上話や、宇品に着港するとそのまま入院しなければならない芳子の苦しさが語られる。中でも道子の次の台詞は、豊一郎の真情をよく伝えている。

——『わたしは世間の人々のやうに忠君とか愛國とかの動機で看護婦を志願したのぢやありません。』
（「着港前」）

いわば、豊一郎の反戦小説といってもよいのではないだろうか。

「ホトトギス」には、どの号にも、小説や評論の他に、俳句や挿画がふんだんに掲載されているが、この「着港前」の中にも、「馬」と題された俳句が九句、一ページすべてを埋め、その他に下村為山と小川芋銭の絵がそれぞれ一ページずつ挟まれている。しかし、小説と俳句、挿画等を結びつける絆はない。こういう編集方針は、果して双方にとって有意義であろうか。わたしは少し疑問に思う。

表紙の画は、この数か月、小川芋銭の「雷公」。大きな鍵の中に、走り出そうとする雷公が横向きに描かれ、背景は稲妻のイラスト。鍵の把手の部分に「ホトトギス」と大きく筆書き。

面白かったのは裏表紙の「GEISIYA」（津田青楓画）である。眼の大きな細面の女が、グレイの地に花柄の白く浮き出た着物に、黒衿をかけた黄色の茶羽織姿で、ゆらりと坐っている。髪は耳かくし。腰にかけた朱いろの炬燵布団がなまめかしい。

豊一郎が次に作品を発表したのは、明治四十四年十月十日号。段抜き六ページ、四〇〇字詰原稿用紙換算約十三枚の日記「一部分（去年の十月の日記より）」である。

この「日記」が実に愉快だ。つまり夫婦共作なのだ。妻の彌生子のものらしい部分と、豊一郎自身のものとが混在していて、注意して読まなければ、そのおかしさが分からない。「日記」は、十月一日から十月十七日まで。

先ず冒頭の十月一日。

——修善寺より奥様のおたより。此ごろ毎日一枚づゝ書いて主人から送る繪葉書を先生がおもしろがつて見てゐられるとあつた。（傍点引用者）

豊一郎自身なら、余とか自分とか、又は我とか書くだろう。主人と書いたところを見ると、これは妻の彌生子に違いない。

次の十月二日。

――おすしと、それから肴屋が丁度鮎を持つて來たから鹽焼にして出す。坊がOさんの髯だらけな顔を見てベソをかく。（傍点引用者）

〝おすし〟〝坊〟〝ベソをかく〟という表現は、これもまた彌生子としか思えない。坊とは、前年の一月二十九日に誕生した素一のことだろう。

だが、豊一郎自身でしか書けない部分もある。十月三日の比較的長い日記。

――書棚を片付ける。此夏手に入れた佐久間大尉の遺著が出て、又くり返し讀む。余は近年此の小冊子の如く動かされた本はない。此本が水交社から出た時早速人に頼んで二冊手に入れた。（一部は先生へ。）海の底で次第々々に窒息しながら書いた此の心のこもつた手帳は、鉛筆の走り書きが浸水で滲んでゐるまゝ寫眞に取られて我々の手に落ちた。其のあわたゞしく書いた字體を眺めてゐるだけでも十分である。事實の力。忠實なる記録の威嚴。之に較べると人間の空想の浅く且つ憐れなることよ。（中略）自分は多くの書物を失ふとも此の貴重なる小冊子だけは永久に保存して尊敬したいと思ふ。（傍点引用者）

ここでは、余、我々、自分と記している。こうやって解剖してゆくと、豊一郎と彌生子が同じ日に混在していることもあって、すこぶる面白い。同じ十月三日の日記。

――餘りねむくて眠り〳〵乳をのました。（傍点引用者）

そして翌十月四日には〝小田原のN君よりハガキ。兵隊に取られたさうだ。腎臓炎を兵隊に取ると云ふ法があるか。余も來年は受けねばならぬ。〟（傍点引用者）

この「日記」の書き手は〝乳をのましたり〟〝兵隊に取られることを覚悟〟したりして、実にめまぐるしい。この他にも、読書論あり、食事の献立あり、友人との交流あり、風景描写などもあって、短文ながら多彩。

中でも、十月十一日付の漱石の帰京の際の描写は秀逸。

――今日は先生が修善寺から歸られる日である。此雨の中をどうかと思つたが矢張り歸られた。新橋まで迎へに行く。久しぶりでいろんな人の顔を見る。先生はハンチングを被ぶつたまゝ汽車から擔架に移されて胃腸病院へ運ばれた。どこで折つて來たのか野菊の花が雨に濡れたまゝ他の荷物に添へられてあつた。途中三島驛で乗り換の時こまつた話をきく。病院へ寄つて歸る。ハンチングと白いメリヤスのズボン下は歸る時に先生が自分で選まれた扮装だときいた。

この「日記」は、妻の彌生子のものだと思うがどうだろうか。〝久しぶりでいろんな人の顔を見る。〟のは、常日頃、自宅にこもっている妻の立場からしか書けない。「ホトトギス」十月十日号の冒頭には、高濱虚子の「本誌刷新に就いて」が掲載されており、深く共感した。

売ることを目的とするか、それとも自分のよいと思うものをのせるか、又、同人諸君の寄贈に待つか、虚子も悩み抜いているのだ。

豊一郎は、十一月一日号、十二月一日号に連続して、「青鉛筆」を寄稿している。原稿料が全廃されても、尚虚子を助けようと全力投球しているのだ。前者は四〇〇字詰原稿用紙換算約十五枚、後者は十枚半。いずれも枚数は少ないが、取り上げた作品は多い。

次に、誌名、作家名、作品名と、豊一郎の寸評を紹介する。文芸誌評、展覧会評、劇評が目まぐるしく混在しているので整理しておく。

「青鉛筆――十月の文藝――」（「ホトトギス」明治四十四年十一月一日号掲載）

◎「白樺」十月号

(1)ヴィンツェント・ヴァン・ゴオホの絵五枚――自画像や郵便屋の肖像も面白いが、強烈な光の中に自然が躍動している風景画がよい。齋藤與里の訳文「画題の後に附けられたゴオホの文」も興味をそそられた。

――少しも窮屈な慣習に箝束されず、其の繪の如く自然に自由な藝術の空気の中で呼吸してゐる人の生活が羨ましく思はれた。（「青鉛筆」）

豊一郎はまだゴッホの人生の苦悩を知らなかったのだろうか。

(2)志賀直哉「襖」――瀟洒な作品と認めてはいるが、次の一節は手厳しい。

――只終りの『僕を戀してくれた鈴の為めに辨護をさせて貰ふ』と云ふ三四行の註釋は自分の趣味から云へば許し難い蛇足である。（「青鉛筆」）

(3)武者小路實篤「平凡な四人の男の会話」――アナトオル・フランスの『猶太の代官』と比較し、暗に実篤がそこからヒントを得たのだろうと推測し、豊一郎自身が『猶太の代官』の解説をしている。

◎「早稲田文學」

(1)正宗白鳥「信仰」――信仰の冷めてしまった作者の幼時の追憶をきかされても、アッケないもの。

(2)相馬御風「仙人の話」――仙人の話などどうでもよく、それを語る老父とその子どもの情愛に興味をもった。

(3)前田晁「一年ぶり」――豊一郎が初めて読む作家の作品。結婚前に関係した女に、二年ぶりに会いに行く男の話がイージィな調子で書かれているけれども、柔らかな情緒が滲み出ている、と好意的な批評をしている。

(4)小川未明「女」――現実から離れた浪漫的な空気を造るために、無駄な表現を羅列している。例えば「暗い気持」とか「灰色の家」とか「幽玄の呼吸」とか「神秘的の色彩」とか。わたしは豊一郎がどうしてこのような表現を〝一種の嚇どし文句〟と評するのか分からない。

(5)楠山正雄「菊五郎と吉左衛門」——無理の少ない妥当な議論と賛同している。豊一郎自身も、市村座で二人の芝居を観たようだ。

◎「青鞜」

(1)HとY「ヘッダ・ガブラーの批評」——らいてう氏は「花芙蓉」などという拙い俳句など書かないで、『元始女性は太陽であつた』へ戻った方がよい。多少名の通った女はみんな追い出して、二三の若い者たちと協力してやったほうがもっと特色のあるものになったかも知れない。

◎「中央公論」

(1)永井荷風「日本の庭」——四季の動植物の中から沢山のタイトルを選び出しているが、〝散文詩の底を流れてゐる抒情脈が如何にも弱い——と云はんよりは、氣乗りがせずに書いたと云ふやうな調子が散見する。〟と辛辣な批評を下している。

(2)森鷗外『百物語』——堂々たる危なげのない文章。〝秋の空氣の如く氣持よく澄み透つた文字の間に数多くのインフォーメーションを貯蔵してゐる事は、我々が他の多くの作家に望まれない利益である。〟と賞讃。

◎「ホトトギス」改巻号

(1)高濱虚子『秋の濱の犬』——海水浴の賑わいが去り物淋しくなった秋の海岸をさ迷う犬の姿

を写し出している手際がよい、と写実主義をほめている。虚子との友情が滲み出ていて微笑ましい。

(2)伊藤左千夫『合歡木』――ナイーヴな情緒が出ているが、同時に一種のアッケなさもつきまとう。

(3)順子『女醫として』――婦人としては、如何にも自由に平気で物を表わす熟練に驚かされた。これは事実の記録だろうと思う。「結婚」「藝者」の二篇がもっとも面白かったと好意的な批評を下している。

(4)虚子『舞鶴心中の事實』――京都の宿屋の息子と女中との心中の事実を、主人公の友人から聞くままに筆記したものらしいが、〝事實は物語《ローマンス》より面白いと云ふ陳腐な格言を字の通りに感ぜしめる記録〟で、徳田秋江氏にデディケートした作品だという。

(5)齋藤與里「繪畫と其の周圍」――〝此の美術家の如き善い意味の不平家が出て革命を企てねば今の美術界は容易には動くまい。〟と、豊一郎は作家に同情している。この批評は浪玕洞で観た出品作品に失望したこととも相俟っている。豊一郎は〝今の美術家の多くは頭が空であるやうに思はれる。〟と断じる。

◎「新小説」

(1)小宮豊隆『淡雪』――同じ漱石門下だが、豊一郎は小宮の作品に対して手厳しい。処女作に劣らず不出来で、充実した感情が表れてない。くどい上に、比喩が平凡。小宮は小説より評論のほうがよい。

(2)森田草平『未練』——こちらも漱石門下だが、「自叙伝」の続編として見るべきもの、と言い、さらに氣のりがしていて、本モノである、とほめている。〝乏しい頭の中から振り絞つたやうな浪漫的のウルサさが無く、興味の中心は充實した現實感である。〟と手放し。

◎「スバル」

森鷗外『雁』㈣㈤——前回に続いて窓の女のエピソード。大学の小使をしていた男が金貸しをして儲けた上に、お玉というかわいらしい女を手に入れようとしているところだが、〝インテレスティング〟と評している。

◎「文章世界」増刊号

安倍能成の小説は、豊一郎の評論と同じだと誰かが書いてあった、というのみで、作者の名も作品名もないので、調べて見た。

この増刊号というのは、「現代文章之研究」とサブタイトルのついた「鴻雁帋」というのらしい。発行は明治四十四年十月十五日、博文館。

「文章より見たる現代の小説」「政論家の新選手」「新しき人物評論家」「現代雑録の研究」「小品の研究」「現代の紀行文」「現代評論の文章」などが特集されている。この中の「現代評論の文章」に、安倍能成が「新と舊」を例として挙げられているが、どこにも豊一郎との比較はない。

どういう訳だろうか。

◎展覧会評（浪玕洞）

津田青楓の絵画「窓」「セーブルの風景」「マドモゼエル・つね」等の感想。〝愉快な発見をすることが出來た。〟と書きながら、それが何であるか具体的には示していない。漱石山房の仲間だから、言いにくかったのかもしれない。この他に、審査員の一人が「インスピレーション」のような拙い絵を描いたり、「午後三時」みたいな非芸術的なものが場内にのさばっている、と別の項目で記している。僅かに次の画家と作品名のみ見る価値があったという。

坂本繁二郎「海岸」、長原止水「草花」、有島壬生馬「宿屋の裏庭」、藤島武二「幸ある朝」。

他のものは〝見せよう、當選したい、と云ふやうなアテ気なものばかり〟とこきおろしている。

◎劇評（九段の能楽堂）

伴馬翁「百萬」――子供の狂言師を笹の葉で打つ狂女の姿に胸が騒いだ。舞い終わるまで肩の凝るほど注意を引き付けられた、と絶讃している。さらに〝自分は毎月小説を讀み繪を眺め又は芝居を見る時と全く別の心持になつて此の藝術を娯むことが出來るのを愉快に思ふ。〟と書く。ここに豊一郎が能楽研究の方に歩み出そうとしている本心を見ることができる。

前述したように、十二月一日号にも、豊一郎は「文藝評論」を載せている。段抜き五ページの

「青鉛筆――小説の都會的スタイル――」。

文頭に◎をおき、各項目毎に評論をまとめているが、月刊誌名はなく、豊一郎自身が日頃から考えている事を述べている。

◎言葉をうまく駆使するということは、地方出身の者にとっては酷く難しい。現代では、地の文はすべて標準語なので、豊一郎は苦労しているらしい。

◎いかに英文が達者であろうとも、日本人はやはり母国語で書くべきである。野口米次郎などの比較的文学趣味の多い英文でも、感服したことはない。十年近く外国へ行き、あちらの言葉で詩を作っている友人がいるが、何故母国語で歌わないのかと文句を言ってやったところ、消息が杜絶えてしまった。

◎田舎出身者が江戸ことばを真似て書く文章ほどおかしなものはない。故郷から送られてくる地方紙に、時々そういう奇妙な表現が目につく。

◎田舎言葉のいやなところを色々とあげつらっている。例として〝東北の鼻に抜ける卑しい言葉。九州の棒を突き出すやうな騒がしい無風流な言葉。その他、尻上りの醜い言葉。咽喉に銹び付いたやうな褐赤色の言葉。海岸の汐の砕けのやうに濁つた言葉、筒抜けの無色の言葉。〟それらが具体的にどんな音で、どんなふうに話されているのかわたしには分からないので、想像するしかないが、現代では標準語で教育されているので、むしろこれらを話せる人は少なくなったのではないだろうか。
◎都会人は言葉の表現も、洗練された顔の表情も美しい。東京に次いで、京都の女のやわらかい溶けそうな言葉も美しい。
◎同じ江戸っ子でも、紅葉の書いたものは古い型で、漱石のは江戸っ子を先祖にもつ東京人の違いがある。鷗外や藤村は、純東京語とあまり違わないが、花袋や白鳥は田舎者らしい用語である。
◎今月の小説の中で、都会語を手際よく使いこなした作品の一つは、久保田萬太郎の『花火』（スバル）で、円味のある柔かい調子が、読む者の頭に快感を与える。
◎小川未明の『少年の死』（朱欒）は、先月号とは比べものにならぬほど、素直で正直な文体。
◎徳田秋聲の『わき道』（新小説）は、『黴』に匹敵するほど精密な作品。中村星湖の「かくれ家」（早稲田大學）は、まとまっていない。この人も田舎者の一人だが、終節など殊に不注意。正宗白鳥の物も一見不注意にみえるが、それは水気の乏しい語勢の調子が強くみせているのであって、それなりの工夫が凝らされている。
◎馬場孤蝶の『文章の冗漫主義』（文章世界）も、用語の不注意ということについて、初心者はよく観察して何でもかまわずにドン〳〵書き過ぎるほどに書いてゆかねばならぬ、なまじ簡潔に書こうとすると言葉足らずになる。高濱虚子の『朝鮮スケッチ四題』（ホトトギス）は、多くの工夫を積んだ後に成功した作品である。
◎谷崎潤一郎の『秘密』（中央公論）は、男が女に扮装して浅草界隈を歩き回るという発想がおもしろい。文字の使い方も題材にふさわしい。永井荷風が『谷崎氏の作品』として「三田文學」で絶讃していたが、〝谷崎氏の作風はロマンティシズムでも無く、憧憬でもなく、正に如何ともする事の出來ない現實である、と斷定したのは恐らく最も同情ある評語であらう。〟（傍点豊一郎）
◎〝自然派が行き詰つたから此次はネオ・ロマンティシズムが起らねばならぬ〟、と予言する人がいるが、三越の流行を先取りしたようでおかしい。豊一郎自身は〝私は極端な『無主義』主義者である。〟と宣言している。
尚この十二月一日号には、妻の彌生子も翻訳「鳥の讃美」（レオパルディ原作）を寄せている。四〇〇字詰約十六枚半。豊一郎が、こういうものを訳してみないかとよく勧めたらしいので、これもその一つかもしれない。

明治四十五年七月三十日、明治天皇没により、大正元年となるが、この年にも豊一郎は「ホトトギス」に執筆し続けている。
先ず二月一日発行の「青鉛筆――新年の文藝その他――」は、段抜きで七ページ、四〇〇字詰換算約十五枚。

新年号にあまり目を通していないうちにペンを執ったらしく、批評の仕方にムラがある。そのことを豊一郎は正直に文末で、次のようにことわっている。

——此の感想文は一度に書き通したものではなく、一月十日以後、時々隙を見て書いたのである。だから詳しく書くべきと簡單に端折るべきと其の平均が取れてない處は澤山あることだらう。讀んでからずつと後に書く為めに印象の朧ろになつたものも少くない。全く忘れて思ひ出せないのさへある。（一月二十一日）

こんな事を書く位なら、いっそ「青鉛筆」の執筆を辞退すればよいものを、豊一郎らしくないではないか。それとも虚子に連載を頼まれ、断り切れなかったのだろうか。

採り上げた作品の作家名と掲載誌、寸評のみ列記しよう。

◎近松秋江『途中』（早稲田文學）

関西で教師をしている女・むら子から、東京で遊学している学生某に宛てたラブレター十二通を日付順に並べたもの。極めてありふれた男女関係で、作者は〝科学者の態度を持して〟暴露すると断っているという。

◎正宗白鳥「文藝批評」（讀賣新聞）と「都の人」（早稲田文學）

「文藝批評」について、豊一郎は白鳥が「いつも同じ物を見せられる」と言って嘆いている文章を、〝白鳥氏自身で服膺すべき言葉を、知らぬ顔して人の上に押し付けてゐる〟とからかっている。

◎森鷗外『不思議な鏡』（文章世界）

小説でも何でもない。いたずらが絶頂に達したもの。鷗外の魂が脱け出して、博文館の大広間の新年会に行き、沢山の作家たちと会い、特に田山花袋と押問答する様子が、鏡に写ってありありと見えるさまを書いたもの。

◎高濱虚子『女優』（ホトトギス）『鼓の胴』（文章世界）

二作とも一種の象徴主義で書かれたものだが、豊一郎は「女優」の方が面白かったといい、「鼓の胴」はもう少し痛切に刻まるべきものが、割合に浅くせせこましく彫られていると不満を述べている。

◎江馬修『蔓』（ホトトギス）

初めて読む作家の作品だが、七八十頁もある長いものを何時の間にか易々と読んでしまった。とりたててクライマックスも事件もないが、落ちついた観照の態度で複雑な性格を万遍なく根気よく描き分けている。

◎森田草平『戀愛の後』（新小説）

一で嫉妬、二で老人に対する恋、三で追懐を書いているが、ムラのない一つとなってピタリと胸にこない。

◎安倍能成『二階の窓』（新小説）

〝内容に伴つた陰氣な冷たい感じが文字上に附き纏つてゐる。現實味と云ふ點から云つたら之が一番すぐれてゐる。〟

◎鈴木三重吉『黒血』（新小説）

〝いつもがじ〱しただゝ黒いいら〱しい或物を描かうとあせつてゐる作者の気分の象徴〟

◎久保田萬太郎『お米と十吉』（新小説）

情味豊かな筆使いで、春風が顔を心地よく撫でてゆく感じで、豊一郎は面白く読んだという。

◎田山花袋『別るゝまで』（中央公論）『客』（太陽）『をさなきもの』（早稲田文學）『手紙』（文章世界）

『別るゝまで』が一番力のこもった作品で、『手紙』がもっともつまらない。しかし力強い現実味はある。

◎志賀直哉『祖母の為に』（白樺）

氏としては秀れた作品とはいえない。

◎齋藤與里『ロダン藝術談　訳』（三田文學）

非常に興味深く読んだ。

「ホトトギス」三月一日号にも、豊一郎は「青鉛筆――二月の小説その他――」を、段抜き六ページ、換算枚数十三枚で寄稿している。自分でも小説を書いてゆこうとする作家にとって、この「月刊文芸誌評」はかなり辛いものだったのではないだろうか。自分自身の教養として、又は他の作家の動向を知るために「文芸誌」を読むことは不可欠の読書であったかも知れないが、これを批評して毎号「ホトトギス」に載せるのとは別問題である。

このことについて、豊一郎は「青鉛筆」末尾で、次のように告白している。

――自分は「批評家」になつたつもりで斯んなものを書くんぢやない。他人の書いたものを讀んで一々面白いとか面白くないとか所感を述べる必要はない――少くとも自分には――と思ふ。(中略)それになぜ書くか。さう聞かれると自分は、それは「ホトトギス」の主幹と自分との間に横はつてゐる友誼的關係に對して自分が下した解釋に依るんだから、其れ以上何とも聞いて呉れるな、と云ひたくなる。(「青鉛筆」)

しかし今回は、漱石の「彼岸過まで」が「朝日新聞」に、鷗外の「雁」が「スバル」に連載されているので、両者を比較することによって、読者の目を惹きつけたと思う。さらにそこへ能舞の櫻間左陣を関連づけて批評している。豊一郎ならではの展開の仕方だ。

漱石と鷗外の作品の共通性について、次のように解説。

(1)哲学的中心――作者の人生観がちやンと極まつてる。

⑵作中の人物の使う言葉がどちらもすッきりして抜き差しのならぬように出来ている。――各階級の言葉の語彙が豊富。（傍点豊一郎）

特に鷗外の『雁』については、いわゆるアフォリズムに共感したとみえ、「女は嘘をつく」ことを「強い物の迫害を避けなくてはならない蟲はmimicryを持って居る。」と表現してみせたり、「氣が利かぬやうでも、女は女に遭遇して観察せずには置かない。」などという警句を引き出してみせたりしている。

次に永井荷風の『妾宅』（ボムボア）をかなり熱っぽく論じている。この作者の現代に対する不平と過去に対する愛惜の念が、思う存分書きまくられている、と評し、豊一郎は荷風の作品では、脚本よりも小説が、小説よりもこの作品のような随筆が好きだと告白している。

何よりも豊一郎が大切にしているのは、この「ホトトギス」の主幹・高浜虚子の作品だ。虚子は旅をすれば、必ず作品化するので、この号にも、伊勢から鳥羽への旅を「鳥羽の一夜」という脚本にして掲載している。

しかし、豊一郎は必ずしも褒めてはいない。舞台のト書などは微に入り細に亘っているのに、肝心の主人公、良助の言葉や動作が神秘的で象徴的な舞台と釣り合っていない、もっと深く、暗いところがほしかった、と注文をつけている。

この他に取り上げたものは、次の六作品。

◎水上瀧太郎「うすごほり」（スバル）——可憐な小説で面白く読んだ。
◎志賀直哉「母の死と新しい母」（ボムボア）——〝いつものサラ〳〵とした胸のすくやうな瀟洒たる筆づかひ〟
◎田山花袋『あの女』（新小説）——ふっくらとして気の利いた小品だが、とり立てて言うべき特色はない。
◎小山内薫『小さと』（新小説）——〝小さとと云ふ變りもの、藝者と知り合ひになつて女に可愛がられるいきさつが如何にもすら〳〵となだらかに自然に描かれてある。〟
◎森田草平『留守の間』（文章世界）——〝『初戀』に劣らず傑れた作である。『煤煙』や『自叙傳』に見るやうな傾きがないだけ盛つた水を真つ直ぐに支えて運ぶ時の落ち着きがある。〟と一応ほめている。（傍点豊一郎）
◎谷崎潤一郎『悪魔』（中央公論）——一種のデカダンを描こうとしているが、未完成。
このように「青鉛筆」で他の作家の作品を批評しながら、豊一郎は同じ号に、自らの小説「病院の窓」を発表している。段抜き十ページ、四〇〇字詰換算二十一枚。

病院ものというと、わたしはゾクッと緊張する。甲状腺ガンの実母を十年間看護して見送り、次いで胃ガン全摘手術の夫を半年の入院のあと、五年間通院に付き添ったりしていたので、他人事とは思えないのだ。

しかし、この豊一郎の「病院の窓」は、二十七、八歳の男性二人（一方は入院患者、他方は見舞客）の会話から成り、片足の不自由な美しい女性の噂話が中心で、ほとんど緊張感はない。唯一、豊一郎自身と思われる見舞客が、病人に語ってきかせる、近頃の女性に対する感慨が面白いので引用しよう。（傍点引用者）

――『君、近ごろの若い女は段々顔つきが變つて來たのに氣がついてるかい。悧巧になつたと云ふのか知ら。表情が鋭くなつたといふのか知ら。官能が働いて來たといふのか知ら。僕は電車の中や通りすがりに彼等の顔をぢッと見つめてやる事がある。第三者がその時の僕の目つきを見たら、僕の目の中にはきッと打ち克たれたものが相手を見送る時の怨めしさが閃めいてゐるに相違ない。』（傍点豊一郎）（「病院の窓」）

現在でも、このように感じている男性は多いのではないだろうか。わたしが二十年前に高校の教師をしていた頃､男生徒がこれと同じような感想をもらしていたのを何度も聞いたことがある。その時は「何いってんのよ、意気地なし！」とどやしつけていたが、男生徒はますます怯えていたようだった。女生徒たちといい、わたしといい、豊一郎が百年前に感じた表情をしていたのにちがいない。

さて気になるのは、若者二人が美しいと感じた女性のことである。その美しさを豊一郎はどのように表現しているか見てみよう。先ず見舞客の男性が富本の妻のことを、病人に語ってきかせる場面。

――君は若い女の薄い耳たぶを日影に透かして見たことがあるかい。その女は頬から顎へかけての横顔の曲線《カーヴ》が馬鹿に見事なんだ。耳からつゞいての其の曲線《カーヴ》が丁度夕日を後《うしろ》にしてるもんだから輪廓が赤く隈取られてね、それに髪の毛の一本々々が日光を浴びて黄金色に光つてるんだらう。而《そう》して顔の此方《こつち》の半面は暗くかげッてるんだらう。（「病院の窓」）

一方の病人は、その富本の妻のことを聞いて、次のようにたて続けに質問し、友人はすべて肯定した。

――『身長《せい》が高くはないか。』

――『歯が小さくて綺麗に揃つてるだらう。』

――『指が細くつて長くはなかつたかい。』

――『それから物を云ふ度に赤い唇を強く片方へ喰ひ縛るやうな癖に氣は付かなかつたかい。』

その上、片足が不自由であることまで一致しながら、患者の方は、最後には富本の妻ではない、と断言するのだ。

三か月前、患者の病室に間違って入ってきた隣の入院患者がその女の特徴にそっくりだった。しかし、退院の挨拶に来たとき、彼女がびっこなのを初めて知り、〝名状することの出來ない複雑な感情が胸一ぱいに漲つて來て、女の出て行つた跡のドアをいつまでも〳〵見詰めてゐた。〟

と告げた後、患者は固く口を閉ざしたのだった。

毎月の文芸誌を片端から読み、「青鉛筆」にその感想を書くよりは、例えセンチメンタルといわれようと、豊一郎は小説を書くほうがよかったと、わたしは思う。

明治四十五年七月一日号では、この年の六月九日に亡くなったばかりの旧友・渡邊與平の思い出を、編集主幹の高濱虚子に語りかける形で綴っている。

タイトルは「與平君について」。二段組六ページ、四〇〇字詰原稿にして約二十枚。

渡邊與平とは「ホトトギス」に挿絵を描き、豊一郎とはごく親しくしていた油絵の画家である。結婚して子供まで出来たのに、わずか二十四歳でこの世を去った。死因は肺結核。「表紙の二」として、彼の自画像が載っているが、いかにもその病で亡くなったと思わせる形相だ。広い額に落ちかかっている黒々とした髪の毛、凹んだ眼、尖ったあご、やせ衰えた頬。表情はすでにあの世の人のものである。

同じ頃豊一郎もまた腸チフスで入院していたので、與平が悪いと聞いても見舞に行けなかった。退院後、ようやく一人歩きができるようになってから、五月の蒸し暑い日に日本橋病院まで行き、久しぶりに旧友に会った。

——與平君の聲は餘ほど苦しさうでした。もう殆ど聲ではなく、たゞ肺の中から貧弱な空氣が咽喉を掠《かす》れて出る音なのです。口の傍へ耳を持つて行かねばはツきりと聞き取れないのです。（「與平君について」）

虚子の家で紹介されてから、時おり画室も覗いて、描きかけの絵を見せてもらったり、散歩しながら語り合ったりしていたが、豊一郎はまさかこんなふうに切端つまった状態になっているとは思っていなかったらしい。

與平君から作家に何か絵を描いてもらいたいと頼まれ、漱石にもいずれ紹介することになっていた。そのための折本も預っていた。

折本にはすでに中村不折が「天眞爛漫」の四文字を書き、竹内栖鳳は俳句を、鹿子木不倒は画を描いていた。豊一郎自身も絵を画き、取りに来るようにと言ってやったが、奥さん（彌生子）も画いてくださいと置いたまま帰ってしまった。そしてそのまま彼は死んでしまったのだ。

——私は近い内あなたの所へもあの折本を持つて行つて、死んだ人の為に何か畫を一つ描いて頂かうと思つてゐます。漱石先生をも煩はすつもりでゐます。而して其を與平君の位牌の前に返す時でなければ私の此の負債は除かれまいと思つてゐます。（「與平君について」）

ここで宣言した通りに、豊一郎は画集を充たして、彼の未亡人のところへ届けたであろうか。もしその画集がどこかに保存されているのなら、ぜひ見せてもらいたいと思う。

豊一郎の他に、渡邊與平についての追悼文を寄せた人は次の二人である。岡田九郎「亡友與平の畫傳」、桂川生「ヨヘイ君の手紙」。川端龍子は「病床の與平」の挿画。志半ばにして早逝した画家、渡邊與平については、岡田九郎の追悼文が彼の生涯を的確に伝えている。

渡邊與平は、明治二十二年（一八八九）十月十七日、長崎港の菓子屋、宮崎家の末っ子として生まれた。幼い時に父親が亡くなったので、祖父と母の手で育てられた。九人兄弟で、二つ違いの兄を除いてすべて姉。

十四歳の春、一念発起して京都の美術工芸学校に入学。明治三十八年の秋、「成績品展覧会」に出品した作品で、銀牌を獲得した。彼はこれに勇気を得、母親が許さないのに、嫂がくれた旅費だけで翌年の秋に上京、本格的な画家を目指した。京都では、日本画と水彩画を学び、師の鹿木子氏の作風に似て、紫がかった灰色のうすら寒い感じの絵が多かったが、明治四十年の秋、上野公園で催された第一回文部省美術展覧会に出品した「金さんと赤」は、強い色調に変わり、洋画家・和田三造の「南風」と並んで陳列された。因みに「南風」は最高賞。だが、與平は、脚気と肋膜に罹り、止むなく帰郷して療養。悶々とした日を送っていたが、家族や医者の止めるのも聞かず、明治四十一年晩夏、再び上京し、〝デコラチイブな「ツラ〳〵椿」〟を画いた。翌年には、閨秀画家渡邊フミ子と結婚、渡邊與平となった。

明治四十三年の文展には、新夫人をモデルにした「ネルの着物」を出品。ケバケバした色彩は一転して、当時流行しはじめていた印象派風のものに変わっていた。彼の大作は五、六点しかないが、この「ネルの着物」が最高傑作であると、岡田九郎は記している。

與平が油絵画家として知られるよりも、挿絵によって有名になったのは、中村不折の推挙により、明治四十年二月十日（紀元節）付「日本新聞」に掲載されたのがきっかけ。その後「文章世界」や「中學世界」に次つぎに投稿。〝一種のチャーミングな瞳と口と、上體に比して有り得可からざる程の足とに不思議な權術を得〟ていた。

ところが明治四十四年三月頃から肺結核の徴候が現れてきたが、絵筆を捨てなかったために、ついにかえらぬ人となってしまった。

――斯うして彼は東京に於ける過去七年間、彼に與へられた運命を只馳足《かけあし》で過ごした。金と闘ひ戀に争ひ、最後の一年有餘は易々と聲をすら出し得ぬ程病氣と悪戰苦闘して遂に破れた。明星の閃光は四十五年六月九日最愛の妻と二人の愛児を遺して消え失せた。巌に嚙り付いてゞも生きるとは、衰弱した彼の唇頭から度々聞いた言葉である。末期の一時間半は彼の悲劇の最後の一頁として私の頭から去る時がない。與平は享年僅に二十四歳であつた。（初七日の日麹町にて）

岡田九郎の末尾の一節である。

この七月一日号では、何といっても平福百穂の描いた表紙絵「鮎」がすばらしい。ほとんど等寸大の鮎が二尾、縦に並んでいる。淡い黄味がかった腹、薄黒い眼、少し空けた口、ピンとはねた尾鰭。

病気になるまでは、毎夏、夫が鮎釣りに行き、新鮮な姿のまま持ち帰ってくれていたので、刺身、塩焼き、唐揚げなど、思う存分に料理して食べていた。この表紙絵の鮎も、さっそく取り出したい気分にさせてくれる。

「ホトトギス」という雑誌名も、鮎に合わせて美しい朱鷺色である。

裏表紙は、前川千帆の「大佛にて」。こちらも茶とオレンジの二色で、線だけが黒く細く刻まれ、浴衣姿の男女も涼しげだ。夏祭の纏が大きく祭壇にのせられて、どこからか太鼓の音も響いてきそうな感じ。

「ホトトギス」は、内容ばかりでなく、造りも丁寧で、本当にすばらしい。

第六章　単行本出版　――『自治寮生活』

豊一郎が明治時代に出版した単行本は二冊のみ。

処女出版は『自治寮生活』（明治四十年三月十日　本郷書院刊）。二冊目は『巣鴨の女』（明治四十五年一月一日　春陽堂刊）である。

『自治寮生活』は、「中學世界」に連載された〝秋、冬、春、夏〟に、新項目を加え、更に〝自治寮生活後日譚〟を付け足してまとめたもの。およそ百年前のこの本を、わたしは敬愛する渡邊澄子さんからお借りし、直に手にとって読むことができた。感謝の言葉もない。

判型は文庫本並みだが、幅が少し広め。束は一・五センチ、やや持ち重りがする。

表紙はくすんだ灰色の厚い和紙に、毛筆書きで「自治寮生活」と銀箔で縦に一行。序文によると、豊一郎の恩師・呉氏の揮毫とのこと。また、本文に挟まれている挿絵は、豊一郎の親友・吉田茂の描いたもの、というから一高の教師も友人も双手をあげて協力したらしい。

遊び紙に、豊一郎の直筆で次の二行が書かれている。

――四十年三月　著者　奥津君ニ呈ス――

故郷の臼杵中学時代の親友、奥津幸三郎氏に贈呈したものなのだ。渡邊澄子さんは、彌生子の取材に臼杵を何度も訪れ、彌生子の弟の金次郎や豊一郎の親友の奥津幸三郎氏に、こまごまと野上夫妻について語ってもらったとのことだが、その際、奥津氏から譲られたのだという。

この結果生まれたのが『野上彌生子研究』（昭和四十四年十二月十日　八木書店刊）である。その本の

「あとがき」に、渡邊澄子さんは〝わがことのように、親身になって資料蒐集に協力して下さった奥津幸三郎さん〟と記している。若く美しい研究者・渡邊澄子さんに、奥津幸三郎氏は支援を惜しまなかったのであろう。

『自治寮生活』は、豊一郎から奥津幸三郎氏に、氏から渡邊澄子さんに、そして今、わたしの手許にひっそりと息づいている。

扉には、活版で「自治寮生活　附高等學校一覧」と二行。序の前頁に、小さく中央に〝此書を明治三十五年秋余と共に　第一高等學校西寮九番室に　入寮したる同室者諸君　に献ず〟と五行。処女出版に対する豊一郎の並々ならぬ想いを感じる。

さらに序では、出版に至る迄の過程をつぶさに語っている。全文引用してみよう。

——此書は初から筋を立てゝ書いた普通の小説でも無ければ、さりとて學校案内記の種類でもない。『自治寮生活』は矢張り『自治寮生活』である。去年の春から續き物として『中學世界』に連載したのを、書肆の乞に依り訂正して出版することにした。同室會の席上で此事を話した所が、皆んなが大に賛成して、面白いからやらうぢやないかと云つた。そこで僕は皆んなにデヂケートしてやらうと約束して置いた。自治寮に入つた頃の事を思ひ出すと何となく懐しくなる。此書は其時代の紀念と見ればよい。別に主張があつて書いたものではない。本屋が附録を添へたいと云つて來た。別に差し支へもないやうだから承諾して置いた。此書を出版するに當り『中學世界』編輯者は轉載の快諾を與へられた。表紙の題字は呉先生の揮毫になる。挿繪は友人吉田茂君が畫いてくれた。併せて茲に厚意を謝す。

明治四十年三月　著者

この序と次の目次は、朱色の活字で印刷されている。ここで面白いことを発見した。目次の中の〝後日譚〟の後、がマギャクなのだ。校正はしなかったのであろうか。真逆といえば、本文中に挟まれた吉田茂の挿絵〝後日譚〟も、完全にひっくり返っている。裸電球が下から上へ吊るされ、同室会の面々は頭が下に、テーブルの上の料理も逆さなのだ。気持ちの悪いこと夥しい。

でも、考えてみれば明治四十年の初版本として、得難い特長かもしれない。本文二四〇ページ、附録一七ページ。「中學世界」に掲載したものとは、「目次」の章立ても、本文の表現もかなり違い、豊一郎が綿密に手を入れたことが分かった。順を追って紹介しよう。

第一章「秋の巻」のトップは、吉田茂の挿絵「第一夜」で、大胆な黒ペン描き。開き戸のついた縦長の本箱をかついで入口へ向かう男の後ろ姿と、それを出迎える階段上の学生帽をかぶった袴姿の若者が中央に向き合い、左横に靴箱、右下隅に背凭れのついた木製の椅子。入寮時の引越し風景がすっきりと表現されている。左下隅に吉田茂のサイン、Y.S。

「中學世界」では、秋の巻のトップは、〝一　入學許可〟だが、『自治寮生活』は№はなく、いきなり〝入學許下〟となっている。〝許可〟と〝許下〟とは、どう違うのだろうか。しかし、『広辞苑』第六版にも、『字源』にも〝許下〟はない。やはり、ミスプリントなのだろうか。

本文の冒頭を比較してみよう。

——今日《けふ》か明日《あす》かと通知《つうち》の來《く》る日《ひ》を數《かぞ》へながら、多分入《たぶんはい》れるだらうとは期《き》しつゝも尚《な》ほ幾分《いくぶん》の疑《うたがひ》を抱いて、一日千秋《じつせんしう》の思《おもひ》に宣告《せんこく》の下《くだ》る日《ひ》を竢《ま》つて居《ゐ》る時《とき》、此《こ》の葉書《はがき》に接《せつ》したのであつた、その時《とき》の嬉《うれ》しさは如何《どう》であつたか！　入學試驗《にふがくしけん》を受《う》けたことのない人《ひと》には恐《おそ》らく想像《さう〲》することも出來《でき》ないであらう。　（「中學世界」）

——此の葉書が來た時は嬉しかつた。入學試驗を受けてから後六十日の朝夕に、繰りよせる様にして待つてゐたのは此の一枚の葉書である。多分合格してるだらうとは期してゐながらも、どうか〱と胸を躍らしてゐる矢先に此の葉書が來た。何とも云へぬ嬉しい感じが胸一杯に漲つて、葉書を握つたまゝ、立つてもゐても居れぬ。入學試驗を受けた經驗の無い人には此時の嬉しさは到底想像も付かぬだらうと思ふ。　（『自治寮生活』）

葉書というのは、文部省専門學務局から送られた「第一部甲　第一高等學校」への入学許可通知である。

両書とも、本文の冒頭に掲げてあるが、内容は同じもの。「中學世界」よりも、『自治寮生活』の方が、豊一郎の文体はこなれていて読み易い。想定している読者が違うためか、それとも彌生子と結婚したからなのだろうか。しかも、同じ時期に、彌生子も漱石の推輓を得て「ホトトギス」

に「縁」を発表しているのだ。

自分自身が仲介の労をとったとはいえ、妻の足音がひたひたと迫ってくるのが、豊一郎には聞こえてきたのではないだろうか。

「秋の巻」の章立ても、表現もかなり違っている。比較してみよう。

「中學世界」	『自治寮生活』
入學許可	入學許下
出郷	時計臺
入學宣誓式	入學宣誓式
入寮式	入寮式
やァ失敬!	第一夜
その翌日	翌朝
食堂	食堂
コンパニー	教場
	コンパニー
	行軍

『自治寮生活』に新しく加わった項目は〝教場〟。〝行軍〟は次の「冬の巻」にあったものを移

動させたのだ。〝教場〟の場の字に、わたしは目を見張った。さては、またミスプリントかと勇み立って調べる。『広辞苑』にも『岩波国語辞典』にもないが、『字源』にはあった。〝場〟は〝場〟の俗字とのこと。一高から東大に入った豊一郎は、何故俗字を使ったのだろう。この字のほうが親しみ易かったのかしら。

〝教場〟はわずか二ページだが、ドイツ語のこと、英文講修会のこと、ストームのこと、山川先生や保志先生のことなどが、隣室の木下君との会話で綴られている。

教室は四十余りあり、三年生は本館の二階で一年生と二年生は分館で授業を受ける。学校は八時に始まり、二時半で終わることが、冒頭に記されている。

次に〝行軍〟。これは十八ページもあり、四〇〇字詰原稿用紙に換算すると、十三枚強。「春の巻」の〝紀念祭〟に次ぐ長さだ。当時は日露戦争（一九〇四〜一九〇五）に勝ち、一高といえども軍事訓練を教育課程の中に加えていたのだ。

〝行軍〟の冒頭。

——秋も暮れ方になると毎年發火演習の行軍がある。近く房州あたりに行くこともあれば、銚子水戸の海岸で戦ふこともある。那須野の露を分けて足尾日光の宿に名物の練羊羹を食べることもある。西厕嶺を越えて遠く關八州の外に寮歌の聞こゆることもある。或は甲州の地圖を朱に染めて猿橋の附近を跋渉することもある。今年は相州小田原附近と決定した。演習地と日取とがきまれば、掲示が出る。幹部も発表される。體操は器戒體操も柔軟体操もよして兵式体操ばかりとなる。豫行演習もやる。早く其日になればい丶にと指を折つて數へて居る。

（『自治寮生活』）

〝發火演習〟や〝兵式体操〟というのは、まさに軍事訓練そのものである。この冒頭の文章を読む限り、豊一郎は弱々しい文学青年ではなく、むしろ軍事訓練を心待ちにしている硬派の青年らしい。当時としては、その方が多かったのであろう。

行軍の前日は、全校生徒千人が東西二軍に分けられ、外套や草鞋を用意して早くから床に就く。同室者も二手に分かれるので、明日からは敵味方だと笑い合う。大隊長など幹部は、上級生から任命されている。

当日の朝はいつもより早く起床のベルが鳴る。食堂に駆け降り、握り飯をもらい、浅黄の袋に入れて、右肩から左の腰に向かって斜めに下げ、反対側には外套を巻きつけて十文字に背負う。この表現の中でもミスプリントがみつかる。〝外套〟が〝套外〟と逆になっている。

銃器室に入り、剣を付けた銃をかついで運動場に整列する。東軍は国防軍で、西軍が侵入軍となり、各自が四、五十発の弾丸を支給される。

校長以下教授連も、統監部として参加している。ラッパを鳴らし、明け初めた本郷の坂を降り、新橋駅まで行進。そこから臨時列車に乗り、東海道線を下って二ノ宮駅で下車し、小田原まで行進して陣を布く。その間、学生たちは大声で寮歌を合唱している。さぞやかましかったことであろう。

ここから東西両軍に別れて、戦闘準備に入る。統監から演習の「一般方略」というのが下る。これが実に面白いので、一段と小さな活字だが引用してみよう。

――一、侵入軍の艦隊は一大海戦の結果全外海を制し國防軍の艦隊を東京灣に封鎖して俄然清水港に陸兵を上陸せしめたり。

二、國防軍の各師團は各衛戍地に於て動員を終り東京附近の諸隊は該地に集合中なり。

まるで太平洋戦争末期の沖縄戦を見るようである。四十年後、この通りになろうとは、当時の教官も学生たちも夢にも思わなかったであろう。

豊一郎は、西軍の第一中隊第一小隊なので、侵入軍の尖兵となっている。国防軍が迎撃してくるのを、今か今かと待っているのだが、この様子がいかにものんびりしていて微笑ましい。小学生の戦争ごっこみたいだ。

その夜は小田原の町に泊まり、枕が足りない、布団が少ないと大騒ぎしている。

二日目の自由時間には、芦の湖でボート漕ぎをしたり、七湯めぐりや早雲城の史跡を訪ねたりして、思い思いに小田原を楽しんでいる。

この調子で二泊三日の実戦訓練が終わる。まことにのどかな「行軍」である。

「冬の巻」のトップにも、吉田茂の挿画が入っている。

〝ストーム〟の場面らしく、かいまきの中から首だけ出している学生を、竹刀やろうそくをかざした学生たちが叩き起こそうとしている。ろうそくの光が四方に針のように突き出し、そのあたりだけが光ってみえるらしい。あたりは濃茶に塗られ、漆黒の闇を表現しているようだ。マンガ風でおかしい。

「中學世界」と『自治寮生活』の目次を比較してみる。タイトルを変更したものや新項目などいろいろある。

「中學世界」	『自治寮生活』
小春日の校庭	小春の校庭
梅月	單騎遠征
ストーム	ストーム
行軍	一高俳句
蠟燭勉強	蠟燭勉強
	冬籠り
	寒稽古

先ず「中學世界」では、駒込の菓子屋名〝梅月〟とそのものずばりであったのに、『自治寮生活』

では、〝單騎遠征〟などと物騒なタイトルに変えられている。だが、内容はほとんど同じ。同室者がさそい合って栗饅頭のおいしい菓子屋に行き、それぞれが甘い和菓子をタラフク食べるのだ。一高生たちがこぞって菓子を食べるなんて知らなかった。

――女中が折のやうな小箱を持つて來る。中には栗饅、羊羹、桃山、ワッフル杯が十づゝ入つて居る。大きな土瓶に茶を差して持つて來る。　（『自治寮生活』）

〝梅月〟が〝單騎遠征〟に変わった理由は、実に単純なものだった。はじめそこに加わっていなかった永田君が、あとからこっそりと入ってきたからなのだ。菓子屋にでも、そば屋にでも、同室者たちがこぞって出掛けるのが一高の寮風なので、永田君のように他所から独りでやって来るのは例外らしい。だから〝單騎遠征〟と別扱いするが、やはり少々キナ臭い呼び方だ。

次の〝ストーム〟。これは吉田茂の絵にもあるように、当時の自治寮では流行っていたらしい。しかし「中學世界」と『自治寮生活』とでは表現が初めから違う。

――茲《ここ》に男《おとこ》あり、螺《さゞえ》のやうな拳《こぶし》を出《だ》して、之《これ》を美化《びくわ》しろと云《い》つたと假定《かてい》する、若《も》し之《これ》を白魚《しろうを》の様《やう》な細《ほそ》い指《ゆび》と云《い》つても駄目《だめ》だ、拳《こぶし》はどこまでも拳《こぶし》である。今《いま》、一高《かう》の男《をとこ》はストームと云《い》ふ拳骨《げんこつ》に力瘤《ちからこぶ》を入《い》れて時々《ときぐ゛》突《つ》き出《だ》すことがある。　（「中學世界」）

――『丹波笹□男子の膽は――コリヤ〱』

十四五人で聲を揃へて歌ふのが聞こゆる。もう夜は一時に近いだらう。天地は闃として音もない。其の中を凄じい勢で歌ひながら、其の聲は全寮を震動させて近づいて來る。新寮の邊だらう、ドタリ〳〵と廊下を踏み鳴らす足音も聞こゆる。足拍子を取つては歌つて居る。其間にカターン〳〵と戸を叩くやうな音もする。ブリキ箱を打つやうな響もする。まるで百姓一揆でも起つたやうな騒ぎだ。

（『自治寮生活』）

「中學世界」のほうは抽象的だが『自治寮生活』は実に具体的だ。逆の方がよかったのではないだろうか。

それにしても乱暴なしきたりがあったものだ。男子寮などというのは、どの旧制高校でもそうだったのだろうか。文武両道精神とはこういうことを意味するのではないと思うけれど。

そういえば、わたしにも似たような経験がある。昭和二十五年春、奈良女子大学の寮に入った第一日目のことだ。夕食後、一年生だけ食堂に集められて、四年生の寮長から今後の生活のルールを教えられた。因みに寮は、五本の長い廊下に沿って、一寮から五寮まであり、各寮がまた五舎に別れていた。一つの舎は独立した組織をもち、一年生から四年生までが三部屋に別れて寝起きしていた。その他に食堂、台所、トイレが舎ごとに付いていたから、将来、妻として家庭を守ることを仕付けようと大学が図っていたのだろう。もとはといえば、高等師範学校なので、教師を育てるのが目的だったのだが、やはりそこは婦徳養成を第一義と考えたのかもしれない。

事件はその夜に起こった。寮生活の基本を教えられて帰ってきた一年生を待っていたのは、夫々の私物が勝手にとり出され、これから着ようとする寝巻の袖口や裾が乱暴に縫いとじられていたことだった。

現在では黙って他人のボストンバッグやトランクを開けるのなどもってのほかだが、その頃はまだ上級生による私物検査と称するものが隠然と残っていたのである。その理由は禁止されているものをかくし持っていないか抜き打ち検査するためと言われたが、上級生の言うことは絶対だったので抗議することもできなかった。

当時は、自宅通学者以外は全員入寮することと校則で定められ、下宿は二年生になってからしか許可されなかった。わたしは毎晩泣く同級生と枕を並べ、一年間じっと我慢し、翌年その化学科の人と同時に、奈良坂の中腹にある時計屋に下宿した。

豊一郎も「中學世界」には〝ストーム〟について、次のように述べている。

——忌々《いまいま》しい物《もの》だと思《おも》ふ、厄介《やくかい》な物《もの》だと思《おも》ふ、馬鹿《ばか》げた騒《さわぎ》だと思《おも》ふ、頓沈漢《とんちんかん》の眞似《まね》だと思《おも》ふ、

（後略）

しかし、『自治寮生活』では、この批判はない。辛うじて寝床に入って蠟燭をつけ本を読んでいると、見回りに来た禿頭の巡視に『寝室で灯をつけちゃいかん！』と怒鳴られたことが記されているばかりだ。

『自治寮生活』に新しく加えられた章に〝一高俳句會〟がある。〝ストーム〟などと比べて、余

程面白い。
冒頭に一高俳句會幹事からの掲示が載っている。枠囲いされているのは〝入學許可〟の時と同じ。
――われ等もとより紙衣十徳の温石俳諧は知らず、はた芳醇一觴良茶三椀の角頭巾風流を學ぶ心もなけれど、學びの暇の半日を車座に火をかゝへて、清興に暮らすも樂しからずや
時日　十一月第三土曜日午後一時より
場所　根津娯樂園
會費　金貳拾五銭
（『自治寮生活』）
この呼び掛けに応じて、十人の学生が娯樂園の奥まった一室に集まった。床柱を背にして、八文字髯に眼鏡をかけた碧梧桐と、仙台平の袴をつけた虚子が、来賓として坐り、まわりに十人の学生がかしこまる。
句題は、落葉、十月、海鼠、冬牡丹、冬ざれ、焼芋、柴漬、火事、暖爐、吹子祭と書かれて欄間に貼付。
碧梧桐が土産に持ってきたという串団子が、坐敷の中央に置いてあり、学生たちはそれを横くわえにしながら半紙に毛筆で句をしたためる。
虚子の句と碧梧桐の句をひとつずつ、わたしが選んでご紹介しよう。
散りて尚床に置かるゝ冬牡丹　　虚子

築地内隈なく落葉掃く日かな　　碧梧桐

学生たちも夫々二首ずつ掲げられているが、さて豊一郎のはどれかしら。會のすんだのは、夜の十一時前というから、かなり寒かったであろう。

「中學世界」にはなくて『自治寮生活』に新しく書き足された章に、もうひとつ〝冬籠〟がある。冬休みになっても帰省せず、寮に残って過ごすことを〝冬籠〟というらしい。東京や近郊に自宅のある学生は当然うちに戻って家族とともに正月を迎えるが、豊一郎のように大分県の臼杵まで帰るのには、冬休みは短すぎるのだ。寮に残ったのは、三澤君と二人だけ。夜になっても寮には電灯がつかないので真っ暗闇。寮務室から蠟燭を貰ってきてすごすが侘しい限りである。しかし、正月三ヶ日だけは、寮も少しだけ華やかになる。読んでいてもホッとするので引用しよう。

——元日には暗い内から朝湯が沸く。浴室にも食堂にも形ばかりの松飾りがしてある。今日だけは流石に賄も綺麗なエプロンをかけてゐる。鴨の入つた雑煮に口取に數の子ごまめなどが附くから感心だ。自治寮も三ヶ日は朝祝の雑煮に丸箸の新しいのがつく。

（『自治寮生活』）

最後の章の〝寒稽古〟は、「春の巻」から移し変えたもの。春よりも冬のほうがふさわしい。内容は殆ど同じだが、学生たちの会話が、「中學世界」では地の文に組み込まれていたのが、『自治寮生活』では一行立てになっているので読み易い。

厚い氷の張っている手桶に、竹刀の先を突き刺して割り、その水を飲みながら、夜半の三時ごろから朝日の昇る時まで、大寒三十日間、毎日行うというのだから凄いものだ。

さて、いよいよ「春の巻」に入る。例によって「中學世界」と『自治寮生活』を比較してみよう。

「中學世界」	『自治寮生活』
小使室物語	小使室物語
寒稽古	日曜日
紀念祭	紀念祭
春色	花やすみ
花やすみ	短艇競漕
	浴室

『自治寮生活』の「春の巻」巻頭には、淡いオレンジ色のペン描きで、相撲を取っている丸坊主、黒褌姿の二人の学生の図。土俵の回りにも見物の学生や来賓。遠くには日章旗を立てたテントらしいもの。

〝紀念祭〟の中に、この情景が描かれている。

——行列がすんで暫くすると、相撲が始まる。西寮の三階ではト、ンコ、トンコ〳〵、ト、ンコ、トンコ〳〵と櫓太鼓が鳴り出して、根津駒込の界隈に響き渡る。何百人と云ふ人數は土俵を圍んで詰め寄せる。力士は各寮各室から一人づゝ、それに大学生の飛入を加へて、東西の溜まりに列んでゐる。だんだらに巻き立てた四本柱には七五三を張つて御幣を立てゝある。行司は三井金太郎、青木徳之助、定紋付の麻裃に團扇の紐を長くしごいて、白足袋に盛り砂を踏んで立つ。呼出しは笠川彬之丞、袴の裾を股高に括つて、目八分に捧げた扇を口に當て、回光院特許の美音でうなり出す。（後略）　（『自治寮生活』）

このような調子で克明に試合ぶりを描写し、三ページに及ぶ。豊一郎も熱弁を振るっている。「春の巻」では、なんといっても〝紀念祭〟に力がこめられていて面白い。「中學世界」では、四〇〇字詰原稿用紙に換算してわずか十枚足らずだが、『自治寮生活』のほうは約四十枚、四倍にも膨れ上がっている。

同室者に謹呈するとなれば、十枚ぽっきりでは情ないといわれそうなので、豊一郎も精力的に取材したのだろう。固有名詞も多発。

永田君、内田君、島崎君、芝辻君、大村君、三澤君、元山君と、同室者たちの名前が最初の四ページで一堂に集まっている。若者らしい会話がとび交い、合唱したり、部屋に飾る文福茶釜の制作風景を紹介したりしている。

――『三澤、その尻尾は全体何尺位にするつもりかい？』

『出來るだけ長くするのだ。』
『今でももう五尺位はあるぜ。』
『まだ此の倍位にしてやる。』
『へえ、馬鹿に大きな尻尾だな。』
『だつて狸の尻尾は八疊敷と云ふぢやないか。』
『そりや、睾丸のことだよ。』
『はゝゝ、其うかい。』

（『自治寮生活』）

自治寮内の各室はこのようにさまざまな工夫を凝らして、展示品を造り上げてゆく。例えば、大きなダルマを台にのせて結迦扶座させている十番室。長い手をするすると伸ばして、見物人の頭を拂子でさらりとはらう。目をグリグリと動かす。中には学生が入っているのだ。

六番室では小さな人形が、さらに小さな人形を造っている。その上に掲げられている俳句。

——部屋にこもり人形造る春日かな。

（『自治寮生活』）

工科三年生の四番室は、大仕掛の精米所を造り、周囲に山里の風景を描き出す。大松や大杉がこんもりと繁り、一筋の谷川がその間を縫って流れおちる。真暗な部屋の中に、水車小屋の灯が小さくともり、コットン、コットンと水車の音が響く。精巧でしかも美しい。これなど、わたしも見てみたかったと思う。

五寮七十室が〝いづれも我劣らじと技を競ひ巧を凝らしてゐる。〟

これらのことを、「中學世界」の方は、極めて真面目に紹介している。

――紀念祭《きねんさい》には種々《いろ〳〵》の餘興《よきよう》の外《ほか》に、寄宿舎各寮《きしゆくしやかくれう》七八十人の自習屋《へや》毎《ごと》に様々《さま〴〵》の苦心《くしん》を凝《こら》して飾付《かざりつけ》の意匠《いしやう》を競《きそ》ひ細工《さいく》を争《あらそ》ふのが習慣《しふくわん》になつてゐる。毎年々々《まいねん〳〵》の事《こと》であるから成《な》るべく嶄新《ざんしん》にして奇抜《きばつ》なる着想《ちやくさう》を争《あらそ》うて、中《なか》には随分巧妙《ずゐぶんこうめう》なものがある、殊《こと》に二部工科《ぶこうくわ》の部屋《へや》などでは或《あるひ》は力學上《りきがくじやう》の設計《せつけい》やら或《あるひ》は工學《こうがく》の應用《おうよう》などをして大仕掛《おほじかけ》の細工《さいく》をすることだから、一週間《しうかん》も十日《か》も前《まへ》から自習室《じしふしつ》の戸《ドア》に閉鎖《へいさ》の札《ふだ》を貼《は》つてこそ〳〵と仕事《しごと》に取《と》りかゝるのもある。

（『中學世界』明治三十九年六月十日号）

当日は午前八時、ベルとともに寮生千人がすべて嚶鳴堂に集合。正面には自治寮の憲法ともいうべき四綱領の額が掲げられている。その直下に、赤沼金三郎博士の肖像。四綱領はなかなかよくできていると思うので、引用してみる。

――一、自重ノ念ヲ起シ廉恥ノ心ヲ養成スベシ

一、親愛ノ情ヲ起シ共同ノ風ヲ養成スベシ

一、辭讓ノ心ヲ起シ靜肅ノ習慣ヲ養成スベシ

一、衛生ニ注意シ清潔ノ習慣ヲ養成スベシ

（『自治寮生活』）

だが、二番目を除いては、なかなか実行されなかったのではないだろうか。

最初に君が代三唱。明治時代のことなので当然だろうけれど、この習慣は敗戦まで続いた。十四歳まで歌わされていたので、歌詞も曲もすらすらとでてきてしまい、刷り込みの典型例だが、岐阜に引き揚げてきてから一切が廃止された。しかし、近頃再び強制の動きが出てきて背筋が寒くなる。豊一郎の寄宿舎時代が百年を経て、幽霊のように忍び寄ってきているのだ。

次に「記事朗読」。これは寄宿舎創立当時の記事で、当時の校長・木下廣次が天下に率先してこの寄宿舎を建て、学生の自治を許すという誓約をした時の文章だという。

これを寮の委員が壇上に立って朗読する。学生の自治を許す、という趣旨が豊一郎も気に入ったとみえて、丁寧に書き写している。読者にも知っておいてほしいと思ったのだろう。頁数にして五ページ、四〇〇字詰原稿に換算すると約四枚。さすがに疲れたとみえ、最後の方は……。

これによると、一高自治寮の造営されたのは一八九〇年（明治二十三）二月で、当時は東西二寮だけだったが、自宅が近郊にあっても全員入寮しなくてはならなかったという。その理由を「記事」は次のように述べている。

——我校ノ寄宿寮ヲ設ケタル所以ノモノハ徒ラニ路程遠近ノ便ヲ圖リテ然ルニ非ズ、又敢テ事ヲ好ミテ然ルニ非ズ、今日ノ情勢ニ於テ極メテ必要ナルモノアルニ由レリ、近來我國ノ風俗漸ク壞敗シテ禮義將ニ地ニ墜チントシ、殊ニ青年間ニ於テハ徳義ノ感情甚ダ薄ク、誠ニ其下宿ニ在ル状況ヲ察スレバ放縱横肆ニシテ殆ンド言フニ忍ビザルモノアリ（以下略）

（『自治寮生活』）

青年たちのことを、大人は常にこのように見てしまうものらしい。女性蔑視を呪い、父が終戦後まもなく他界してからは、岐阜で敢然と女性教頭第一号となって活躍した母も、晩年はこのように言って嘆いていた。わたしたち夫婦も喜寿を過ぎると、同じように不平を洩らすことがある。特に電車に乗ったり、繁華街に出たりした後が多い。

紀念祭の式典の後は、運動場で撃剣や綱引きが行われ、見物人も大勢やってくる。女性だけはチケットが必要だった、とあるから、家族に限られていたのだろうか。それでも、ざっと五、六万人は入場したと門衛が語っていたとのこと。凄い人気である。

昼食後は、各寮の仮装行列。豊一郎の在室していた西寮は「アベコベ行列」を披露する。なんでも逆さにして歩くのだという。豊一郎と内田君と島崎君は、夏の役で白地の浴衣を前後逆にして身にまとい、円扇をバタバタやりながら行く。なんともバカバカしいが、本人たちは〝これでは風邪を引きそうだ〟と言いながらも大真面目なのだ。

南寮は「救世軍と法華教集団」、東寮は「社会行列」と称し、大入道、軍人、大礼服の文官、百姓、巡査、赤毛布、乞食、薬売り、女学生、番頭、小僧、角帽の大学生、紙屑拾い、納豆売り、腹かけに捩じ鉢巻のいなせ、辻占い、按摩などが扮装よろしく〝浮世巷路の三丁目を見るやう〟に続いてゆく。花嫁や葬式坊主、車夫などは書いてあるが、ナースや医者、芸者やホステスの姿はない。豊一郎は忘れたのかしら。

北寮は「ポンチ行列」、中寮は「動物行列」。なんとも盛大な仮装行列である。仮装行列のあとは相撲。軍楽隊や喫茶店も運動場の一角を占めている。次第に見物人も方々に散り、淋しくなってゆくが、豊一郎は〝歓樂の日は暮れて歓樂の夜に入る。〟とさらに盛り立てようと試みている。なかなか終わらせたくない気持なのだろう。

夜は全寮茶話会。嚶鳴堂に集合し、演説や余興、各寮歌の新作披露、琵琶（この活字も逆さまになっていた）演奏、狂言など、各寮が競い合う。万歳三唱して解散したのは午前二時。

何百人もの学生たちが躍り狂うさまが生き生きと描かれているが、合唱《コーラス》や演劇などの催物がなかったのは少し寂しかった。歌舞伎の真似ごとや新劇もあったのではないかと思うけれど。

『自治寮生活』で書き下ろされた項目は二つ。「短艇競漕」と「浴室」である。前者は四〇〇字詰換算約五枚。後者は七枚程度。

「短艇競漕」というのは、赤・白・青の三組に分かれて隅田川で行うボートレースのこと。因みに、第一部（甲・政治・法律と文科、乙・ドイツ法律と文科、丙・フランス法律と文科）は、青組。第二部（甲・工科、乙・理科、農科、薬学科）は白組。第三部（医学科）は、赤組だという。第一高等学校に、こんなに沢山の科があったなんて初めて知った。

豊一郎は〝三疋の蜻蛉が静かに水の上を飛んで來るやうだ。〟と表現しているが、一向に面白味がない。力めば力むほど白けてくる典型。

それに較べると「浴室」のほうが生き生きしている。

浴室は東寮の裏にあるので、手拭を下げて廊下伝いに歩いて行く。流すところはセメントで塗り固められ、中央に長持のように大きな浴槽がある。

――十五六個の首が其の中に浮いてる。流しでは何十人と云ふ男が體格の競進會をして居る。何れも骨格の逞しい身体ばかりだ。湯氣が室内に一杯になつて窓には露の玉が流るゝ。

『湯番――熱いぞッ。』

と怒る者がある。壁の彼方から、

『はーィ』

と云ふ返事がきこゆる。湯舟の中の人は總立ちになつて皆んな兩手で湯を掻きまぜる。湯舟の中に龍巻が立つて、熱い雨が天井から降る。

（『自治寮生活』）

こちらまで湯煙の中にいるような、よい心持になる描写である。

「夏の巻」の巻頭画は、緑色で描かれた野球の練習風景。ピッチャーとバッターが向かい合い、ボールが空中に高く飛んでいる。はるかな雲、森、煙突の高く伸びた二階屋が描かれ、いかにものどかだ。〝ノックの響〟が聞こえてくるよう。

「中學世界」と『自治寮生活』の目次を比較してみる。

「中學世界」	『自治寮生活』
新緑	新緑
十傑當選	十傑當選
生徒控所	生徒控所
ノックの響	ノックの響
郊外スケッチ	郊外スケッチ
日曜日	圖書館
歸省	歸省

両方ともほとんど同じタイトルで同じ内容だが、やはり少しずつ本郷書院刊の方が手直しされている。「中學世界」にある〝日曜日〟は、前の「春の巻」の方に移し、その代りに〝圖書館〟を新しく入れている。この選択は嬉しい。冒頭を紹介しよう。

――永田君と二人で圖書館に行く。圖書館は本館の二階にある。幾百の學生は皆肅然として研學に餘念がない。或者は聖賢の書に昔の哲人と語り、或者は詩人と共に歌つて居る。精密な解剖の圖に眼を凝らして居る隣には、六ケしい問題に頭を悩まして居るのもある。コンパニーの栗饅に二ダースの健啖をほこり、ストームの夜襲に石油箱をたゝき廻る無邪氣な學生も、一度此部屋に入れば、眞面目な學究の態度になる。壁一重に俗界の塵を避けて、誠に神聖な修業の道場である。

（『自治寮生活』）

豊一郎の描いた一高図書館の風景は、わたしが時々利用する日本近代文学館の閲覧室とそっくりである。この粛然とした雰囲気がわたしも大好きだ。

唯少し気になったのは、注文に応じて本の出し入れをしてくれる人のことを、〃小使〃と称していること。当時はまだ司書という呼称がなかったのだろうか。今から四十年前、わたしが中学校の英語教師から、新設高校の司書教諭に採用されて赴任した時、東大出身の夫が「司書教諭なんて、小使みたいなものだろう」と言った。あの頃でも、東大の図書館では司書のことを、そのように称していたのだろうか。そういえば、それから七、八年後、わたしの隣席にやってきた学校司書は、東大図書館に勤めていた経験があると言っていたが、「東大図書館なんて、未だに司書は小使扱いですから」といまいましそうに言っていた。伝統とは恐ろしいものである。

「夏の巻」のラストは、〃歸省〃である。この冒頭に、臼杵の風景が絵葉書をみるように次々と書かれている。

天満寺の大松、臼杵川、龍原寺の三重塔など、現在と少しも変わっていない。わたしは故玉田信行氏の描いた絵葉書「臼杵の町」を沢山持っているが、それらが豊一郎の描写とそっくりなのに驚いてしまう。つまり、それほど臼杵の町並には、歴史がそのまま刻まれているのだ。

ただ不思議なのは、豊一郎にはいない筈の弟妹が出迎えていることだ。これは「中學世界」でもそうだった。

豊一郎の戸籍謄本には、豊一郎の下に、明治二十二年一月九日に生まれて同日に死亡した次女ステの名が記載されている、と『近代文学研究叢書　67』（昭和女子大学近代文学研究室　平成五年刊）の〝野上臼川〟の項に出ているが、他の弟妹のことには触れていない。『臼杵市史』にも、豊一郎は野上家の一人息子と記されている。

豊一郎は余程弟妹がほしかったのだろうか。

さて、『自治寮生活』もいよいよ最終章「後日譚」に辿りついた。吉田茂の描いたものは、前述したように上下が逆さである。〝同室會〟の様子を描いたらしいが、酔眼もうろうとしていたから、というシャレなのだろうか。色も紫。紫煙のつもりかしら。

裸電球の下で、坊主頭の羽織袴姿が二人、学帽をかぶり、鼻の下に八の字髯をはね上げた学生服の男が一人、テーブルを囲み、ビールを傾けている。中央には串を刺したヤキトリらしい大皿がひとつだけ、他には何もない。

本文によれば、「牛鍋」とあるが、電気コンロや火鉢のようなものは見当たらない。場所は豊一郎たちがよく利用した豊國の樓上だろう。ここでも「中學世界」で紹介した時のような議論が延々と続いている。お馴染みの永田君、芝辻君、元山君、島崎君、内田君、大村君の名が次々に登場する。全文ほとんど会話ばかり。

次章の〝剛健の氣風〟も〝一高の詩的なる點〟も〝一高の名物〟も、すべてこの会話の流れなのだ。

ここでミスプリをまたひとつ発見。

『自治寮生活』の巻頭の目次には〝詩的なる點〟とあるが、本文は「中學世界」の時と同様〝一高の詩的なる點〟。比較表を掲げるまでもなく、両者の「目次」は全く同じだった。内容も表現も同じ。違っているのは「中學世界」の方にはルビが付いているということだけ。

豊一郎も卒業後の〝後日譚〟なら、かまわないだろうと思ったのかもしれない。

本郷書院の要請で附録とした「第一高等學校入學便覽」は、二四一ページから二五五ページまで。最初に小さな活字で断り書きが付けられている。

――こは一高に入學せんとする人の便宜を圖りて綴りたるものなり。詳細は『第一高等學校一覧』を見るべし。但し此便覧は『一覧』より抜抄したるものに非ず。

M Y 生

MY生とは、発行者の吉田正太郎のことであろう。

『便覧』の内容は次の通り。

一　位置　二　沿革　三　學科　四　入學　五　學暦　六　寄宿制度　七　校友會　八　其他の團体　九　寮歌　十　野球部史

豊一郎の在学していた当時の第一高等学校の所在地は、〝本郷区向ヶ丘彌生町〟で東京帝国大学に隣接していたが、一九三五年（昭和一〇）に、東京帝国大学農学部と敷地を交換し、駒場に移転した。（『近代日本総合年表』）

沿革によると、第一高等学校は最初、東京英語学校として一八七五年（明治八）に設置され、二年後に東京大学予備門と改称され、東京大学に属したという。第一高等学校と改称されたのは、一八九四年（明治二七）。

しかし敗戦により、この第一高等学校も、一九五〇年（昭和二五）三月二四日、最後の第七三回卒業生を出して廃校となった。奇しくもこの年の四月、わたしは奈良女子大学に入学した。

『便覧』を紹介すると面白いのだが、キリがないので止めにする。最後の二ページに「官立學校入學歩合」（三十九年末調）が添えられている。二十三校の名称、志願人員、入學人員、志願者一〇〇に対する入学者の比例が縦書きに並列されている。競争率の高い学校を三校だけ紹介しよう。

東京高等工業　一七倍（東京工業大学）

東京高等商業　一五倍（一橋大学）

東京高等師範　一二倍（筑波大学）

第一高等学校は、九倍で第四位であった。

第七章　『巣鴨の女』と「隣の家」

『自治寮生活』の次に、野上豊一郎が上梓した単行本は『巣鴨の女』である。春陽堂の「現代文藝叢書　第六編」で、明治四十五年（一九一二）一月一日発行。

この本も掌にのるくらい小型で、表紙もかわいらしい。

上半分に四角な池。鯉が泳ぎ、蛙が手足をひろげ、小波が一面に立っている。ハート型の浮葉も四枚散り敷いて、ベージュの地に暗緑色の池がしっとりと刻まれた品のよさ。その直下に、右から左へ横書きで「巣鴨の女」とゴシック体。表紙に豊一郎の名はない。

表紙を繰ると、いきなり（臼川）の前文。

――巣鴨と云へば誰でも狂人病院と監獄とを聯想する。どちらも赤い煉瓦塀に圍まれた大きな建物である。岩﨑の別邸も同じ様な塀に圍まれてゐる。其間に無數の小さい人家と繫つた樹木がある。私は此森の中に七年來住んで居る。『巣鴨の女』は私が此處で觀察し此處で考へた小説の中の三篇を集めたのである。處女から女になつて行く牛屋の娘、主人の家を逃げ出して自殺を企てた少女、東京見物の客を迎へる家族、飼犬の死、吉原の火事、此等が材料になつて居る。（傍点引用者）

（『巣鴨の女』）

三編とは「ミナ」「おらく」「干潮」。

「ミナ」は四〇〇字詰換算約四十一枚で、初出は「新文藝」明治四十三年三月号。

「おらく」は約三十枚で、初出は「帝國文学」明治四十三年四月号。その際のタイトルは「河」。

「干潮」は最も長く約一七〇枚もあり、初出は「新小説」明治四十四年七月号。

「ミナ」は豊一郎が友人に宛てた十六通の手紙から成る。

「ミナ」とは飼犬の名前。

最初の十月六日付の手紙で、豊一郎は友人に犬を飼いたいから世話をしてくれと頼んだが、偶然よい犬が手に入ったからもうよいと断わっている。

貰った仔犬は生後四ヶ月のスコッチ・コリーで、やけに吠えるから、月夜の晩には犬小屋から出さぬようにと注意される。

豊一郎はスコッチ・コリーと聞いた時、反射的にロバート・バアンズの「The Two Dogs」という長詩を想い出す。そして更に、大学のセミナーでこの詩を読んだ時、当時よく分からない単語があったので、英国人の教授に質問してみた。その時のことが書かれているのだが、一寸面白いので紹介してみよう。


——And stroan't on stanes an' hillocks wi' him

と云ふ行がある。其の stroan't といふ字が分らなかつたから僕は何心なく教師に尋ねて見た。その時ほど、あの英國の老博士が不快な顔をしたのを見た事はない。彼は黒い頭巾を冠つた小さい頭が幅廣い肩の中にもぐり込んで了ふかと思はれるまで身震ひして、それは小便をすると云ふ蘇格蘭語だと紙の端に書いて見せた。随分無作法な質問をする學生だと思つたかも知れない。それから僕は二三の書物を探し廻つて、此の種族は最も怜悧な犬で、子供の内は非常にぢやれ好きだと云ふ事と、大きくなるに従つて少數の人には忠實に馴れ仕へるが、知らぬ人には決して寄り付かず、悪くすると大變に肝癪を起す事が多いと云ふ事を知つた。

（『巣鴨の女』）

ロバート・バアンズは、豊一郎の大学卒業論文のテーマ。英国の老博士というのは、ロレンス教授ではないだろうか。

十月六日付の手紙は、十六通の中でもっとも長く、豊一郎はミナとの出会いを力を込めて書いている。

土砂降りの雨の中を幌をつけた人力車に乗り、仔犬を膝に抱いて原宿の駅まで行く。そこからは箱に入れ、別の車輛に乗せて巣鴨まで汽車で。未だ電化されていなかったらしい。巣鴨駅から再び人力車に乗るが、仔犬は車酔いしたらしく豊一郎の足もとで〝かッと物を吐く〟。そこで豊一郎は〝可哀そうだから〟膝の上に抱いてやる。謹厳な顔に似合わず、豊一郎はやさしい人なのだ。

仔犬は次第に馴れてきてイタズラもするし、盛大に吠えるようになる。特に家の外を通る托鉢僧や紙屑屋、鋳掛屋などの呼び声を聞くと、垂れていた耳をピンと立て往来の方を向いて鋭く吠え立てる。時には鎖をふり切って追いかけることもある。

しかし、身なりの悪くない者には咎めるようなことはしない。さりとて媚を売って尾を振ることもない。飼主の家の者以外には、やさしく声をかけても知らぬ顔をしている。

このようなことは仕付けられたからそうするのではなく、どうやらスコッチ・コリーの持って生まれた習性らしいが、ミナの吠えかからない唯一人の例外は、近所の牛飼いの娘、お杉さんである。ここから主人公は、ミナからお杉さんに移る。

——お杉さんは近所の牛屋の娘で、十九だと云ふが身長《せい》が高いから二三には見える。毎日の様に遊びに來て、妻《さい》や女中に手傳つて洗張りの加勢をしたり忙しい時の用達しに行つて呉れたりする。至つて気丈者らしい。何處から見ても都會の女と云ふ感じのしない、植物の多い空氣の清明な土地に生長した、健康な皮膚の色と長い足を有《も》つた少女である。(『巣鴨の女』)

ところがこのお杉さんに、いつの間にか男ができたらしいのだ。男がこっそりお杉さんのところに通い出したのを咎めたのは、他ならぬミナだった。近所の人すべてが気付いていたのに、豊一郎も妻も、ミナが吠え出してからようやく不審に思い、庭を調べてみて分かったのだった。

このあたり、いかにも近所付き合いの乏しいインテリ夫婦の暮らしぶりがほの見えてくる。

豊一郎は漱石の家に友人たちと寄り集まっての帰り、ついに夜明け近くにお杉さんの所から忍び出てくる男とすれ違った。朝になって聞いてみると、お杉さんの家に出入りしている牛乳配達人だという。

——十一月二十八日の手紙。

今日お杉さんに逢つたら如何にも沈んだ顔をして居つた。若草を踏む牝鹿の様な快活な歩調はもう見られない。髪は島田に上げてゐるが、つや〳〵した處女の血色は去つて、暫くの間に傷々《いたく》しく窶れてゐる。女の生理上から來る變化ほど著しく容貌に表はれるものは無い。殊にお杉さんは此までがそう云ふ方面は人並より發達が遅いように見えただけ、それ丈け變化が甚しく目に付いた。何だか皆んなで見てゐるべき花を、一人の人に無斬にむしられたやうな氣がする。

(『巣鴨の女』)

ミナは相変らず通りの物売りたちに鋭く吠えかかっていたが、正月が過ぎ、お杉さんが七草の日に男と姿を消したあと、容態が急変した。豊一郎は心配になって、連れてきた時のように人力車に乗せ、毛布に包んで膝の上に抱えて犬猫病院に連れて行った。

獣医にデステンパーらしいと言われ入院させた。五日もお預りすれば治りますと請け負ったのだが、翌朝、その獣医が慌しく駆け込んできて「犬が駄目になりました」と告げた。

——あんなにまで受け合つて置きながらもう殺して了つたのか、と云ふ様な感じがむら〳〵と湧いて、獣醫の青膨《あをぶく》れの面を憎い心で見詰めてやつた。獣醫は氣まり悪そうな態度で、病状から死因の推測なぞをくど〳〵と述べ立てた。併し僕の興奮した頭には彼の云ふ事は少しも腑に落ちない。腑に落ちるも落ちないも耳に入らなかつたのだ。今になつて辯解を聞いたつて何になるものか。おれの犬は死んだ。ミナは死んで了つたんだ。獣醫は歸りしなに、屍骸はお引取りになりますか、それともお捨てになれば清潔社が貰ひに參ります、と云つた。誰が清潔社なんかにやるものか。僕が取りに行く、と云つた。よぼ〱でも何んでもい、から昨日の通りの犬にして返して呉れ、と云つてやりたかつた。

（『巣鴨の女』）

この文章ほどわたしをじんとさせたものはない。わたしも犬好きなので、母が飼っていた雑種の犬が正月表に出した直後、車に轢かれて死んだと聞いたとき、どんなに泣いたかしれなかった。わたしは結婚したので時折車で里帰りしたのだが、四つ角を曲がる時から、フジ（その犬の名）がわたしの近づくのを聞きつけて、嬉しそうに吠えていた。その鳴き声は五十年過ぎた今でも甦る。ミナを入院させた日、お杉さんの居場所が分かり連れ戻されたが、もはや昔のお杉さんではなかった。ミナは死に、お杉さんは汚れてしまったのだ。しかし、お杉さんは一生人にコキ使われる女にはなりたくなかったのだと言って泣いた。

二番目の「おらく」は、短くて読み易い。しかし、内容は傷ましい少女の話で、胸が塞がれる。主人公のおらくは、巣鴨の庚申塚の車夫の娘で十五歳未満。父親は人が善いのだが、後妻に頭が上がらない。おらくにとって継母に当たるその女は前妻の娘が邪魔で仕方がない。煙草工場に勤めさせるが、それでも倦き足らず、とうとう神楽坂の寿司屋に住み込ませてしまった。

その店でおらくは朝早くから夜遅くまで休む間もなく働かされる。亭主は容赦なく撲つし、おかみは無気味な冷たい眼で睨む。豊一郎はその眼を次のように描く。

——おらくは今暗い寝床の上に横はつて居ても、内儀《かみ》さんの事を考へると一番に其の物凄い輝きがありありと自分の目の前に描かれる。それ程強く印象された目であつた。艶《つや》も水氣も干涸びて白く濁つた角膜の底から光る其の視線に逢着する時はおど〳〵したおらくの目は何時でも地に落ちて了ふ。去年の暮、繼母《まゝはゝ》に連れられて初めて此の家《うち》に目見えに來た時から今日まで一日も此の目と親む事が出來なかつた。

（『巣鴨の女』）

おらくはあまりにもつらくなって一度巣鴨の自宅に逃げ帰ったが、気の弱い父親は見てみぬふりをして外に出てしまい、怒った継母は〝今の内汽車道へでも行つて死んで了へ、と云つて家の外《そと》に突き出した。〟

泣きながら再び寿司屋に戻ると、今までよりいっそう邪慳にされ、近所の芸者衆からおらくが貰った祝儀までとり上げられてしまう。

市が谷まで寿司桶を届けた帰りに、雨の中で代金を落としてしまった時などは、泣いてあやまっても許してもらえず、素裸にされて調べられた。さらに、小間物屋の小僧の銀ちゃんとちょっと坂の上で立ち話をしただけなのに、その仲を疑われ〝外聞がわるいから巫山《ふざ》けた眞似をおしでないよと睨み付けられた。〟

ついに我慢し切れなくなり、おらくは家出を決意する。
夜が白々と明け、坂下を電車の通る音がしはじめたころ、おらくは襟垢のついた冷たい着物に手を通し、そっと潜り戸から抜け出した。

——外は向の呉服屋の屋根からかけて九段の方へ帯の如く擴がつたオレンジ色の光が映つて、晴々した日を思はせる空であつた。

（『巣鴨の女』）

そこから初めておらくは自分の意志で自由に東京の町を歩き出す。読んでゆくうちに、百年前の東京の風景が次々に現れ、あたかも自分もおらくと一緒に夢中で歩いているような気がしてきた。ちびた下駄の足音まで聞こえてくる。

——氣が付いた時は靖國神社の前の坂上に立つて居た。その時、二月の太陽は、靄に蔽はれた無數の人家の上に一様に光を投げて幾筋も棚曳いた厚い横雲の間から朱色のその姿を現はした。同時に向の遠い高臺も、其上に列んだ多くの建物も、その下に集つた多くの建物も、美しい朝の霧の中に一々鮮明な色彩を映發して、見る限りの廣い市街が、物の初まりの様な活き〳〵した感じのする、新鮮な空氣を透して、意義あるものゝ如く目に入つた。

（『巣鴨の女』）

この豊一郎の風景描写は正確だが、表現が固すぎる。おらくの目を通して描くのなら、もっと初々しく詩的でなければと思うが、どうであろうか。

ともあれ、酷使され続けた寿司屋から脱出したおらくは、〝俄に自由を得た自覺が意識に上つて來た。〟

靖国神社の坂をかけ降り、初めて見る店先のガラス窓を通してさまざまな品物を眺め、間口の狭い汁粉屋に入って、汁粉と大福餅を食べる。彼女の財布には、十銭銀貨が二枚と銅貨が四、五枚入っているばかりだが、それだけでも彼女はぜいたくな気分になっていた。

当時のおしるこは一杯五銭、大福は一個五厘（『値段史年表』）だから、おらくの財産は五分の一減ったのだ。このあとどうするつもりだろうとハラハラする。

おなかのくちくなったおらくは勇んで浅草の雷門の前に辿りつく。仲見世の石畳を踏みながら、湧き出てきた人波をかきわけ、左右の極彩色の店に目を奪われ、六区のさわがしい音楽に魅かれてゆく。そして、ぞろぞろと活動写真館に入って行く見物客の後について木札を買い、薄暗い入口を潜った。

映画は〝浪子〟という女主人の出てくる物語で、おらくは煙草工場に通っていた頃、年上の女に聞いて諳んじているほどだった。

これは徳富盧花の小説『不如帰』の映画化である。

海軍少尉川島武男の妻、浪子は、夫の出征中に肺結核を理由に姑から離縁を申し渡され、泣く泣く実家に戻る。封建制度と新旧世代のぶつかり合いを描いたもので、わたしの幼い頃もよく〝武男と浪子の生き別れ〟などと伝えられていた。

明治四十年代の映画館入場料は十五銭というから、おらくの財布の中の現金はみんな消えたわけだが、足の痺れるのも忘れてくり返し映画を見て、写真館を出た時には、日は傾きかけていた。

それでもおらくは浪子に対する同情から、夢遊病者のように仲見世を何度も廻り、ようやく飢えと寒さを感じたので天麩羅屋の前で帯から財布をとり出す。と、その時、肩越しに大きな手が伸びて、おらくの財布は引ったくられてしまった。

噴水の回りのベンチには、何人もうずくまった男たちがいた。みんな疲れ切った様子であった。おらくに一番近いところに、四十以上の痩せ細った女が首を垂れていた。おらくもそこに坐り、遠くから流れてくる楽器の音や人声、下駄の足音を聞きながら、いつの間にか寝入ってしまった。

夢の中では死んだ母親が現れ、おらくを自分の里に連れて行った。継母と違って、気が弱くやさしい人であった。そこには皺だらけのお婆さんがいて、ふかしたさつまいもをくれた。

寒さに震えながらも、おらくはそのベンチでくり返し亡き母と、母に連れられて行った河向こうの里の夢をみていた。

「おらく」の原題が「河」であるのも、そのためなのだろうが、それならもう少し、河向こうの風景がこまやかに描かれていなければならなかったと思う。

目が覚めた時には夜が明けていた。おらくは夢の続きのように河を目指して歩いた。しかし結局、川には辿りつけず、日暮れ近くになって一人の紳士に呼び止められ、「今夜はおれの家にでも来て泊るがいい」と言われる。

——おらくは其の後から附いて行きながら、大きな玄關と明るい部屋と親切な家族の人々の顔と、而して自分の胃袋を充たす可き樣々の食物を頭の中に描いた。道は左に折れて生籬の續いた路次を幾つも曲つた。空には小さな月がいつの間にか高く上つて、その前を煙のような雲が急速に通り過ぎてゐた。

（『巣鴨の女』）

これが「おらく」の最後の文章である。紳士はどうやら豊一郎自身であるように思えるが、如何だろうか。

最後の「干潮」は、もっとも長く、豊一郎も力を込めて書いたらしいが、前二作に比べて余り心に響かなかった。主人公が東京下町の哀れな少女ではなく、語り手の四十代後半の九州から来た叔父とその干からびたような妻だからかも知れない。全体が妙に老成していて、まだ三十歳にならない作家のものとは思えないほど地味なのだ。冒頭を紹介しよう。

——海岸のU町から山の中のM町へつゞく長い街道を、一疋の馬に曳かれた田舍馬車がよろめきつゝ驅けてゐる。馬車の中には十三四の色の青白い男の子と、其れより三つ四つ年下に見える女の子を連れた、薄髯《うすひげ》を生やした若い男が乘つてゐる。馬車の中の湿氣と動搖に疲れた二人の子供は話もせずに、ぢつと若い男の両脇に寄り添うて頭を伏せた。乗り合ひの人々にはU町に用達しに行つた歸りと見える年寄りの百姓達が二三人此の地方に特有な、アクセントとの乏しい《（ママ）》言葉で早口に何か話し合つてゐた。その強い粘《ねば》りこい階律のない言葉を斯んな蒸し暑い日に聞くのは何といふ不快であらう。それに馬車の天井が頭のつかえる程低い上に毒々しいペンキで塗られてあるのも人の目を疲らせるばかりであつた。（『巣鴨の女』）

U町というのは多分臼杵、M町は三重町だろう。田舎馬車に乗っている十三四の青白い男の子は、周三で、それより三、四歳年下の少女はなつ子。二人を両側に坐らせている〝薄髯を生やした男〟が、この「干潮」の主人公、平林省三である。

この平林省三は、U町では珍しい知識階級で、少年の周三に『学問のすすめ』や『西國立志篇』『雪中梅』などの読書を勧めていたが、その後O市（大分市だろう）に移って官吏となった。

三人が田舎馬車に乗ってM町へ行く目的は、内山観音に周三が無事に育った御礼参りをすることだった。本来なら周三の母も同行すべきなのだが、病床にあって田舎馬車にたえられそうにないので、叔父の省三に頼んだのである。周三は生まれた時病弱で育ちそうにないので、母親が内山観音に無事を祈り、十五歳まで育ったら必ず御礼参りをさせますと誓ったのだという。

少女のなつ子は内山観音近くに住む酒屋の娘で、後に周三の妻となっているが、その頃から周三はなんとなくなつ子に愛らしさを感じて、つかず離れず見守っている。

どうやら周三は豊一郎で、なつ子は彌生子のようだ。

話は、それからいきなり十四年後になる。

周三の許へ、平林省三から妻を連れて（最初は明白にしないが）東京の桜見物をしたいから頼む、という手紙が届いた。それまでは形式的に年賀状の交換をする程度であったのに、いきなり上京というのだから、周三も妻のなつ子も気が気でない。二人には二歳になる男の子もできていた。桜見物と言いながら、あちらこちらで満開近くなるのに、叔父からは出立の知らせがない。周三はついに電報で〝満開に日なし、急ぎ御上京を待つ〟と督促する。

そして、ようやく四月八日の午前十一時、新橋に叔父夫婦が到着する。


——二人とも何といふ年を取つた事だらう。

叔父は髯を落して髪を短かく刈り込んで其上に若い者のような鳥打帽《ハンチング》を冠つて大島の羽織を着てゐるが、何處かに老け行く衰へが見える。それと列んだおのぎさんは身長《せい》の低いのが何より目に付いた。ふくやかにつや〳〵してゐたと思はれる顔が青く細つてゐる。目の腰も折れ疲れてゐる。そんなに變化した顔にも、流石《さすが》に何處かに一瞥して直ぐ捕へ得る昔の面影を思ひ出した。私は二人の近づくのを目も放さずに見つめた。けれども先方ではまだ氣が付かぬらしい。（『巣鴨の女』）

ようやく二人が周三に気付き、十四年ぶりの邂逅を喜び合う。山手線で新宿から駒込へ行き、周三となつ子の住居へ行く。風呂から上がったところで、滞在中の計画を叔父と相談する。近所に下宿しているなつ子の弟の清も加わり、花見を中心として、おのぎさんの希望である三越や白木屋のデパート廻り、ハイカラな帝國劇場、愛宕山、芝公園なども日程に入れてゆく。

周三は叔父が以前南画を稽古していたことを想い出して、美術展なども勧める。本格的な東京見物なのだ。

しかもその日の夕方、叔父は東京の夜景を見たいと言い出す。一刻も時間が惜しい、というのだろう。

叔父夫婦を連れて、周三は弟と四人で上野の夜桜を観に行く。おのぎさんは、夜の街の電灯の華やかさに「まあ、火事のような」と子供のようによろこんだ。

山王台から下谷浅草の灯を見下ろしたとき、叔父は周三に吉原を一度案内してもらおうと言い出し、弟が「だめですよ、吉原なんか」と止めても聞かなかった。どうやら故郷へ帰っての土産話には、吉原が一番よいと思っているらしいのだ。周三は〝たゞ苦笑した。〟

――私たちは廣小路の夜店を見て、電車で日本橋通から銀座へ行つた。兩側の堅い敷石を踏んで、派手な色々の光を利用して綺麗に飾られた陳列硝子窓《ショーイングウインドウ》を覗いて歩くのが、たまには私にも面白かつた。新奇と華奢と、田舎の人の目を驚かすに十分であつた。それから築地廻りで雷門まで運ばれた。仲見世の雑沓と、暗く大きく聳えた観音堂と、六區の興行物の光の池水とに落ちて搖曳《えうえい》する美しさと、人の足を浮き立たせる賑やかな楽器の音とは、いつまでも叔父たちの足を疲れしめなかつた。
（『巣鴨の女』）

こういうところを読むと、おらくが始めて一人で自由に浅草界隈を見て歩いた部分とよく似ていて、この周辺に興味をもっていたのは、豊一郎自身ではなかったかと思わせる。

翌日はまた四人で飛鳥山に出かける。夕方ようやく原稿を書き上げ、腹の底から苦しい息を吐き出す。そして午後からの見物は弟に委せて帰宅した。周三は急ぎの仕事をかかえていたので、午後からの見物は弟に委せて帰宅した。田舎者が金を溜めて東京見物をすることや、日本人が少し偉くなるとパリへ出かけることなどを、苦笑しながら語り合う。

その時、表通りが騒しくなり、号外のベルが鳴り響いた。玄関を出たなつ子が「まぁ、大へん」と言いながら号外を持って駆け込んでくる。

――東京都の北東部一面の火となる。吉原全焼。娼妓の死せる者多し。中には三階より飛び下りて其儘慘死せし者少からず。火舌は尚ほ北に進み今戸田中町三輪を一と甜めにし。赤羽工兵大隊は消火に努むと雖も火災容易に鎮らず。猛火は千住町を包みつゝあり。……私は活字のスケーヤ・ヘッドを拾つて讀んだ。吉原の燃え出したのが午前十一時過とある。而して今尚ほ盛んに猛威を逞しうしつゝありと書いて、號外發行の時間は午後五時四十分とあつた。
（『巣鴨の女』）

ここから「干潮」の内容は一挙に〝吉原の大火〟に移る。約八ページを使って、遊廓が跡形もなく焼け落ちたことが克明に書かれているが、この火事は実際にあった惨事だということを、わたしは始めて知った。『近代日本総合年表　第四版』（岩波書店刊）に、次のように記されている。

――一九一一（明治44）四・九　吉原遊廓、大火でほとんど焼失、類焼地域を含め焼失六五〇〇戸。

出典は「東京朝日新聞」。娼妓たちの死傷数までは記されていないが、三千人といわれた彼女たちはどうなったのであろうか。

作中の周三は家にじっとしていられず、吉原の近くまで火事を見に行く。すでにほとんどの建物が燃え落ち、縞や絣の着物を身につけた女たちが、立ったり坐ったり巻煙草を吹かしたりしていた。叔父たちは焼け落ちるまで見物できたといって喜んでいる。

〝火事と喧嘩は江戸の花〟というそうだが、豊一郎自身もどこかわくわくして書いているようなところがあり、わたしには意外だった。

翌朝の新聞は大火の記事で埋め尽くされたが、読み終わると叔父はふいに「神田同朋町といふと餘程遠いかナ？」と聞いてきた。

実はそこに住んでいる母方の従兄弟の神山に会うのが、今度の上京の主目的であるらしかった。明神の崖下のじめじめした狭い路次を何度も行ったり来たりしてようやく神山という男の住んでいる錺屋《かざりや》の二階を探し当て、叔父と一緒に会うのだが、ここから話は別府に温泉ホテルを建てようという相談に移る。

文学の中に金儲けの話が入ってくるほど、白々しいものはない。しかも念入りに長々と四〇〇字詰原稿用紙に換算すると十枚以上も続くのだ。豊一郎が「干潮」の中にこの神山と叔父の挿話を入れたのは、まさか事実がそうであったからという訳ではなく、何か意図があったとしたら、それは何の目的なのだろうか。周三が十四五歳の時は数少ない知識階級の一人であった叔父の変化か。滞在中の叔父・平林省三は、その後、妻も連れて博物館、表慶館を見て回ったが、さして興味も示さず、焼けた吉原の代りに洲崎の廓をみたいと言い出す。案内は神山がすることになり、周三も興味津々で付いて行く。

——ずつと以前私には鏡花氏の書いたものを愛讀した時期があつた。その中に洲崎附近の土地を背景にして女郎上りの若い女を書いたものを記憶して居る。全體が芝居がかつたものであるが、その女を通して此土地に殘つた一種浪漫的《ローマンチック》な昔風の氣風が窺はれた。けれども今夜來て見るまでは、それが鏡花氏一人の心持を歌つたものと云ふことに氣が付かなかつた。あゝ此の一廓に瀰漫《びまん》した極めて間に合せの、實利的な、情味の枯れた、粗雜な空氣。私は歸りの車の上で、こんな空氣に牽き付けられて集り來る多くの人々の事を考へて見た。

（『巣鴨の女』）

ここに豊一郎が、いわゆる愛欲小説などから離れて行く萌芽があるように思う。帰郷の日が迫ると、おのぎさんは土産物を買いに走り歩く。白木屋、三越などから子供への贈物を行李一杯に詰め込んでいる。その様子をこまごまと描写するのは、叔父夫婦のすっかり世間並みとなったお上りさんぶりを刻みつけたかったからなのだろうか。

小説はこうでなければならない、という規程があるわけではないので全く自由自在に書いてもよいのだろうけれど、こんな事まで書いていて豊一郎はよくイヤにならなかったと思う。彼がまだ二十八歳だからなのか。それともモデルにした叔父・平林省三にやはり親しみを感じていたからであろうか。

しかし最後近く、ようやく「干潮」というタイトルに秘められた著者の意図が現れる。

――何故あんに二人とも年を拾つて了つたんだらう。私の云つてることをちつとも親身に聞いて呉れてるように思はれない。あの目が可けない。泣いたことの無いような目ぢやないか。私の熱した顔を見ても、直ぐと流れて了ふぢやないか。叔父は昔からあんな目だつたのか知ら。それとも年をとつてあんな目になつたのか知ら。私には薩張り分らない。……忘却だ。すべて忘却だ。昨日の今日は別の世界に活きてゐるんだ。さう云へば私だつて毎日の生活にM町へ行く長い街道や内山の観音の追憶が織り出されてゐるんでもない。

私は春の海岸を想ひ出す。ひた〱と汀を濡したばかりで遠く干潮に殘された砂。感情の潮は皆引き去つて了つて浅ましい事件の岩骨のみが露出してゐる砂。
『あゝ潮の遠く落ちた磯だ。私たちは其の乾いた砂の上を歩かねばならぬのだ。』
私は心の中で斯う叫んだ。それは何よりも痛ましい思ひであつた。（『巣鴨の女』）

この十数行のために、豊一郎は叔父・平林省三と十四五年ぶりに会ったできごとを、一七〇枚も費して書いたのであろうか。また、この「干潮」だけは、総タイトル『巣鴨の女』にはふさわしくない。「ミナ」「おらく」はぴったりだが、「干潮」は外れている。

何とかならなかったのだろうか。そう思って調べてみると、「干潮」は明治四十四年七月「新小説」に発表されているものなのだ。彼はその頃、「読売新聞」にも連載小説「隣の家」を発表している。旺盛な執筆活動と言いたいところだが、あまりにも多忙だったのではないだろうか。前年の明治四十三年一月には、長男素一も誕生している。張り切る気持は分かるが、文学には推敲が何より大切なのだから。

ところで新聞小説「隣の家」は、どんな内容なのか。単行本にはなっていないので、当時の「読売新聞」を見てみる。明治四十四年十一月二十一日から十二月二十七日まで、三十七回に亘って連載されている。一回分は四〇〇字詰原稿用紙に換算すると三枚前後。最後の回だけは四・七枚くらいなので、総計約一一二枚。これ一作では単行本とするには少な過ぎるが、「干潮」と比較してみよう。

「隣の家」の語り手は〝私〟。恐らく豊一郎自身であろう。妻と若い女中と三人で、静かな染井の森近くに住んでいる。隣近所といえば、建仁寺垣を挟んですぐ隣の家と裏の家の二軒だけ。この三軒のみ瓦屋根で、まわりの家はみな藁葺きの農家である。時は明治四十二年八月末の宵の口。そこに三味線の弾き語りがきこえてくる。

私は三味線の咽ぶような縺れ合った音色に惹かれて、妻に「おい、流しを呼ぶんだぜ」と声をかける。

三味線弾きは玄関の格子戸の前に立って「浦里と時次郎の忍び逢ふ一節」を語り、私から銀貨一枚をもらい受けて立ち去る。門付けに立った二人は、若い男と年増の女だった、と妻はいう。

一週間後、隣の家から三味線語りの賑やかな音が響いてくる。流行の俗曲などではしゃぎ、特に常ちゃんと呼ばれている若い男の声はいやらしい。

隣の家の主人は王子に勤める会社員だそうだが、その妻は光る黒衿の着物など身につけた小意気な女だった。この夫婦には、しん子ときいちゃんという二人の娘があり、私の家によく遊びに来る。長女のしん子は小学二年生だが背が高く、私の気に入りだ。

――一寸笑顔を見せると直きに走り寄って縋り付く癖がありまして、丁度新しい芽の伸びる蔓草が何物にでも絡み附きたがるやうに、所きらはず軟かい其の手足を捲き付けました。

（「隣の家」三）

「隣の家」の三分の二は、そのしん子から聞き出した話で成り立っているといってもよいほどである。

そのうちに隣の家の女は、流しの常ちゃんに新内の稽古をつけてもらいはじめ、時折、幼い姉妹も三味線に合わせて銀鈴を振ったりしている。そればかりでなく、若い男は隣の家の庭の草むしりをしたり、苔を整えたりしている。私の家の二階は隣の家の庭に張り出すように建てられているので、窓からよく見えるのだ。

秋も深まってきた頃、隣の家に姉妹の祖母だという品のよい老女が移り住んでくる。茶の湯と生花の師匠をしていたとかで、姉妹の立居振舞も目立ってよくなってきたが、反対に老女の娘であるはずの女はヒステリーをよくおこし、声を荒げることが多くなってきた。

そこへ裏の銀行家の女房が、私の妻のところへ古い茶道具を借りにくる。近所の女たちが集まって、老女に茶の湯を習うことになったのだという。

翌日、老女自身が妻のところに茶道具を借りた礼を言いに来て、ついでのように毎晩の新内の騒がしさを謝まった。どうやら老女と隣の家の妻は、実の母子ではないらしい。私は老女は日蔭者だったのではないかと想像する。というのは、しん子が「おッ母さんはお祖母さんに何か云はれると一々口答へするのよ。此間なぞはお茶碗を流し元に抛り出してよ。」などと言っていたからだ。

そんな時、老女はもう大森に帰ると叫び、主人がみかねて怒り出したこともあるという。

染井から巣鴨にかけての村の秋を愛でながら私がしん子を連れて散歩をしていた時、ふいに友人の画家Tと出会う。Tは絵画の修業に長くフランスへ行っていたが、帰国後、私と親しくなったのだ。彼はこの辺りに適当な家はないだろうかと聞く。そして連れていたしん子を見ながら「妻にするなら、この少女くらいの年ごろの娘を手もとにおき、自分の好きな通りに育て上げてみたい」などと「源氏物語」みたいなことを言う。私が紫の上を読んだのかと問うと、そんなものは知らないとのこと。

ここで私とTの間に、日本の女の将来についての論議が始まる。Tは、日本の女は〝北海の氷が春先になつて一時に溶け出すように自由な新しい力が大變な勢で以て押し寄せてゐる。〟というが、私は〝それまでには未だ相應の時と犠牲を拂はねばならぬと僕は思ひます。例へば君の褒める、この少女(此だけ英語で)にした處が、決して人形の衣を脱ぐ女になれやしない。それどころか、日に〳〵母親の通りになりつゝある。〟と反論する。

ヨーロッパで修業したTと、森の中にひっそりと住み古典ばかり読んでいる私との思想の違いをみることができるが、四十年後には日本の女はTの言う通りになった。

散歩から帰ると、隣家の細君が失踪したと妻に伝えられる。しかし、私の想像したように、常ちゃんと駆落ちしたわけではなく、実家に戻っただけで三日後には帰宅する。ところが今度は主人の方が会社に出勤したきりどこかへ行ってしまう。どうやら同じ会社の十六、七になる給仕の少女を囲っているらしいと、裏の家の細君が私に伝える。

そしてついに隣の家の家族は、みんなバラバラになって去ってゆく。茶道具を妻のところに返しに来た裏の家の内儀は、老女が「頼りにすべきでない娘を頼りにしたのが間違いのもとだった」と語っていたという。

私が空家になった隣を見に行くと、持主の植木屋が庭の手入れをしていた。Tのために借りられないかと尋ねると、すでに入居者は決まっているとのこと。入ったのは男世帯だが金持らしく、引越しそばも高価なものだった。

そこへ学生時代に私が下宿していた叔父の家の車夫・友吉がひょっこり顔を出す。五、六年ぶりだったが、よく金を借りては博打ですって返さないことがあったので、私は警戒する。友吉は隣の家に入居した幸川という男と知合いだという。

二、三日後、友吉はまたやって来て、幸川にぜひ会ってやってくれと頼む。とりあえず会ったが「高峰式飛行器製作所」の後援会に入ってくれとしつこくせがまれた。

私がきっぱり断わると、今度は叔父さんに紹介してほしいと言う。私は会ってみて驚くなと裏をかいてやるつもりで名刺を渡したが、幸川は叔父に金を借りようとしたらしく、私は叔父に「下らない男を寄越すな」と叱られてしまう。

隣の家に出入りする男たちの肩や背に怪し気な彫り物があるのを女中がみかけたり、夜中に激しく怒鳴り合う声がしたりするので、妻はとうとう他所へ引っ越したいと言い出した。どうやら博打の寺になっているようなのだ。

冷雨のひとしきり降った冬の朝、物の落下する凄まじい音や筋肉のぶつかり合う烈しい音が隣家からきこえた。ついに警官が踏み込んだのだった。

その日の夕方、しょんぼりと友吉が現れ、金を貸してくれないかとおじぎをくり返すが、私は「その話なら止めにしようじゃないか」と言って追い返す。

クリスマスも過ぎ、年の瀬の近くなった風の強い日の午後、移転会社の赤塗りの馬車が隣家の門前に止まった。

私は二階の窓から、引越し荷物の運び込まれるのを眺めていたが、その晩すぐに三味線や太鼓で大さわぎをし始めたので、私もついに根負けして引っ越すことにした。

——もう二年前の話です。

これが結びである。

「新小説」への書き下ろし「干潮」と、この「読売新聞」の連載「隣の家」を比べてみると、やはり「干潮」のほうが文学らしい重味をもっている。それにしても、あの謹厳な豊一郎が、若い時には向こう三軒両隣の噂話にすぎないようなものを書いていたとは驚きであった。

第八章　「新小説」

「新小説」という文芸雑誌を初めて手に取って見たとき、その表紙の華やかさに目を奪われた。明治四十三年（一九一〇）一月号は、川村清雄の筆になる「門松」。

バックは上三分の二が朱色、下は砂色。境界線に左から右へ少し斜めにゆるやかに黒い縁取りがなされ、右上隅に真っ黒な烏が両翼を大きく拡げて飛んでいる。

その下に同じく黒い松の枝葉が三段に別かれて覗き、重なるように「門」という字が表紙一杯に描かれている。

門の下には、お行儀よく前足を揃えて坐った白黒の斑犬。太い革の首輪をつけ、目玉を剝いている。

「新小説」という雑誌名は、門の中央に、やわらく筆描きで、絵のよう。左の下隅に、小さな活字で二行。

明治二十九年七月二十三日（第三種郵便物認可）

明治四十三年一月一日発行（毎月一回一日発行）

執筆陣は正月号だけあって豪華。

トップは太文字で「ロミオとジユリエツト」坪内逍遙。

次に「煙草の村」眞山青果、「櫛屋の三人男」登張竹風、「越後の冬」小川未明と続き、野上臼川の「郊外」は五番目に入っている。この後には「林を出で來る人」中嶋孤嶋、「白妙」高﨑春月とわたしの知らない作家。

後半に森鷗外の深秘戯曲と銘うたれた「負けたる人」、泉鏡花の「歌行燈」、徳田秋聲の「娘」。最後は後藤宙外の「きよ川」が占めている。

豊一郎の「郊外」は、四〇〇字詰原稿用紙に換算すると三十五枚程度の短篇だが、目詰りしそうなほど漢字が多く、しかも総ルビなので煩わしく読みにくい。

第一章の冒頭を紹介しよう。

——欣一《きんいち》は一週間《しうかん》ばかり滞在《たいざい》の心算《つもり》で今度《こんど》七年振《ねんぶ》りに上京《ぜうきよう》する事《こと》になつた。其《それ》がいよ〳〵決《きま》つた時《とき》は、鉛《なまり》の如《ごと》く鈍《にぶ》つて凝結《ぎようけつ》した心《こころ》が底《そこ》の方《はう》から溶《とろ》けて來《き》て、甦《よみが》へる様《やう》な若々《わか〳〵》しい心持《こゝろもち》を感《かん》じた。昔《むかし》を辿《たど》る心《こゝろ》が東《ひがし》へ〳〵と飛《と》んで、其《そ》の夜《よ》は殆《ほとん》ど眠《ねむ》れなかつた。（「郊外」第一章）

わずか百年前の日本の小説は、このような文体、表現だったのかと改めて感心する。だが面白いことに、東京の地名は現在と少しも変わらず、現在と比較しながら想像するのは楽しい。ルビを省いて引用する。

——欣一が居た頃の東京は今とは餘程違つて居た。新橋から日本橋を通つて萬世橋に出る鐵道馬車が、二つ揃つた馬の首を振つて上野から雷門の方へ驅けて行つた。その頃はまだ日比谷は廣い雜草の伸びた原で公園などは無論出來てゐなかつた。（「郊外」第一章　傍点引用者）

傍点を施した地名を、現在の東京都の地図に合わせ、ガタ馬車と名付けられた乗物を走らせてみる。百年前の映像が浮かんでくるようだ。

大正十二年（一九二三）九月一日、関東大震災で焼野原となり、昭和二十年（一九四五）三月九日のアメリカ空軍の東京大空襲によって再び壊滅した東京の初々しい姿が、ここに刻まれている。

主人公は植木屋の娘お蝶。十二、三歳の目尻のすこし釣り上がった勝気な少女で、欣一には妹のようになついていた。少女の両親は亡くなってしまい、祖父がひとりで植木職をしていた。お蝶には遊び人の兄林吉がいたが、日銭が入ると出かけてしまい、ものの役に立たない。しかし、何故か色白の五十がらみの婆さんは、林吉をかばっている。ここまでが第一章。

ところが第二章になると、話が俄然色っぽく展開する。

植木屋の六畳に間借りしている欣一の耳に、婆さんの弾く三味線の音が響いてくる。お蝶に訊いてみると、祖母は昔女役者をしていたが、惚れこんだ祖父が連れてきてしまったのだという。欣一は〝あんな皺くちやな、腰の太い婆が、幾くら若かつたと云つて何が踊れただろう、と考へて見る丈でも可笑しかつた。〟

お蝶にその話を伝えたのは、下の家の半兵衛という老人だったので、欣一はもっとくわしく知りたくて、鉢物の手入れをしていたところに行き、聞いてみる。

――『あゝ好い女役者だつた。もうお前さん三十年からなるが、王子の権現様で鏡山を十日打つた。其頃錦絲のお初と云つたら界隈に恐しい評判で、落合池袋ぢや利かねえ、堀の内のお祖師様の近邊から若え奴共が辨當を下げて十日の興行を十一度見物に行くといふ騒ぎさ。其奴を上の家の大將が張り落しちやつたんだから豪氣なもんさ。その代りお前さん、田地が飛んだあね。西福寺の下に在つた田地が皆んな人手に渡つ了つたあね。』

（「郊外」第二章　傍点引用者）

威勢のよい下町の江戸弁がきこえてくるようだが、傍点を施した〝堀の内のお祖師様〟にはドキリとさせられた。何をかくそう、わたしが上京して母の代りに十五坪の家を建てる仕事にかかわったのは、その堀の内のお祖師様の近くであった。この話は、わたしの処女出版『冬つらぬきて』（冬樹社　一九七九）に詳しく書いたので詳細は省くが、豊一郎の「郊外」にその〝堀の内〟が出てくるなんて、夢にも思わなかった。

どこかで豊一郎とつながっているような気がして嬉しい。

第三章は植木職の爺さんが死んだ時から始まる。

――胸が痛いと云つて冬からよく行火《あんくわ》を抱へて寝転んでゐる事があつたから、醫者に診察して貰ふがいゝ、と何度も勸めたけれど、此節《このせつ》の醫者は當にならんと云つて取り合はなかつた。何故あんなに剛情なんだらう。と思つたら、此の邊の者は昔から醫者に掛かる様な弱蟲はないんだと云つて威張つてゐた。爺はどんなに病《わる》くても決して漢法醫より外に診て貰はなかつた。

（「郊外」第三章）

百年前の東京下町の植木職人と、わたしの夫となんとよく似ていることだろう。十四年前に胃の全摘手術を受けて、ようやく一命を取り止めた夫も、胃が痛いといって体を二つ折りにして苦しんでいるにも拘らず、西洋医学はおろか漢方医も信用せず、いっかな診て貰おうとはしなかった。ようやく説得してバリユウムを飲み、レントゲンを撮った時には、すでに手遅れで、即刻入院手術を命じられたのだった。夫は豊橋の田舎寺の長男だが、母親が東京下町育ちなので、どこかにそういう血が流れているのかも知れない。

遊び呆けて家を空けてばかりいたお蝶の兄・林吉は、爺さんが死んで二日目にふらりと帰ってきて、爺さんの白い棺桶の前で狂ったように泣き倒れたという。

欣一が帰郷してからも、ぽつりぽつりとお蝶から音信はあったが、十五歳の春に髪を銀杏返しに結い上げ見違えるほど大きくなった写真が一枚送られて来た。しかしそれっきり四、五年双方から音沙汰はなかった。

第四章では、七年ぶりに上京した欣一の目に映った東京の姿がみごとに描かれている。ルビは省く。

——欣一が新橋に着いたのは十二月に近い空の今にも時雨となりそうな日であつた。東京の市街は想像した以上に變化して居つた。而して想像した以上に不規則不整頓で、高い建築と低い建築と片々に並んだ市街。古い電車の線路と新しい電車の線路と八筋も並んだ道路。人造石や木材を屋根の高さまで積み立てた空地。板圍で包まれた家。水の涸れた濠。土の崩れた土堤。まるで戰爭の後を思はせる有様であつた。

（「郊外」第四章）

しかしガタ馬車に乗って昔住んでいた巣鴨の近くに来ると、風景も人々も昔のままで少しも変わってなかった。

欣一は巣鴨橋の先で降りて歩き出す。薪屋、酒屋、足袋屋と同じ店が記憶通りに並び、そこから昔のままの腰の太いしわくちゃな婆さんやお蝶のかわいい姿が現れてきそうに思えたが、欣一の借りていた家の六畳間に廻ってみると、見知らぬ画家がカンバスに向かっていた。

そこで初めて欣一は、植木屋の林吉がいなくなり、全く別人が住んでいることを知る。茶の間には三味線もかかってはいなかった。仕方なく下の家の半兵衛を訪ねてみる。

第五章では、耄碌した半兵衛とその娘に会い、植木屋のその後を知ることになる。爺さんが死んでからは何もかも旨くゆかず、ついに地所も売って林吉はどこかへ行ってしまった。三味線弾きの婆さんも一昨年亡くなったという。お蝶は浅草あたりにいるという噂だったが、彼女も千束町の銘酒屋に売られたとも聞く。

この千束町という町名にもギクリとさせられた。

わたしが母の命を受けて上京する前に、高校生の弟二人は千束町の焼け残った和洋折衷の邸に下宿していた。邸の主人は疎開し、管理人を傭って住まわせており、弟たちはその奥さんに食事を作って貰っていたが、わたしが入ると「お姉さんに作ってもらってください」と手を引いた。わたしは弟たちに手伝わせて石油コンロや鍋釜、食糧を買い、廊下の隅で調理した。五十年以上も前のことなのに、今でもありありと目に浮かぶ。

欣一は半兵衛のつぶやいた言葉を思い出す。

――東京は毎日變つて行くけれど、此方輩《こちとら》の巣を食つてる朱引外《しゆびきそと》は、帝釋様《たいしやくさま》の蹙面《しかめづら》の様に何時まで経つても變る時は無い。

（「郊外」第五章）

静かな寂しい郊外の人と風景がしみじみと伝わってくる。

野上臼川の名で豊一郎が「新小説」に発表した次の作品は、明治四十三年（一九一〇）六月号の「薄暮」である。四百字詰換算二十七枚。

表紙は前と同じ川村清雄の絵筆で〝撫子かさね『襲ねの色目の内』〟。朱色はこの画家のテーマらしく、上から三分の一ほどのところに右から左へと朱の巻紙が拡げられ、左端で斜めに折り返されている。その裏に濃みどりの巻紙が重ねられ、えもいわれぬ美しさ。さらにその下には白と淡い茶いろの撫子の花が三輪パラリと咲き、鶯色の地に浮かんでみえる。正月号ほど派手ではなく、青梅雨を思わせる。

「薄暮」は本欄の五番目。その他の作品は、トップが前田曙山の「虚榮」。次が桐生悠々の「同窓」。中央の二編は脚本で、長谷川時雨の「其一幕」と磯萍水の「石水寺物語」。ラストは続きものとして泉鏡花の「揚柳畝」。「薄暮」は相変わらず漢字が多く、総ルビ付きなので見た目に煩わしいが、表現はすこし軟らかくなっている。

第一章は、若くして亡くなった才能ある彫刻家・遠藤非水の追悼会に参列した時の感想。語り手の名も職業も不明だが、恐らく豊一郎自身であろう。山の手線に乗って日暮里から新宿まで行く。季節は五月上旬。この出だしは風景描写がかっちりとしていて、いかにも漱石の弟子という感じがする。ルビは省く。

——歩いてゐると額や腋の下が軽く汗ばむ程蒸し暑い日で、風は少しも吹かなかつた。道の片側に並んだ梅の小枝に葉の動きが一枚も見えなかつた。穂の伸びた麥畑にも咲き殘つた菜の花の上にも、風の過ぐる氣色は少しも見えなかつた。何處を見てもどんよりした鈍い不透明な空氣が、凡ての物の若々しい色と光澤を隱して、往來の人は皆だるい頭を垂れて歩いた。

（「薄暮」一）

追悼会の会場、レバノン教会へは、道に迷いながらも同じ方角を目指しているらしい三人の人（女一人と男二人）の後について行く。教会に入っても、語り手の知らない人ばかりだ。しかし、衿足のきめ細かな、赤い帯を胸高に締めた白っぽい着物の若い女の姿だけは、目について離れないらしく、詳細に描写するが、声をかけて近づくわけではない。

〝金縁の眼鏡を鼻柱の端に懸けた牧師〟が開会を告げ、追悼会が始まった。故人の友人たちが代わる〳〵壇上に上がって演説をしたが、語り手の心をうつものはない。

故人の遠藤非水がパリ時代に苦労したことや、教育家であったということ、教会には通わなかったが一種の信徒であるということばかりで、彫刻家としての彼の芸術作品に触れる人がひとりもいないのだ。自分はそんな話を聞きに来たのではないと、苛々してくる。

ここから語り手自身の知っている遠藤非水についての熱っぽい描写が始まる。

――世の中に最も痛ましいものの一つは藝術家の運命である。何物か此れより悲しい果敢ないものが有らう。生れるとから翅を擦つて有りたけの聲で啼き立てゝ、霜が近づけば翅を畳んで小さく死んで了ふ秋の蟲の哀れである。縦令《よし》細くとも弱くとも自分自身の聲で歌ひ盡したものの死には美しさがある。左を見右を見て人眞似の尻を立て、翅を振る様ほど醜いものは無い。枯れ〳〵の草の根に老い行く身を持て餘して霜を厭ふみじめさは自分には同情はない。歌ふ者は早く死なせたい。美しい者は皆早く死なせたい。（「薄暮」二）

若くして死んでしまった彫刻家への熱烈な讃美の中に、実は豊一郎自身の芸術家としての人生観が吐露されているように思う。

一八八三年（明治一六）生れの豊一郎は、この時二十七歳。一月には長男・素一が誕生しているので、余計に若い芸術家に憧れるのだろう。

遠藤非水は、かつて巴里のアカデミィ・ヂュリアンで「花祭から歸つた女」の像を造ってフランス人を驚嘆させたが、その女像には足がなかった。「ディオニソスの神」も彫ったが、それには首がなかった。「蛇に捲かれた女」も造ったが、どこまでが女でどこまでが蛇なのか区別がつかなかった。また、長い髪をふり乱して倒れた女の像「絶望」は、女の生々しい尻が官憲の目に触れて公開を禁じられた。

その四つの未完の作品だけが、非水のすべてであった。彼の死後遺されたものは、角筈にある板葺きの淋しいアトリエだけであった。

語り手はそのアトリエを訪れ、そこで悪戦苦闘していた若い彫刻家の姿を想像する。非水はそのアトリエで、海の如く血を吐いて絶命したのだった。年は三十歳を過ぎたばかりで、彼もまたその作品と同じく未完成であった。

追悼会の最後に、山間部の村で非水の小学校の教師をしていたという、質素な身装の男が追憶を語った。彼は今でもその山村で、私塾を開いているという。その男の言葉だけが語り手には泣きたくなるほど痛切に響いた。

第二章は、追悼会の帰りに中学時代の同窓生・山本と出会い、同郷会に誘われた。そこで始めて〝自分〟と名乗っていた語り手は、非水と同じ画家であることが明かされる。

同郷会はいつの時代でもそうであるように、煙草と脂粉のむせかえるような空気の中で酒が酌み交わされ、出世話に花が咲いていていた。

やれ、弁護士だ、やれ元次官だ、休職中の陸軍少将だのの噂が流れ、昔の小学校で教室にろうそくを点けて開いた討論会さながらであった。〝自分〟はあきあきして、ふらりと縁側に出た。暗くなった中庭を見下ろしていると、同じように手摺にもたれて、つまらなそうな顔をしている男がいた。同郷の銀行家の次男・村井だった。彼は親しげに「あなたと話がしたいと思って待っていたんだ」と言った。

彼は昨年上京したが、肺を病んで中学校を中退した。今は妹と二人で淋しく暮らしている。禅を勧められたが、やる気はない。俳句も哲学も面白くない。

——國の者はあの通り算盤球《そろばんだま》の定木のような人間ばかりで話したつて話しの通じる人さへゐないのです。僕は故郷が大嫌です。死ぬるまで歸りたくないと思つてゐます。

（「薄暮」二）

その晩はそのまま別れて、〝自分〟も雨の降りはじめた夜の町を急いで根岸の家へ戻った。

第三章では、同郷会で会った村井が思いがけなく訪ねて来るところから始まる。彼は朝晩咳が止まらなくて困ると言い、前会った時よりいっそう黒く落ち窪んだ目をしていた。何か頼みごとがあるらしかったが、その日は何も言わずにそのまま帰った。

しばらくして村井から手紙が来た。それによると、彼の妹も結核を宣告されたが、ある彫刻家に私淑し、女だてらに鑿や槌を振るっている。彼女はその彫刻家の追悼会に参加して「芸術にたづさはらん程の者は、若くして死なんこそゆかしく思はるゝ」などと言っているという。どうやら遠藤非水の追悼会でみかけた白っぽい着物に赤い帯をしめた美しい女が、その村井の妹らしかった。「薄暮」というタイトルを付けた理由は、この第三章の半ばに描写された次の風景からであろう。

——或る日自分は夕風を追ふて横の小溝《こみぞ》の縁を歩きながら田圃《たんぼ》傳ひに上野へ出た。其時薄暮に迫る市街の兩側に黄色い灯が瞬《また》ゝき初めて、飛び交《ちが》ふ車や電車の影がいつもになく遑《あわた》ゞしく目に入《い》つた。自分は暫く路傍に彳《たたず》んで往來を見てゐると、其の中に向の方へ車で驅けて行く一人の女があつた。涼しそうに透矢の袖を胸に掻き合はせて俯向いた姿が、日外《いつぞや》遠藤君の追悼會で見た赤い帯の女によく肖《に》てゐるので、あの頬の美しい處女《おとめ》々《〳〵》しい有様を思はした。

（「薄暮」第三章）

この部分は最後に入れたほうがよかったのではないだろうか。

「新小説」に豊一郎が発表した作品は、明治四十四年一月号の「土産話」。トップの小山内薫の戯曲「俊寛」の次に置かれ、四〇〇字詰換算五十枚くらい。会話が多く、地の文も流れるようで読み易い。ようやく肩の力が抜けたのだろう。

主人公は温和で面白味のある千田六郎君。「土産話」とは、この千田君が六年ぶりに故郷の豊後（大分）に帰ってきた時の話。千田君と自分とは幼いころの一時期、その地の小学校で同級だった。

自分は父の転勤で所々方々を連れ回され、父が亡くなってからようやく東京に定住したのだが、千田君は故郷の中学、高校を卒業してから真直ぐ上京して大学生となり、二人は再会したのだ。千田君は土産物としてカボチャを持ってきてくれた。この表現が面白いので紹介しよう。（原文は総ルビ）

——それも東京の場末の青物市で見るような、末《うら》なりの、色の青い、のッぺりした、貧弱なのではなく、拳《こぶし》ほどもある赤い瘤《こぶ》が全面に突起して宛然達摩《さながらだるま》が坐禪を組んだような巖《いかめ》しいものばかりである。自分は決して南瓜の味を好む者ではないが、此の赤々した白と此の大きな形を見ると、暑い九州の夏を思ひ出さずにはゐられない。（「土産話」第三章）

しかし、千田君は故郷をひどく嫌っていた。久しぶりに帰って、いっそう嫌うようになったという。その理由が次々に披露される。

第一は、父と同居している長兄のこと。まだ四十六歳だというのにひどく老けていて、おまけにいつもビクビクとあたりを窺っている。七十四歳になる父親の前では首を縮めたままなのだ。第二は、その父親が帰郷したばかりの千田君を、幼い頃のように酒買いに走らせること。しかもチビリチビリと独酌をしながら千田君に「貴様は女郎買いに行った事があるか」などと、だしぬけに訊ねたりすること。最後には今までに何度となく聞かされた江戸詰の道中話となる。この話も面白い。

――親爺は五十三の宿場の名と道程《みちのり》を詳しく覚えて、所々の名物までも暗記してゐた。例へば荒井の宿は鰻の蒲焼、舞坂はまい煙草、濱松は大章魚《おほだこ》、見附《みつけ》はすつぽん、さて袋井は太刀の魚とか、金谷では小夜の中山あめの餅、日坂《につさか》で蕨《わらび》餅とか、戸塚の焼餅、程ヶ谷の牡丹もち、神奈川の龜《かめ》の子せんべい、と云ふ風に此種類の事を幾つとなく聞かされて今でも一つが出れば後は順々に從《つ》いて出るような調子に僕の耳には殘つてゐる。

（「土産話」第四章）

三つ目は、噂好きな田舎の人たちが、千田君の帰郷を嫁探しのためとカンぐって、次から次へと候補者を紹介すること。着いた翌日は、唐人町の糸屋の娘はどうかとか、京都の女学校を卒業して帰郷した寺町の娘はどうかとか勧められ、ぜひ一度会うだけでも会ってみろと強く進められ、断わるのに苦労したという。

自分は千田君が帰郷すると聞いた時から、田舎の人たちは彼が嫁探しに来たのだろうと噂すると思っていたので、この話は面白かったと書いている。

最後は、二人が小学生の頃一緒に英語を習いに行った熊野御堂《みどう》という理学士が、気が狂って死んでしまったという話。「土産話」の中では、このエピソードがもっとも強烈である。

千田君は帰郷してすぐに熊野先生に会いに行った。

「あゝ六郎さんか、まだ君は生きて居たのか」

と先生はしげしげと千田君の顔を見守るので、少し調子がおかしいなと思ったところ、急に、

「実にトラジカルだ。世の中は実にトラジカルだ」
と今にも泣き出しそうな顔になる。

近所の人の話では、昨年の暮ごろから気がヘンになり出したという。先生は財産家の次男だが、長男である戸主が有名なケチで、本が買いたいと言っても買ってくれないどころか、先生を奥の一間に閉じ込めて外出もさせない有様だったという。結局、先生はノイローゼになり、自殺してしまった。

この話は、第七章、第八章と続き、最後に千田君の結論が語られる。

――『僕が故郷が嫌ひだと云ふのは此外に深い理由があるわけぢや無い。大抵上の話に云ひ盡した。併し此は何も僕の生地に限つた事では有るまい、田舎の如何なる地方に故郷を有《も》つているとしても誰も此だけの嫌悪《ディスガスト》は感じるだらう。つまり刺激の多い文化の中心に集らんとする近代人に通有な傾向を僕も有つてゐるからである。斯んな平凡に出來た人間は空氣の稀薄な田舎に居ては寂寞に堪へられなくなるんだ。自分の生きてゐる事すら分らなくなつて了ひそうだ。其の證據には故郷の人間は皆凝結してゐる。たゞ僕の親爺だけは例外だ。親爺は一時代昔の個性の最も強烈な人間なのだ。』（「土産話」第八章）

豊一郎が臼杵中学を卒業して一高に入学して以来、一度も故郷に住んだことのない心情が、ここに書かれているように思うが、どうであろうか。

この号に掲載された作者と作品名は次の通り。

眞山青果「伽」、與謝野晶子「養子」、笹川臨風「離愁」、小川未明「苦闘」、高崎春月「夢の支配」、森鷗外「首陁羅」、岡田孤煙「小説の材料」、中島孤島「燈臺守」、後藤宙外「五十三驛」。

ところで表紙は、今までの斬新な画風とはうって変わり古風だ。正月号のせいであろうか。画家は同じ川村清雄。

中央よりやや上目に「徒然草の抜粋――睦月の行り」がやわらかな草書で、朱色の紙に六行に亘って流れ、その下に挿絵風に〝睦月の行列〟が描かれている。

手前に黒い櫃に白い棒をかけてしばり、それを前後から担ぎ上げた二人の男が左へ進み、反対に紅い手綱をつけた白馬を引いている緑いろの水干を着た烏帽子姿の男が交差する。少し離れた道端には赤ん坊を抱いた女と三人の子どもが立っている。どこからか囃子の音もきこえそうなほど、華やかで楽しい絵だ。

さらに豊一郎は、明治四十五年三月号の「新小説」に、「浪漫主義者《ロマンテスト》の群から」を発表している。この作品を、わたしは日本近代文学館のマイクロフイルムで探すことができたが、何せ仄暗く、小さく、視力の弱った者には至難の技だった。館員の方に援助してもらって、ようやくコピーにとった。

「浪漫主義者の群から」はトップ作品で、四〇〇字詰換算約七十五枚。豊一郎はようやくトップ掲載の地位に上がったので、力を込めながら楽しんで書いている。

ゆるやかに髪を衿足のところでまとめた和服姿の若い女の横顔は、愁いを含んで美しく、タイトルの右を飾っている。物語の主人公かと思われたが、内容には全く関係がなかった。

中編にも拘わらず章立てはなく、二行空きで時の経過や場面転換を図っている。

開口一番『あれで水島が女を知るようになつたら如何だらう。執《しつ》ッこいだらうな。』という台詞に驚かされる。

あの謹厳な面持の野上豊一郎が、二十八歳の時に放ったのだから面白い。筆者は前号と同じ「臼川」である。

場所は旧制一高の寄宿舎。登場人物は学生の立花と水島。（水島と書かれていたり、水嶋と書かれていたりするが、同一人物）二人は南向きの部屋に、隣り合って住んでいる。この二人が最初から最後まで、中心人物として重なり合いながら話が進められる。

この他にわずかな出番だが、同級生の田村、泉、妹尾。女性は立花の初恋の人、百合子とその老母。終末近くに一寸顔を出す水島の遊び相手にされそうになった花子。

立花は恋人もおり、遊びも知っているが、水島は童貞だけれど躁鬱。

——水島は誰れよりも天氣病《てんきや》みであつた。

この一行ほどわたしを惹きつけたものはない。何をかくそう、半世紀以上連れ添っていたわたしの夫がそうなのだ。夫は曇りや雨の日は沈み勝ちで、晴れると人が変わったように陽気になる。その点、わたしは目の眩みそうな明かるい日も、土砂降りの暗い雨の日も変わらない。近ごろ左膝を捻挫して引きずるようになってからは外出が少し億劫になったが、気分は同じである。これを横目で見て「外地育ちは違う」と夫は呆れていた。

水島も晴れて朗かな日はルンルン気分で、森の外れや小川のほとりを歩き回る。人通りの多い街中を歩く時には、立花も一緒である。

クリスマス・イブの夜、立花は水島を誘ってガタ馬車に乗り、深い森の奥の洋館に連れて行く。

――ピヤノの音が遠くの水の瀬を聞くように聞こえてゐる。時々大勢の陽氣な笑ひ聲が聞こえて來る。美しい澄み透つた若い女の聲ばかりである。男の濁つた醜くい聲なぞは一つも交つてゐやしない。何といふ調子の張つた若々しい聲であらう。じつと聞いてゐると、面白くて面白くて堪まらないで、今にも氣狂ひになりはせぬかと思はれるやうな笑ひ聲である。

（「浪漫主義者の群から」）

玄関のベルを押すと若い二、三人の女が走り出てきて、二人を二階に案内する。天井まで届きそうな高いクリスマス・ツリーが部屋の中央に聳え、沢山のろうそくやプレゼントが華やかに飾られている。着飾った女たちが、足を高く挙げて踊り回っている。

若い女たちの発散する匂いや息遣いで、二人は酔ったようになって帰るが、学校の門は堅く閉じられ、塀は高くて寄宿舎には入れない。この高校では塀を乗り越えることは重罪とされていたが、二人は電信柱の釘を利用して楽々と乗り越え、無事に部屋に戻った。

水島は女性たちの中で、モーゼの姉に扮したミリアム役の少女の眼に惹かれたことを立花に話す。実はこの少女こそ立花の恋人の百合子なのだが、この時点では未だ読者にも明かされない。翌朝、洗面所で会った時も水島は立花に、その少女の言った台詞「汝等エホバをほめたたえよ」を真似てささやき、逆に「だからお前はしつこいといわれるんだ」と罵られてしまう。しかし、二人の仲は変わらない。

この第一節だけで七ページもあり、全体の六分の一を占めている。豊一郎が精魂込めて読者を魅きつけようとしたことが分かる。

次の場面は、正月の休みあけの寄宿舎。煙草をふかしながら学生たちが、芝居の役割分担を話し合っている。

シェイクスピアの『ハムレット』では、主役のハムレットには水島が当てられ、友人のホレーショには立花がなっている。『ベニスの商人』では、アントニオが水島で、二番手のバッサニオに立花。さらに『忠臣蔵五段目』では、水島が勘平で、立花は猪役にされている。

どれもこれも水島がタテで、立花はツレなのだ。友人たちも誰もが二人をそう見ていることが分かり、立花は猛烈に反発する。

そこへ水島が顔を出し、「なあんだ、立花は猪かい」と笑ったので、〝立花は番附を引き裂いてやりたい程に思つた。〟ここで立花の水島に対するライバル意識が鮮明に表現された。

第三節では、立花の恋人・百合子が前面に登場し、水島と立花の女性観の違いが浮き彫りになってくる。

立花のところには毎日のように百合子からの封書や絵葉書が届くのだが、立花はその中から慎重に選んで水島にも読ませている。時には水島の方から〝『近頃のを少し讀ませて呉れないか。』〟などと催促している。その挙句、水島は〝『女といふものは僕には奇蹟だァね。』〟などと感想をもらすが、このやりとりを百合子が知ったら、いったいどう思うだろうか。読んでいてもハラハラする。

ここから二人の女性観が語られ、それぞれの違いが明瞭になってくるが、わたしにはどちらの考えも豊一郎のものだと思える。

水島は男が女を思う。女が男を思う、それは長い生涯の唯一時期の、焼きつくす執念の火だと言い、立花は男女の相愛は一生に一度だけではなく、何度でもある、常にそういう火をもやしていたい、と念じているともらす。

次の節では同人雑誌（回覧雑誌）が作られることになり、新しい登場人物二人が加わる。即ちドイツ文学専攻の泉と哲学専攻の妹尾である。ここで初めて水島はフランス文学、立花は英文学専攻だと明かされる。

この四人が「四の緒《よつのお》」を作成、それぞれの専攻の翻訳文学を載せることにしたので、水島は捩じり鉢巻で自習室にこもり、原稿用紙に立ち向かう。

泉は「ファウスト」の一部を、妹尾はショウペンハウエルの金言をほんの少し訳しただけだったが、立花は『若きヴェルテルの悩み』の悲しい節を、水島はシャトウブリアンの『ルネ』を心を込めて訳した。だが、水島が最も力を注いだのはエッセイであった。

次の文章に豊一郎自身の気持が溢れているように思うので引用する。全文ルビつきだが省く。

――「自分は小さい折から何物にもピタリと箝まらぬ心を懐いて一人で生きて來た。唯一人で生きて來た。親にも兄弟にも友達にも大事な自己は奥深く包み隠して生きて來た。さうして自ら護ることにのみ馴れた身には友達から浴せかけられる眞心をさへ受け入れる事が出來なかつた。近寄られゝば近寄られる程逃げて廻つて遠ざかりたいような氣もした。何といふ淺ましい心であらう。身に沁みて人と相對することとては昔から一度もなかつた。あゝ何日の日まで斯んな心がつゞくことやら。思へば思へば赤心を人の腹中に布き得た古《いにしへ》の人は尊き哉。」

（「浪漫主義者の群から」）

しかしこの心情は、明治四十五年頃の若者ばかりのものではなく、現在の青年たちにも通じるものがあるのではないだろうか。

立花自身もこの水島のエッセイを読んで、自分の胸底をうち割られたように感じた。

また水島は『夢の女』という短篇も書いた。古めかしい文章だが、前のエッセイとずいぶん違うので紹介する。

――振《ふ》り顧《かへ》る色《いろ》の淡《あは》きは夢《ゆめ》の女《をんな》なればなるべし。春《はる》の夜《よ》のおぼろ〳〵と姿《すがた》も聲《こゑ》もこそ日《ひ》に遠《とほ》ざかり行《ゆ》け。不思議《ふしぎ》なるは奇《く》しき光《ひかり》を含《やど》せる彼女《かのをんな》の双《さう》の目《め》なり。事々《ことごと》に掛《か》け行《ゆ》く我《わ》が幻影《まぼろし》の、掛《か》けゆく端《はし》よりやがて消え滅《ほろ》ぶとも、かの懐《なつ》かしき夢見《ゆめみ》る光《ひかり》の暖《あたゝ》かさと人《ひと》を悩《なや》まさでは措《を》かじと迫《せま》る邪堅《じやけん》なる冷《つめ》たさを包む双《さう》の目《め》の輝《かゞや》きこそは、夢《ゆめ》の中《うち》より動《うご》き出《い》でて何日《いつ》までもわが胸《むね》に消《き》ゆる日《ひ》あらじ。

（「浪漫主義者の群から」）

一読して分かるように、クリスマス・イブのパーティでみかけた美しい双眸をもつ少女への讃歌だが、水島は彼女が立花の恋人だとはまだ知らない。しかし、読んだ立花が不快を感じるのは当然だ。

こういう文章に異を唱えたのは「興風會」と名乗る寄宿舎内のモラリストたちだった。理由は至極簡単で、恋愛とか女とかを持ち出す軟文学者の存在は許せない、というのだ。強壮な筋肉をもった青年たちが二人をとり囲んで鉄拳の雨を降らせる場面を立花も水島も想像したが、〝どんな事があつたつて彼等の無神經の前に一歩だつて遜《へりくだ》ることはしまい。二人は言ひ合したように胸の中に誓つてゐた。俗衆に打ち勝たるゝ者の美しき最後といふようなことも考へて見た。二人は

もう笑つてゐられなかつた。〃

けれども迫害は落ちかからず、ほんの少し注意を受けただけであった。「四の緒」のメンバー全員が卒業間近だったからである。

第五節では寄宿舎の様子が一変する。

若草の萌え出ずる頃、舎内に流行病が発生したのである。学校に設置してある病室は忽ち満室となり、死者も三人出てしまい、ついに二週間の休校を当局は宣言した。その間に寮内の大掃除をするので、寄宿生は全員退去しなければならなくなった。

水島や泉は海辺の旅行に出かけたが、立花は雑司ヶ谷の郊外に百姓家の一間を借り、そこへ引越した。女子大に入学した百合子を引き寄せることができるからだ。

一閑張の机を買って本を読み、百合子と語り合う日が続いた。寄宿舎へ戻る事は考えもしなかった。久しぶりに水島に会った時、彼は立花に住所が分からなかったので出せなかったと言い、一通の手紙を渡した。そこにはまるで女性が恋人に恨み事を並べるような文章が連なっていたが、立花は二度と寄宿舎には帰らぬと宣言した。

二人はその後大学に進学する。科が異なるので会う機会は少なくなったが、それでも時々松林の中の芝生や、暗い水をたたえた池のほとりで近況を語り合った。

その頃、水島は歌舞伎に凝り、演目の替わるごとに観に行っていた。

「僕は何より芝居小屋というものが好きなんだ。例えば幕の上がる前の心持などは言うに言われぬ」

この水島の感想は、わたしにもよく分かる。観劇の楽しさはシートに坐って開幕のベルの鳴るのを待つ時が最高だと思う。見終わってしまうとがっかりして、空気の抜けた風船みたいにしぼむ。再び膨らみたくて劇場に通うのだが、水島は違っていた。

〝「我々は新しき目を放つて舊き藝術を味はふんだ。」〟

と宣言し、立花をも誘いこんだが、立花は応じなかった。彼の方はそれどころではなかったのだ。愛していた百合子が結核で病死してしまったのである。

この経緯は少し唐突だが、豊一郎はどうしてもこの場面を書きたかったのだろう。立花が水島の下宿にやって来て、彼を待っているところから始まる。原文総ルビ。

――彼は水島に問はれるまゝ百合子の死ぬる時の有様を委しく話した。彼女は肺病で死んだのである。死ぬる前は姉の嫁づいた家に寝てゐた。立花はその病床にあつた。女は痩せた細い手で立花の手を握つた。而《そう》していつまでも其手を離さうとしなかつた。

『あゝ如何しよう。私は本統に死ぬんでせうか。』

たゞこれだけの言葉を云つてじいつと立花の顔を見守つた女の目の中に、彼は恐ろしい執念の光を讀んだ。あなたは私が死んで了つたら私のことは直ぐと忘れて了ふんでせう。然《さ》うだ然うだ、きつと然うだわ。女の目が斯う云ふように思はれた。立花は彼女の枕もとに伏して、様々の誓を彼女の耳元にさゝやいた。女はどんな事を考へながら死んだらう。

（「浪漫主義者の群から」）

この表現の中には、明らかに豊一郎の能楽への傾倒がみられる。能楽の四番目物といわれる狂女、物狂、妄執などを描いた能の雰囲気を感じるのはわたしだけであろうか。

立花は焼かれた恋人の骨の半分を貰って骨壺に入れ、小さな桐の箱にしまって肌身離さず持ち歩いた。夜半に起き上がり、その箱を力をこめて振り鳴らしたり、口づけをしたりした。そうして溜息ばかりついていた。

次の節にも〝死〟が登場し、重苦しい場面が続く。

四国の海べりに住んでいた立花の父親が危篤に陥ったとのウナ電が届く。立花は急行に飛び乗って故郷を目指すが、結局死に目には会えず、座棺に入れられた亡き父と対面する。蓋をあけた途端に、強い腐臭が鼻を衝いた。

父親の葬儀をすませても、立花は呆然としたままで自分をとり戻せない。水田を眺めたり、空をふり仰いだりばかりしている。

――『おれは此れから先どんな事をして生きて居なけりやならないんだらう。』

そのうちに彼は、自分が何事に対しても真剣ではなかったことに気付き、急に腹立たしくなってしまった。

――自分といふ者が二人になつて、憐むべき方の自分の影が其處にしよんぼり坐つて居ると、生意氣な氣の荒い方の自分が嵩にかゝつて其を叱つたり冷かしたりしてゐるように思はれた。

（「浪漫主義者の群から」）

立花が自分の二重人格性、自己分裂症に気付いた瞬間である。このテーマは文学の永遠のものだが、豊一郎は初めてここで人間の本性を指摘した。しかし、これ以上深入りはしない。

母ひとり子ひとりになった立花は、半年後一大決心をして故里の家をたたみ、母を連れて再上京する。

――『おれも今度こそは眞人間になつて生れ代らなきやならん。』

と心の中で叫んでいた。

谷中の村はずれに小さな家をみつけ、再び大学に通い始めた。水島や泉たちは来年は卒業だというので、早く出たい、出たいと騒いでいたが、立花は自分が無事に卒業できるかどうか心配だった。友人たちはそんな立花を気遣ってくれたが、彼は自分がすっかり変わってしまったことを知っていた。

――『おれは獨りで生きてゐるように生れて來たんぢやないか知ら。』

彼は自分のことをさまざまに考えた挙句、そう思うようになった。二人の人物が自身の中に同居しているのを知った立花は、大学の友人たちに囲まれていても孤独であった。自分のことを理解してくれる者はいない、と思ったが、それでも無理をして水島たちに近付こうとした。みんなが笑っている時は、真似をして笑ってみようとしたが、ぎこちなく顔が強張ってしまった。

そこでまた新しい登場人物・田村が加わる。

田村は地方の高等学校出身で、背は低く顔も醜く、少しも引き付ける要素はなかったが、妙に自信たっぷりな態度をとっていた。それは彼が〝槙の村人〟というペンネームで、ある文芸雑誌に、気の利いた皮肉たっぷりな批評を毎号書いているせいかも知れなかった。

そのことを知った立花は、ある時彼に「水島とはちょくちょく遊んでいるようだね」と話しかけてみた。田村がよく水島のそばに付き添っていたからだ。

田村はにやにや笑いながら「君は水島がほんとうに遊べる男だと思うのかい」と返してきた。立花は水島がよく芸者やお酌の名をあげて、自分が茶屋遊びをしていることをひけらかしていたのでそう思ったのだったが、田村は冷ややかに「猪口二、三杯で耳朶まで真っ赤に染めてしまう男が女遊びなどできるわけはない、ただキャッキャッとさわいでいるだけなのだ」と言って笑った。

或る日、水島が上等の絹の羽織を身につけ、博多の帯をしめ、葉巻をくゆらしながら歩いているのに立花は出会った。これから田村と一緒に遊びに行くのだと言う。

立花は貧しい身なりで、夕食のおかずの包みを下げていた。二人の間に格段の差がついたことは、これだけでも歴然としていた。しかし立花は負けまいとして夜の町を歩き回ったり、近ごろ知り合った女を抱いてみたりした。朝になって帰宅すると、老母が寝ないでほっそりと茶の間に坐って待っていた。

――立花は水銀が頭の中を馳《は》せ廻《めぐ》るような冷たさを感じて下唇を強く噛んだ。馬鹿。馬鹿。お前は馬鹿だよ。彼は自分を嘲つて斯う云つた。（「浪漫主義者の群から」）

しかし二、三日たつとまた元の木阿弥になってしまった。立花の水島に対する唯一の優越感は、女を抱けるということだった。

ある晩、田村が水島を連れ出し、女をあてがって抱かせようと唆かしたが、水島はその花子に銀貨だけを渡し、今夜は都合が悪いからと言訳し、さっさと帰ってしまった。水島は翌朝になって田村に次のように言った。

――『だつて僕はあんな女と最初の試みを共にしたかァないもの。』

ここに豊一郎の女性観が凝縮されているように思うがどうであろうか。

水島や泉が芸者遊びをしながらも、女性を抱いたりしないのを、立花は〝浪漫主義者《ロマンチスト》〟と嘲笑するのだが、百合子を失った立花は女性に対してなんの感激もなく〝まるでお茶漬を掻込むような〟ふうに女を抱いているだけだった。

豊一郎はこの「浪漫主義者の群から」をどのようなつもりで書いたのだろう。脱稿したのは明治四十五年二月二日。このあと三月から四月下旬にかけて、腸チフスで入院している。かなり無理をしたのであろう。

第九章　「帝國文学」と「モザイク」

野上豊一郎が夏目漱石の門下生で、いわゆる〝漱石山房〟の常連であったことは広く知られている。

津田青楓の描いた〝人間天地〟と大書された「漱石山房と其弟子達」の絵の中に、彼は鈴木三重吉と並んで角火鉢をかこっている。頭の中央から髪を左右にぴったりと分け、太緑の眼鏡をかけた白っぽい着物姿。晩年の厳めしさはなく、同席している岩波茂雄や阿部次郎に較べると、むしろかわいらしい。当時の彌生子が好きになるのも無理はなかったと思わせる。

このかわいらしい豊一郎が、明治三十九年（一九〇六）「帝國文学」第十二巻第六に、論説のトップとして「スチーヴンソンを論ず」を臼川の筆名で書いたのだ。

マイクロフィルムからのコピーなので色は分らないが、表紙絵はモダンでしかも上品。葡萄のつるらしいものが左右に伸び、その中央に「帝國文学」と太筆でかっちりと記され、下の方に細字で「第拾貳巻　第六」と楷書で刻まれている。葡萄の外側は暗色だが、内側は白地。

裏表紙には横書きの活字で、右から左へ七行に亘り次のように並んでいる。

明治二十八年一月九日

第三種郵便物認可

（毎月一回十日發行）

帝國文學

第拾貳巻第五（第五は第六のミスと思われる）

第百三十八號

明治三十九年五月十日發行

中央部に帝国大学の全景が、楕円形の中に細かく描かれている。イギリス風の木造二階建が左右に伸び、手前の林の中を白い道がくねり、やわらかな芝生がそのまわりを覆っている。ここで豊一郎はのびのびと学生生活を送っていたのだろう。安倍能成、鈴木三重吉、岩波茂雄、小宮豊隆など友人にも恵まれていた。

第六巻の目次は「論説」二編、「詞藻」七編、「雑報」一編、「海外騒壇」一編、「批評」十二編。豊一郎の「スチーヴンソンを論ず」は、いきなり英文でスチーヴンソンの「レクイエム」が二連、縦書きで現われる。

——Under the wide and starry sky,
Dig the grave and let me lie,
Glad did I live and gladly die,
And I laid me down with a will.

This be the verse you´grave for me,

Here he lies where he longed to be;
Home is the sailor, home from sea,
　And the hunter home from hill.

——R. L. Stevenson's "Requiem."

星のまたたく広い大空の下に
わたしの墓を掘って、わたしを横たえてください
わたしは楽しく生き、そして楽しく死にました
　わたしは喜んで、わたしを横たえました

これはあなたがわたしのために刻んだ詩です
彼は生きている間じゅう待ち望んだところに眠っています
海から帰った船乗りの家です
　狩人は今、丘から戻ったのです

（稲垣信子訳）

この詩のあとに、豊一郎の文が続く。
——南洋の極み、サモアの島、椰子の樹茂るヴァエァ山の頂に一基の墓あり。長風萬里、遠く太平洋の渺々を望み、水や空なる彷彿の際より遙に寄する海潮の楽の音をきゝて、煙波浩

蕩の心に分け入るが如きもの、是れロバート・ルイス、スチーヴンソンが永眠の床に非ずや。

当時、二十三歳の豊一郎が初めて「帝國文學」に寄稿する緊張感が伝わってくる。

さらにこの後、スチーヴンソンの生涯や作品について念入りに紹介しているが、わたしの幼いころ読んだ『宝島』や『ジキルとハイド』の作者が、何故このように丁重に扱われるのか、その訳を知りたいと思う。何故ならわたしが大枚をはたいて購入した『世界文学大系』全96巻別巻2（筑摩書房　昭和36〜40年刊）の中には、このR・L・スチーヴンソンが入っていないからである。

豊一郎はこの作家のことを、〝英国近代小説作家中もっとも特色のある一人だ〟と断言しているのだ。わずか百年で評価が下降するとも思えない。

しかし、この理由は簡単に判明した。

夏目漱石がスチーヴンソンの文体に心服し、物語の造形上も相当の影響を受けていた、というのである。

この事を『新潮世界文学辞典』の彼の項目で知ったとき、わたしはさてこそと納得した。筆者は海老池俊治だが、彼はどの作品を通じてそう思ったのだろうか。

漱石が心服していた作家なら、愛弟子の豊一郎が選んだのも当然だろう。漱石から勧められたのかも知れない。

その結果、「スチーヴンソンを論ず」は、「帝國文学」六月号のトップに置かれ、七月号にも掲載されたのであろう。
この年は、彌生子と三月には同居し、八月には正式に結婚式を挙げている。二人にとっては漱石からの何よりのプレゼントだったと思う。
わたしは小学生の頃、『宝島』や『ジキルとハイド』を読んだだけで、スチーヴンソンを単なる少年向けのエンターテイナー作家だと思い込んでいたが、豊一郎の論文を読んでみて、原文で接するのと訳文で接する場合との違いを痛いほど思い知らされた。

——スチーヴンソンを讀む者は先ずその文章の妙に驚き次で其事柄の奇に感ず。彼は最も文體を重んじて輕々に筆を下さず、朦朧の句を用ひず、明に、責任を自覺して一度毫を下せば雄渾華麗、字々悉く生きて、眉を昂ぐるものあり笑を呈するものあり。（後略）

（「スチーヴンソンを論ず」二）

スチーヴンソンは『宝島』や『ジキル博士とハイド』の他に、どんな作品を書いていたのか、豊一郎の論文から拾い出してみる。拙訳で紹介する。

『新アラビアンナイト』一八八二
『子どもの歌の庭』一八八五
『オットー大公』一八八五
『ダイナマイト』一八八五（夫婦合作）

『誘拐されて』一八八六
『ジキルとハイド』一八八六
『楽しい男』一八八六
詩集『木陰にて』一八八七
『記憶と肖像』一八八七
『黒い矢』一八八八
『バラントレイの若殿』一八八九
『間違った箱』一八八七
論文『原野を横断せよ』一八九二
伝記『カトリオナ』一八九三
『島の夜の楽しみ』一八九三

スチーヴンソンは一八九四年十二月三日、妻と二人で夕暮の雲を眺めながら語り合っている最中、卒倒してそのまま逝ってしまったという。

ところでここに掲げた代表作を一覧してみると、やはりスチーヴンソンは少年向けの物語作家だと思わざるを得ない。豊一郎もまた、次のように述べている。

——彼が最も重きを置きたる人生は少年にあり、少年の愛の眞直なる描寫は其の最も得意とする所にして、快活なる此時代の翫味は情熱なり、情熱は更に進んで哲理となりて人を打つ。是れ實に彼が獨得の長所にして、彼は之に加ふるに文學の表面に顕はれたる殆ど同等の愛を以てす、彼が才能のキイノートは實に此に存す。

（「スチーヴンソンを論ず」二）

その証拠として、豊一郎はスチーヴンソンが女性を主人公にして書いた作品は『オットー大公』と『鎖の輪の廣場』ほか一作だけであるという。スチーヴンソンが何故女性を描こうとしなかったかというと〝婦人は船と挙闘と戦争を好まざればなり〟と断じている。結論として〝婦人は生長したる少女に過ぎない〟とスチーヴンソンは見ていたという。

之に対して『新潮世界文学辞典』の執筆者・海老池俊治は次のように述べている。

――スチーヴンソンは詩や童謡を巧みに書きこなしたことからもわかるように、その物語は幻想的であり、明らかな寓意的傾向を示し、最善の場合には象徴的でさえある。いわば途方もない人間関係の状況を設定して、みがきこまれた文体で生き生きとその発展を語っている。

この辞典の発行は一九九〇年、豊一郎が『帝國文學』に論文を掲載したのは一九〇六年。この間八十四年経っているが、スチーヴンソンの世界的文学者としての価値はゆるがなかった。やはり夏目漱石の眼力は鋭い。

豊一郎は「帝國文學」の第拾貳巻第七にも「スチーヴンソンを論ず」を書いている。三編の論説中の二番目におかれ、二人の文学士に挟まれた形だ。彼だけには未だその肩書がないが、文章は力強く意気込みが感じられる。

冒頭を引用しよう。

――スチーヴンソンは實にスコット中のスコットなり。十九世紀初葉、スコットを生みて幾多の歴史小説と滑稽小説とを出したる蘇格蘭の山水は、その世紀の終に於て我がスチーヴンソンを出して、デッケンス、ハーデー等が據つて頼む所の寫實派の堅城に對して、高く新ロマン派の旗幟を飜し、モリス、ブラックモーア、ハガード等と相呼應して一代の好尚を風靡したり。（傍点引用者）　（「スチーヴンソンを論ず」三）

傍点を施した部分で、豊一郎がいかにスチーヴンソンを愛したかが分かるだろう。

豊一郎はスチーヴンソンの特色として二つのことをあげている。一つは彼が少年時代を〝山水明媚なるヱヂンバラ城市の間に過したること。〟もう一つは〝その家世々に海岸に大燈臺を建つるを職としたりしと是なり。〟という。

少年時代をどんな土地で過ごし、またどんな家庭で育ったかということは、作家の特質に大きな影響を与える。これはもう常識であって、珍しいことではない。

わたしはスチーヴンソンの特色は、生地や家庭環境にあるばかりでなく、彼が一ヶ所にとどまることなく、その四十五年という短い生涯を、ベルギー、フランス、アメリカ、ハワイと旅をして歩いたことにもあると思う。いわば旅鴉なのだ。

豊一郎はこのことを次のように表現している。

――彼は身體の甚しく尫弱なるにも拘らず、不健全なる感情の毫もその作品に現はるゝもの無し。少壯早く本國を去て明媚なる江山の間に漂浪しつゝ病床呻吟の裡に筆を行りたるにも關らず、快活の文、生氣躍動の詞、全篇緊張して筆に澁滞の痕なく、生を娯み世を喜ぶの趣到る處に見ゆるは何人も寧ろ奇に感ずる處、思ふに彼は明かに一種の楽天家にして、啻に人生を愛するのみならず亦之に處するの道を知りて或は人に説き、行に現はしたり。

（「スチーヴンソンを論ず」三）

豊一郎はかの有名な旅行記『内陸舟行』を出す前に、スチーヴンソンが『粉屋のウィル』と名付けられた美しい物語を書いていることにも触れ、〝簡潔華麗にして詩趣横溢せる章句全篇に充てり。〟と絶賛している。

この賞讃の言葉は、彼が後に心血を注ぐ能楽に相通ずるものがあるようにも思われる。

彼は『粉屋のウィル』の原文を十二行に亘って紹介し、更にその解説を試みている。

――粉屋《ミル》のヰルが養はれたる家は小川の流れたる谷間に在り、ヰルは此の山家に生涯を過しぬ、素より浮世を離れたる里なり、幾年又幾年、月日は経れどもたゞ驛車と旅客とが坂を超えて過ぎ行くを見るのみ、只一度ヰルは軍隊の此の山路を過ぐるを見たり、歩騎砲工の列長く山を上り谷を下りて鼓を鳴らし族旗を樹てゝ行く望みて若き心を躍らしたれども、浮世の影は忽ち去りて文明の光は再び此山里を汚さず、足一たびも俗界に踏み出さずして彼は静かに谷川と共に生を経たり、而して晩年は旅宿の主人となりて常に朴訥なる太古の民と談笑して寂しく静かなる生涯を了れり。（後略）――『粉屋のヰル』『宝島』や『ジキルとハイド』を書き、一生を旅の中にあって書き続けたスチーヴンソンの作品とはとても思えない程、静かで寂しい物語である。

次に豊一郎がスチーヴンソンの性格に関する人物として採り上げたのは『The Silverade Squatters』である。

この作品も『粉屋のウィル』同様『新潮世界文学辞典』では採り上げられていない。又、この題名は〝銀のうずくまる人〟という意味だが、豊一郎の訳は「新婚旅行」。

この短篇は、カリフォルニアの山上で行われた遊びの物語で、結婚というものが喜びと憂いの二つを併せもつものということを単的に表現している、という。

しかし、現実には、スチーヴンソンは夫人と共に『ダイナマイト』を世に問うた。いわば夫婦合作をものしているのだ。これをどう見るかは、二作とも原文で読んでみなければ、如何とも評し難い。

最終章（四）で、豊一郎はスチーヴンソンの文学を総括している。

スコットやデュマ、ポローやゾラと比較しながら、彼の特色をロマンテックで自由な作風と断定している。

彼は晩年にジョージ、メレデスを味わい、文体の実験をも試みたが、〝異常なることは人生の最良なるもの〟との信念に変わりはなかったという。

——スチーヴンソンは實に十九世紀の末葉に於けるロマン派の驍將にして自然派近代の隆盛に對して傳奇の勃興を來したるもの彼の功多きに坐す。スコット以來その脈を傳へたる歴史小説と滑稽小説とは再び新しき形を以て現はれたり。スコットは十九世紀初葉のスチーヴンソンにして、スチーヴンソンは十九世紀末葉のスコットなり。而かもスチーヴンソンは更にスコットの上に一歩を出す處あり。

（「スチーヴンソンを論ず」四）

これが豊一郎の結論である。

ここにもう一つスチーヴンソンに関する評論がある。斎藤勇の『イギリス文学史』（研究社刊一九五七年）の「ヴィクトリア朝」の項目の中に、次の文章が見つかった。英文は拙訳を施した。

——ジョージ・メレデスに心酔したロバート・ルイススチーヴンソン（一八五〇～九四）は、磨きこまれた簡潔な名文をもって、小説、韻文、感想録、旅行記、評論等の各方面に健筆を揮った。その分量の多いことは、病弱で、あまつさえ数奇な運命に弄ばれた彼としては驚くべきものである。（後略）——

（『イギリス文学史』）

この中に掲げられたスチーヴンソンの作品は、豊一郎の論文の中には含まれていないものもあり、改めて息せき切って旅をし、書きに書いたスチーヴンソンの生涯に驚嘆した。

この論文を書き終えた後、豊一郎は久しぶりに瀬戸内海を船で渡り、大分県臼杵に帰省する。その船上で彼は遠くサマア島で亡くなったスチーヴンソンに思いを馳せている。

最後にこの「帝國文學」第拾貳巻第七の「詩藻」欄に掲載された作家と作品名を紹介する。「青汨君」小山内薫　「移轉」上村清延　「毘沙門」小林愛雄　「正午」折竹蓼峰　「花叢」文学士・志田素琴。

『日本近代文学大辞典』にその名の記載されていない作家は、小林愛雄のみで、他はそれぞれ肩書と代表作が出ている。ここからその道一筋に邁進し、名を馳せたことがうかがえる。

豊一郎が「帝國文學」に寄稿した次の作品は、明治四十三年四月号の「河」だが、これは「おらく」と改題して単行本『巣鴨の女』に収録されたので、ここでは省略する。

明治四十五年三月号に掲載された「モン・ペエル」は小説で、しかも晴れて〝文學士〟の肩書がついている。四百字詰換算二十三枚程度の中編だが、文章も読み易い。「モン・ペエル」とは、フランス語で「私の父」の意。

内容を紹介しよう。
三、四人の学生が集まって「My First Kiss」について気楽に語り合おうということになり、Aという男の打ち明け話が披露される。

ひっそりとした田舎町に、エミィル・オオジョと呼ばれるキリスト教の牧師が住んでいた。彼の住居は西洋風の建物でもなく、バラの花咲く庭に囲まれてもいなかった。士族町の貧しい土塀をめぐらせた軒の低い陰気な家であった。Aは毎日、通学路でもあったので、そこを背伸びするようにして覗いてみたが、オオジョの部屋の窓にはいつも白いレースのカーテンが掛かっていて、何も見えなかった。

ところがある雨の日、いつものようにその家を眺めていると、同級生の二ノ宮が門の中から出て来た。彼はAに気付くと何か悪いことをしたのをみつけられたように、こそこそと走り去ってしまった。

二ノ宮は東京からの転校生で美少年でもあったので、〝毛唐人のお稚子さんだ〟という評判を立てられていた。彼について豊一郎は次のように描写している。

——二ノ宮は土地に生れた、日に焼けた顔の子供等とは違つて、何處に居ても目立つほどなきめの細かい皮膚と、整つた顔の道具を有つてゐました。その上都會で育つただけに言葉つきなり動作なりが、荒い海岸に住まつてゐる人々の思ひも及ばないようなデリキャシィを備へて居ました。それが粗《あ》らい事に慣れた人々の目には、女々しくいやらしくさへ思はれたのかも知れません。（「モン・ペエル」）

Aは二ノ宮の美しさに魅せられて、絶えず其の傍を離れたくないとさえ思っていたので、オオジョの家から出てきた彼が自分を避けるように逃げていったのが残念でならなかった。

翌日の放課後、Aは二ノ宮を誘って運動場の隅の草叢に行き、自分もオオジョのところへ行きたいのだがどうだろうかと相談してみた。

すると彼はちょっと意外な顔をしていたが、すぐに打ちとけて「そうしてくれると、ぼくもどんなにいいか知れない。今までぼく一人だったから学校の者に気を遣っていたんだ」と言った。

二ノ宮はオオジョにフランス語を習ったり、面白い話を聞かせてもらったりしていたのだという。Aは早速父親にオオジョのところへ行って勉強したいと話す。父はすぐ許してくれたが、母はキリスト教を吹き込まれるのではないかと心配する。

土曜日の午後、Aは二ノ宮に連れられて初めてオオジョの家へ行った。

——玄関の次は應接間らしい六疊になつて、其處には唐紙や欄間なぞはそのまゝであるのに、疊の上には花模様の織り出された絨氈を敷いて、眞ん中に青い帛《きれ》のかけたテーブルが据えてあつたり、其の周圍に椅子が置かれてあつたり、それから壁に様々な宗教畫が貼り付けられてあつたりしたのが、私の目にはたゞ珍しく思はれました。床の間の脇にある長い窓は障子を硝子戸に代へてレースの白いカーテンが垂れてありました。私が毎日外《そと》から見て通つたのは此の窓であつたと氣が付きました。部屋の中には一種の強い匂が罩もつてゐました。何の匂だか分らないが、たゞ西洋臭い匂だと思ひました。壁際に幾つも列んだ本棚の中には背皮の古びた様々の色の書物がぎつしり詰つてゐました。それから黒く光る大きなピヤノも其處に在りました。（「モン・ペエル」）

この部屋のしつらえ方や雰囲気、匂いなどは、わたしが幼い時通っていた幼稚園の園長先生の家とそっくりである。そういえばオオジョさんの〝四角な肥つた形〟や〝赤い髯のむしゃ〳〵と伸びた中からの笑い顔〟も園長先生とどこか似ているようだ。わたしの父は神主の末裔だったが、母はクリスチャンだった。

文章から想起されるものは実に不思議である。

Aは二ノ宮と一緒にオオジョの家へ行き、フランス語を習い、将来パリへ行きたいのだと言う。しかし、オオジョは「パリは花の都だとみんなが申します。けれどもそこには沢山の穢れがあります。日本の田舎の空気の方がはるかに上等なのです」とたしなめる。

けれどもAは翻訳小説や旅行記から得たロマンスからどうしてもフランスに憧れ、その頃父親の読んでいた月刊雑誌「太陽」の口絵の中から、ニーチェやゾラの肖像画を切り抜いてオオジョにみせたが、老牧師は身震いしてゾラは天主様からもっとも遠ざかった人だという。

そして更に「あなたはよい子供です。えらい人にならねばなりません。えらい人というのは大臣や大将のことではありません。徳の高い人のことです。それには心を清く保たねばなりません」と言いきかせる。

その中にAと二ノ宮は二人ながらオオジョのお稚子さんだという噂が立てられたが、二ノ宮は自分はそんなことなんとも思わないと涼しい顔をしていた。夏休みには二人いっしょに近くの海へ行き、砂浜に寝ころんで「アベマリア」を歌ったり、水中にもぐって沈めっこをしたりした。秋になり、Aはある日初めてオオジョのところへ一人で行き、神殿を見せてほしと頼んだ。オオジョは「天主さまを拝みますか。それは大変よいことです」と言い、Aの手を取って奥の暗い部屋へ連れて行った。

——明るい處から來たので、初めは其處に何があるのやら目に入らなかつたほど光線の遮蔽せられた部屋でした。牧師は其處に跪きました。私もその通りに屈みました。正面には白木で造つた高い尖塔があつて其中に金色の十字架が光つてゐます。その下には造花が幾つも瓶に挿されて並べられてあります。白い花と赤い花と青い葉の對照が餘りに鮮やか過ぎてゐました。それから左右に裸體の子供を懷いたマリヤとヨセフの像が懸つてゐました。部屋の隅に近くフランシスコとパオロの像がまた左右に並べられてありました。それから燭臺がいくつもあつて、火の消えた蠟燭がその上に立つてゐました。私にはこんな光景を見るのは初めてゞあるから、物珍らしい目を見張つて、龕の吊された下にいつまでも屈んでゐました。

（「モン・ペエル」）

この神殿に連れて行かれた後で、Aはオオジョにいきなりキスされたのだった。椅子に坐っているAの後から頸をかかえて仰向かせ、その額にキスしたのである。
Aのファースト・キスの物語はそこで終るが、豊一郎は、これと同じテーマですでに「中學世界」の明治39年6月号に書いている。余程気に入った場面なのだろう。「モン・ペエル」の載った「帝國文學」第拾八巻第三の目次を紹介しておこう。

「チェーホフの藝術を論ず」 昇曙夢
「小春日」 九里一路
「モンペエル」（小説）文學士 野上臼川
「リラの花」（マルセル・ブレヴオ）文學士 佐藤貞次郎
「演劇革新の一策」 久保田勝彌
「愛と死と」 田波御白
「日照雨」 江中多羅葉
「千人妃」（ローゼルベルゲル）文學士 天沼匏村
「萬葉集雑話」文學博士 佐佐木信綱
「淡雪」 永田龍雄
「女は遂に狂したのか」（小説）文學士 しみずながる
「春」 青山郊汀

「青」　田中巖
「近世言語學研究の趨勢」　在米　大和久伊平
この他には「海外騒壇」二編、「時評」が三編、文學士の肩書付きの人が四人ともう一人が一線を画した後に書いているが、その中に〝堤次郎〟の名があった。
これまでの「帝國文學」の編集とはがらりと変わって、目次は一段組二ページ見開きとなっている。上部に二頁通したカットが描かれ、野兎や山猫を追う馬に跨り弓矢を構えた狩人が左右に飛んでいる。これは何を意味しているのであらうか。
だが、なんといっても趣を変えたのはその表紙だ。白い帽子をかぶり、白いガウンを羽織った男が中央に立ち、右手にはハナミズキのような愛らしい花の木が一本、反対側には「帝國文學」を絵画的に崩した文字。
全体に軟らかく、一般の文学雑誌の雰囲気を漂わせている。これも明治末期の大正デモクラシーの気配を感じさせておもしろい。

次に豊一郎が発表した雑誌は「モザイク」。

明治十五年六月号に「春の目覚めを訳するに先だちて――謹直を粧ふ人々の為めに」である。

この「モザイク」（MOSAIQUE）六月号の表紙が実にモダンで魅力的なのだ。画家は小絲源太郎。

横八センチ縦十三センチの長方形の枠の中に、両手であごをかかえた若い男性が悩ましげにこちらを向いている。短い髪がゆるやかに額から耳もとを覆い、眉は下がり気味で目は大きい。顔と袖から覗いた腕と手に赤い線模様。太い鼻と小さな唇の間に黒いチョビひげを生やし、どこか太宰治に似ている。

背景は大通りに面した洋館の二階建で、彼方にニコライ堂らしい丸屋根や尖塔などがみえるので明らかに東京だ。枠囲いの上段に右から左へ片仮名で「モザイク」。下段は左から右へフランス語でMOSAIQUE。上は白のバックに黒文字、下は朱色のバックに白文字。左下に朱文字の縦書きで、〝六月号〟。

だが、凄いのは裏表紙だ。

中央に細い線で大きな二重丸、その中に両乳房をぽってりと垂らした髪の長い女が伏目勝ちに左下をみている。その視線の先にタンポポが二輪咲き、花芯がとび散る。女の左斜め上には、オタマジャクシの群れ泳ぐ川。こちらの画家は、小泉青堂と目次に記されている。

執筆者とそのタイトルを紹介しよう。

西田廻瀾　「廓」

野上臼川　「「春の目ざめ」を譯するに先だちて」

五十嵐禎夫　「痺れたる我」

秋庭俊彦　「夜の祈禱」
生田葵　「土工の死」
水島爾保布　「瘡人」
大野若三郎　「ましらごと」
藤井伯民　「キリシタンをすてた男」
山本露葉　「外光と女」

いずれも小説家、詩人、俳人、随筆家。豊一郎も漱石の弟子として、また翻訳家として勇躍同人に加わった。〝「春の目ざめ」を譯するに先だちて〟というタイトルから、その意気込みが伝わってくる。冒頭を引用する。

――男の子でも女の子でも子供を育てるのに男女兩性の性質を知らせずに育てるといふ事は危險極まる誤だ、と云ふのが *Frank Wedekind* の脚本『春の目ざめ』(*Fruehlings Erwachen*) の題目である。『春の目ざめ』と云ふ標題を見ただけでは、年の初を歌つたやさしい牧歌とでも掃き違へる人があるかも知れない。ところが大違ひ。此の脚本は怖るべき趣意の悲劇であつて、男女兩性の成熟期に於ける自然的本能の發展を取扱つたものである。(中略) 作者の出した子供は少しも悪い子供ではなく、皆我々の毎日出逢ふような子供であつて、少年の理想の世界に棲み、自分たちの周圍の秘密に就いて思を碎くといふような想像的人物なのである。

（傍点引用者）

予告ではあまり詳しく内容を紹介すると、読者はもう読んでしまったような気分になり、次号への興味を失うし、さりとて何が何だかわからないことを書いても、読み手を惹きつけられない。そこを豊一郎は実に巧みに『春の目ざめ』の内容をくりひろげてみせている。傍点を施したところでも、それが感じられるではないか。

『春の目ざめ』を読んだ人も年配者には多いと思うが、最近は出版もなく忘れ去られた形であるので、内容を少し紹介しておこう。

少女ヴェンドラは、ふとしたことから哲学好きの少年メルヒオールの腕に抱かれ、子どもを宿してしまう。それを母親はとんでもないこととして、堕胎剤を飲ませ彼女を死に至らしめる。日本でもよくあったことだろう。

この作品がヨーロッパでヒットしたのは、舞台でくりひろげられたからで、著者のヴェデキントン自身も〝仮面の人〟に扮して出演したほどだった。

豊一郎はこの『春の目ざめ』以外に、ヴェデキントンの他の脚本も紹介し、この一作だけにのめり込んだのではない事を強調している。

例えば悲劇『音楽』と『フオン・カイト侯爵』（ヴェデキントンは喜劇と称しているが、豊一郎は悲劇と断定）。喜劇『若き世界』と労作『人生とは斯んなものだ』。スケッチ風の『歌の師匠』と『地の神』

『ほれぐすり』など続きものなど。

更に、ヴェデキントンは、短篇小説にも筆を染めているという。

しかし、豊一郎が『春の目ざめ』にどっぷりつかったことは明らかで、「モザイク」七月号、八月号、十一月号に連載した後にも、次の通り沢山出版している。

「春の目ざめ」（外國文學の研究）「秀才文壇」大正二年十月号
『「春の目ざめ」の英譯について』「モザイク」大正二年十月号
『春の目ざめ』（少年悲劇）東亞堂書房　大正三年六月
『春の目ざめ』（少年悲劇）岩波書店　大正十三年九月
『春の目ざめ』岩波文庫　昭和二年八月
『春の目ざめ』學陽書房　昭和二十四年五月
『春の目ざめ』訳は、豊一郎が先達となって日本にひろげた脚本だったといえよう。

さて、前に戻って「モザイク」七月号をみてみる。

表紙は左側に黒文字でモザイク、その下にみどりの小文字で七月號と縦に、中央にエキゾチックなインドの舞姫のカット。乳房は左腕にかくれてみえないが、太った腹部に小さなおへそがポツン。太腿にも腕にも金輪が嵌められ、長い首飾りと背負った大きな黒い羽根がゆさゆさと揺れている。黒ペンの線描きだが、実になまめかしい。歌声まできこえてきそうな感じである。
上下には、床か壁のタイル貼りを思わせる四角な枠囲いの中に、緑いろの花びらが描かれている。この絵の下に、フランス文字でMOSAIQUE。画家は廣川泉。
裏表紙はガラリと雰囲気を変えて、奇妙な男たちの群がった顔ばかり。中央の緑板の上に「YM　ROOM」と黒く太く刻まれ、どうやら若い男たちは「モザイク」の同人たちの似顔絵らしい。緑板の右側から覗いている目鼻口のない、のっぺりした顔が豊一郎なのではないだろうか。他の顔は眼が大きすぎたり、女性まがいだったりして、いかにも文学青年風。絵の下には、緑色に黒の縁取りで「GAKUyAOCHi」と左から右へ。この画家は男たちの顔の群の中にもローマ字綴りで日本語を書き散らしている。例えば左隅に縦書きで〝男風《おとこかぜ》今や吹くらん　島の春〟。右下隅には〝濡れごとし〟。これらがすべてローマ字なのだ。唯右側の中央に二行だけ英文。〝*SHooSinG oF SiLENcE*〟大文字と小文字の混合も妙な具合だ。描き手は水島爾保布。著作と作品を紹介する。
野上臼川　「春の目ざめ」ヴェデキント
五十嵐禎夫　「影の跡」
秋庭俊彦　「晩餐」
藤井伯民　「アネモネの赤」

廣川萩泉　「いろごと」
水島爾保布　「瘡人」
伊藤勇太郎　「赤い音楽」
矢部廣松　「旅のエピソード」二行詩
西田廻瀾　「男の影と女の影」
山本露葉　「萬引をした女（外光と女の二）」

六月号の書き手と較べてみると、生田葵と大野岩三郎が消え、新しく廣川萩泉と矢部廣松が代わって入っている。

編輯兼發行人は中里鼎一郎。發行所も彼と同じ所番地で「鼎《かなへ》堂書店」。編輯所は山本方「モザイク社」。

山本とは同人の山本露葉のことだろう。彼は詩人で豊一郎より四歳年長の慶応大学出身者だが、五十歳に充たない年齢でこの世を去った。

トップを飾った豊一郎の「春の目ざめ――フランク・ヴェデキント」の訳文はどうだろうか。

第一幕第一齣の居間の場面の冒頭。

ヴェンドラ。お母さん、わたしの着物をなぜ斯んな長くしたの。

ベルクマン夫人。お前今日《けふ》から十四におなりだよ。

ヴェンドラ。　斯んなに長くするんなら私十四にならなきやよかつた。
ベルクマン夫人。　ヴェンドラさんや、此の着物がちつとも長過ぎやしないぢやないかね。
お前はどうしたいとお云ひなの。　毎春たけが二寸がたも伸びて行かれちやお母さんは本統にやり切れやしないよ。お前みたいに大きななりをした娘が短かいちんちくりんを着て外が歩けるものかね。
ヴェンドラ。でも短い着物は斯んな寝捲みたいなものより餘ッ程私に似合つてよ。――ね。お母さん。此の夏ぢうでいゝから今《もう》一度短いのを着さして頂戴な。斯んな懺悔服みたいな長い着物は十五だつて十四だつて着られるわ。來年の誕生日までそッとして置きませう。今着たつて裾を踏み付けて裂いちまふばかりなんだもの。

（「春の目ざめ」第一幕第一齣）

この会話は明治四十五年当時の、東京の上流家庭の娘とその母親のものだったのだろう。豊一郎には娘はいなかったが、妻の彌生子がお手伝いさんや近所の女たちと話しているやりとりから、こういう訳を思いついたと考えられる。

少女のスカート丈の長さは、現代風俗にも通じるものがあり面白い。四十年前に私たち夫婦も、当時教員組合の計画したヨーロッパ旅行に参加した。その時の流行は超ミニスカートだったので、わたしも丸い膝頭をみせて大胆に歩いていた。ちょっと小腰をかがめると、後から白い下着がみえかくれし、何度も夫に注意されたが、近ごろ再び若い女性はヒラヒラした薄い生地のミニスカートで飛び回っている。

ヴェンドラのスカート丈はそこまで短くはなかったと思うが、勢いに負けてベルクマン夫人がそのまま履かせたことが悲劇の原因になったことは確かだ。

第一幕第二齣は、少年メルヒオールが友人たちと〝日曜日の夕方〟話し合っているところから始まる。少年たちは、オットー、モーリッツ、ゲオルグ、エルンスト、ロベルト、そしてメルヒオールの六人。勉強のこと、散歩のこと、将来の夢など話し合っていたが、メルヒオールとモーリッツだけを残して、他は退場する。この二人の会話が次第に人間の性についての核心に触れてくる。


メルヒオール。その點は僕は直覺的に其んな氣がするんだ。僕は斯う思ふよ。例へば誰かゞ雄猫と雌猫を一所に育てゝ、外に出さないで、其の二匹だけの好きな眞似をさせて置くと、遲かれ早かれ雌猫の方が孕んで來る。雌猫だつて雄猫だつて誰も手本を示すものは無いんだけれど。

モーリッツ。そりや獸《けもの》なら然うかも知れないさ。

メルヒオール。僕は人間だつて同じだと思ふ。君の男の子が女の子と一所に寝てると、きつと男の最初の感情と云ふものが知らず〱に起つて來るさ。誰と賭《かけ》をしたつていゝ。

（「春の目ざめ」第一幕第二齣）


この後、メルヒオールは、セックスについて書物や絵から学んだこと、実際に見たことも告白する。しかし、モーリツのほうは勉強のことが心配でそれどころではない、と言い、そんなに教えたければ、筋書を書いてくれと頼んで去る。

第一幕第三齣は、テヤ、ヴェンドラ、マルタの三少女が腕を組んで市街を歩いてくる場面。初めのうちは少女らしい他愛のない会話だったが、やがて子どもを持ったらどうするか、という夢と現実の混合した内容になってくる。そこへメルヒオールが通りかかり、少女たちに挨拶してゆく。

テヤは、あの人は頭がとてもよいのだと言い、マルタは、まるで若いアレクサンドルみたいだと評する。そしてヴェンドラが最後に次のように語る。

　ヴェンドラ。　メルヒ・ガボールさんがいつか私に斯んな事云つてよ。僕は何物も信じないんだッて。――神様も信じなけりや、先の世も信じない。此の世の中より外の物は何ンにも信じないんだッて。

（「春の目ざめ」第一幕第三齣）

ここでヴェンドラとメルヒオールがごく親しい関係にあることがわかる。

第四齣は、中学校前の公園で、メルヒオール、オットー、ゲオルク、ロベルト、ハンス・リローとレエムメルマイエルが集まっている。

第二齣の少年たちと殆ど同じだが、モーリツとエルンストの代りに、ハンス・リローとレエムメルマイエルが加わっている。しかし、この二人も第二齣では、モーリツとメルヒオールの会話の中で噂の対象となっている。

レエムメルマイエルは、メルヒオールより三歳年上で軀も大きいのだが、未だにタアトや杏の砂糖漬が好きだということ。だが、ハンスはメルヒオールやモーリッツと同じで、少女を見て昂奮した経験をもったことがある。

第四齣の内容は、モーリッツが職員室に忍び込んで、成績表を盗み見たらしいこと。そのことが分かったら、ひどい目に遭うだろうと六人の少年はガヤガヤと喋っている。そこへ当のモーリッツが蒼白の顔をして出て来る。

彼は職員室に忍び込み、自分が及第したことを記した閻魔帳をみたと昂奮して報告する。その部分の少年たち、特にモーリッツの台詞が面白い。豊一郎がワクワクしながら訳したことが伝わってくる。

オットー。君、やられたね。

モーリツ。なに進級さ。――メルヒオール、僕は進級さ。あゝ、もうどうなつたつて構やしない。――僕は進級さ。――僕が進級だとは誰も思ひはしなかつただらう。――まだ実際に進級はしない。でも二十度も読んぢやつたもの。――僕は信ずる事が出來なかつた。――あゝ、有難い。でも矢張り然うなんだ。僕は進級だよ。(笑ふ)。僕は分らないが――何んだかをかしいが――其處いらの土地がくる〳〵廻り出すやうだ。――ねえメルヒオール、君に僕のような眞似が出來るかい。
ハンス・リロー。モーリツ、おめでたう。――まァ今の内存分嬉しい思ひをしとき給へ。
今にやられて了ふんだから。

モーリツを他の学生たちは未だざんざんからかうが、メルヒオールだけはそれを見兼ねて彼を町へ行こうと誘う。そこへ二人の教師が通りかかり「大勢の中でも一番よかった学生が、どうして一番悪くなってきたんだろう。僕には分かりかねる」とつぶやいている。どうやらモーリツのことらしいが、第四齣はここで終る。

第五齣がいよいよ悲劇の幕開けだ。場所は森の中。登場人物は、メルヒオールとヴェンドラの二人だけ。

ヴェンドラは母親に頼まれて、ワルドマイシテルという名の草を摘みに来ているのだ。その植物は皐月酒の材料になるのだという。籠一杯になったので帰ろうとしているところに、メルヒオールがやってきて樫《かし》の木の下へ誘う。そこでの二人の会話が次第に過激になってゆく。そしてついに、ヴェンドラはメルヒオールに鞭を渡し、自分を打ちのめしてくれと頼む。始めは拒否していたメルヒオールも、ついにヴェンドラの異常な願いに敗け、彼女が泣き出すまで打ちのめし、気が狂ったように森の中へ去ってゆく。

『春の目ざめ』の最初の見せ場はここだろう。「モザイク」七月号の豊一郎の訳文もそこで終わっている。充分に次号に期待をもたせる26ページだ。四百字詰換算枚数37枚。

次の八月号の表紙絵は、またガラリと趣を変えている。

左側に朱文字でモザイク、その下に黒字で小さく八月號と書き。その右に、縦13センチ横7.5センチの枠囲いの中に、植木鉢、下駄、サイドテーブル、酒瓶とガラス造りの大きなハイボールにうで卵が四つ。目出しの黒マスクを被せた壺と女性のスカートらしい花柄の布。画家は在田稠。テーブルの左下にＳＡのサインが刻まれている。

この八月号（明治四十五年）も、日本近代文学館の方の手作りの修理で、木綿糸できっちりと背が綴じられ利用者にとっては有難い。

裏表紙は、恐ろしい表情の女が大きく描かれており、こちらを恨めしげにじっと見ている。赤児を背負っているらしく、丸い顔が右肩の端から覗き、背景はさんさんたる太陽の光。画いたのは廣島新太郎。著者と作品は次の通り。

水島爾保布　「快血」
山本露葉　「夏蜜柑の皮と犬」
野上臼川　「春の目ざめ〔ヴェデキント〕」
秋元盧風　「譯詩三章」
藤井伯民　「西瓜」

五十嵐禎夫　「寫眞」
西田廻瀾　「伴天連の女」
曙夢孝等　「七月の末」

豊一郎の「春の目ざめ」の訳文は、第二幕第一齣から第六齣まで四百字詰換算三十九枚。第一齣は、メルヒオールの書齋で夕暮。テーブルの上にランプがともっていて、登場人物はメルヒオールとモーリッツの二人。

豊一郎の訳し方は、七月号の時にも感じたが、少しこわばっておかしい所がある。例えば、二人の少年が〝腰掛にかゝつて居る〟（傍点引用者）。これは〝かけている〟というべきではないだろうか。もう一つ〝僕は少し亢奮されていて〟という表現。メルヒオールの台詞なのだが、素直に〝亢奮して〟といえばよいものをと思う。

ここでも多く語っているのはモーリッツで、メルヒオールは専ら聞き役だ。二人の会話を読んでいると、当時のドイツの学生の生活ぶりがわかっておもしろい。例えば、共通の友人エルンスト・レーベルがギリシア語のテストを三度も失敗したとか、人生なんて下らないものだとか、昔祖母から聞かされた「首なし女王」の話とか。そこへメルヒオールの母親ガボール夫人が、熱いお茶を持って登場する。彼女も会話に加わり、母親らしく健康のことを考えなさい、とか、その為には新鮮な空気を吸って散歩するといい等と、お説教を混えながらも少年たちにサービスをしている。

しばらくして母親が退場すると、少年たちはゲーテの『ファウスト』のことを話題にしはじめる。ここでも、モーリッツの台詞が面白いので紹介しよう。

――モーリッツ　打ち明けて云ふと、僕は君の書いて呉れた説明を讀んでからといふものは何ンだか君と同じような心持ちになつちやつた。――僕は驚いた。戸を締め切つて、丁度梟がびつくらして燃えている木の間を飛び抜けるように、焰のような行と行の間を駆け抜けた。――僕はその大部分は目をつぶつたまゝで讀んだに相違ない。君の説明を讀んでるとぼんやりした様々の思ひ出が湧いて來て、子供の時聞いた歌を死の床に横はつて他人の口から聞くような懐しさを感じたんだ。僕は君が少女の事について書いて呉れたものに最も熱烈に同感する。此の感じはいつまで立っても失せないだらう。ねえメルヒオール、悪い事をされるのは悪い事をするよりはずつとゆかしいものぢやないだらうか。僕は斯んなゆかしい悪さはされても暗い所さへ無くば此の世の中の幸福に充ちてるといふもんだと思ふ。

（「春の目ざめ」第二幕第一齣）

モーリッツのこの激した感情表現は、第一幕第二齣にある生殖について、メルヒオールから説明された事による。少年たちが男女の交わりのことや、どうしたら子どもが生まれるのかというような事を、こんなふうに話し合うのを舞台にかけるのも、おそらく初めてだったろう。

因みに日本で『春の目ざめ』が上演されたのは、豊一郎が本にまとめた大正三年（一九一四）の数年後であるという。青山杉作、木村修吉郎らによって大正六年に結成された踏路社《とうろ》が、牛込の藝術座で三日間上演したと、「岩波文庫」（昭和二年七月刊）の「はしがき」に書かれているが、正確な年月日は不明。その時の配役や上演後の劇評など知りたいものだを思う。同書によると『春の目ざめ』は、当時築地小劇場に於いて毎年上演されていたというから、大そう評判がよかったのだと思う。

第二幕第二齣は、ヴェンドラの居間が舞台。そこへベルグマン夫人（ヴェンドラの母親）が、マンティラというかつぎを被って現れる。片腕に籠を持ち、娘の名を呼ぶ。右手のドアから走り出てきたヴェンドラは、ペチコートとコルセット姿。洋服を身につけない下着姿の若い娘が舞台上に出るというのも、大正時代ならではのことだろう。

そこでも母娘の間で、何故女は子どもを産むのかということが話し合われる。ヴェンドラは無邪気に、鸛《こう》の鳥が窓から飛び込んだか、煙突から降りて女性に赤児を与えるのかと母親に聞く。それに対してベルクマン夫人は次のように答える。

ベルクマン夫人　子供を産むのにはね、——男というものを——愛しなきやなりません。——その男と結婚してね——その人を愛するのです。——女はたッた一人の男だけを愛する事が出來るものです。その愛するのには、心の有りッたけを捧げて愛しなけりやなりません。

とても――とても口ぢや云へないほどに。女といふものは男を愛しなけりやならないのです。でもウェンドラや、お前の年ごろぢやまだ其んな事は出來ないのですよ。ね、分かったでせう。

（『春の目ざめ』第二幕第二齣）

読んで分かるように、母親の話は精神的なことだけで肉体的に男女がどう結びつくのかは教えていない。

豊一郎が「『春の目ざめ』を譯するに先だちて」の冒頭で「男の子でも女の子でも子供を育てるのに男女兩性の性を知らずに育てるといふ事は危險極まる誤だ」と断じているのは、このことである。それは又、ヴェデキントの作品のテーマでもあった。

次の第三齣は、メルヒオールの友人の一人ハンス・リローのみ。彼は片手に灯をもって登場し、小箱の蓋をそっとあけて、ひとりごとを言い始める。彼だけは幼いころ乳母から性について教えられたということになっている。その事を観客が少年たちの第一幕での会話の内容から覚えていれば、この場面は静かだが、かなりきわどいものだ。

彼は小箱の中から次々と美しい少女たちの絵をとり出し、彼女たちを裸にして抱いているつもりになって、息もたえだえに独白しているのである。少年の自慰行為というものを、わたしもこの場面で初めて知った。

――お前のこの柔らかな手足、このふつくらとした腰、肥《ふと》つて若々しいこの胸、丁度今見る通りに、見るからにほれぐ\したｏ――十四になる子が寝床に長々と身體を伸してゐる有様を一目見たら、大先生もどんなにか夢うつゝに酔心地となつたであらう。

（『春の目ざめ』第二幕第三齣）

若い男女がキスしたり、抱き合ったりする場面よりも、こんな舞台のほうがドキドキさせられるのではないだろうか。

第四齣は、刈草を高く積み上げている牧場。その草の山の上にメルヒオールが独りで寝ころんでいる。

そこへヴェンドラがやって来て、立て掛けられている梯子を登ろうとする。メルヒオールは驚いて「来ちゃいけない」と叫ぶが、ヴェンドラは登り続け「こんな所に隠れていたの、みなさん探してるわ」と話しかけ、メルヒオールの傍に坐る。ここからが『春の目ざめ』の見せ場である。

メルヒオール。刈草はいゝ匂ひがするね。――外の空はもう外套みたいに眞ッ暗になったに相違ない。――僕にはたゞ君の胸にさしたポピイの花が見えるばかしだ。――それから君の心臓の動悸がきこえる。

ウェンドラ。キスしちやいけなくつてよ、メルヒオールさんッてば。キスしちやいけなくつてよ。

メルヒオール。君の心臓の――動悸がきこえる。――

ウェンドラ。　キスするのは――愛する時なのよ。――いやよ。いやよ。
メルヒオール。　ね、お聞き。愛するなんて其んな事が世の中に有りはしないさ。皆んな我が儘だ。皆んな利己主義だ。――君だつて僕を愛してやしないように、僕も君を愛してやしない。
ウェンドラ。　いやよ。――いやよッてば、メルヒオールさん。
メルヒオール。　ウェンドラさん。
ウェンドラ。　あ、あ、メルヒオールさんッてば。――いやよ、いやよ。

（『春の目ざめ』第二幕第四齣）

客席からは枯草の山の上でもみ合っている二人の姿よりも、ヴェンドラに迫るメルヒオールの声と拒否しながらも受け入れてしまおうとするヴェンドラの咽び声が聞こえて、刺激的な舞台となっていたであろう。豊一郎の訳本には書かれていないが、ここで溶暗の筈だ。観客はその中で、二人のその後の行為を想像し、昂奮したことであろう。

第五齣は、メルヒオールの母親がテーブルの前に坐って、息子の友人のモーリッツに手紙の返事を書いているところから始まる。彼女はそれを読み上げながら書く。

内容は、モーリッツがアメリカに留学したいから、金を貸してくれとガボール夫人に頼んだのを、事をわけて断るというもの。

第一に、夫人はそんな大金を持っていない。
第二に、たとえ持っていたとしても、間違ったことに加担はできないということ。
そして最後にドイツの教育についての考えを述べる。

——私の考では、若い人たちを學校の成績表で判斷するといふのはよくないことだと思ひます。學校でよくない生徒がえらい人になつたり、又反對に、學校で見事な成績を取つてゐた者が世間に出てちッともえらくなれなかつたと云ふ實例は幾らも有る事です。兎に角あなたに申し上げますが、あなたの此度の不幸はあなたとメルヒオールとの交りに少しも變更を來たさない事をば私が保證いたします。（中略）だからスティーフェルさん、頭《あたま》を高く上げてゐらつしやい。——斯んな危険は誰れにもあることです。而《そう》して直ぐと濟んで了ふことです。若し私たちが皆んな短刀や劇薬の處へ行つた日には世界には直きに人が絶えて了ひませう。すぐに御返事を下さい。之までと變らぬおたよりを待つて居ります。

お母様らしいお友達のファンニイ・ガボール（『春の目ざめ』第二幕第五齣）

ガボール夫人のこの言葉は、ヴェデキント自身がもっとも主張したいことだったのではないだろうか。
ヴェデキント（一八六四〜一九一八）自身は、オランダ人の医師とサンフランシスコで女優をしていたハンガリー人の女との間に生まれ、スイスで育てられたというが、高校を卒業すると同時に新聞記者となり、英仏を旅行した。二十二歳の時に、チューリッヒ附近のマギー社の宣伝部長となったが落ち着かず、二年後にはサーカスの書記に変わっている。文字通り、定住をきらうボヘミアンだったしい。『春の目ざめ』を書いたあとも、不敬罪で投獄されたりしたという。そしてようやく三十三歳の時にライプツィヒに創設されたイプセン劇場の書記、舞台監督、俳優などを務め、脚本も書いたりした。

しかし、そこも十年とは保たず、ベルリンからミュンヘンへ帰り、やっと落ち着いて作家生活に入った。

——ヴェーデキントが真に本質的にして永遠のものとして強調したのは本能としての生命欲、すなわち性欲であった。既に彼の出世作『春の目ざめ』も思春期の少年少女の性欲の問題を取扱ったものであるが、代表作といふべき二編のルルの悲劇『地霊』(九五出版)と『パンドラの箱』(〇四出版)は女の性欲の化身である女主人公ルルの勝利と没落の経路を描いたもので、彼女は悪魔的・自我中心的な性の力によって次々と男を征服し破滅させてゆき、結局自分自身もサディストによって殺される。(後略)

(相良守峯『新潮世界文学辞典』一九九〇刊)

「モザイク」八月号は、第二幕第六齣の〝朝日のあたつてゐるベルクマン宅の庭園〟で、ヴェンドラがひとりで自問自答している場面が始まってわずか八行で未完となってしまう。豊一郎の訳文が未だ出来ていなかったのか、それともページ数の関係なのか分からない。また、面白いことに、七月号では〝ヴェンドラ〟となっていたのが、八月号では濁点が取れてしまっている。豊一郎のせいなのか、出版社のせいなのか、これも分からない。

第十章　「春の目ざめ」と「お菊さん」

野上豊一郎は「春の目ざめ」第二章を、第一齣から第六齣まで「モザイク」八月号に掲載させたが、その後は一向に続篇を発表しなかった。六月号から順調に進めていたのに、ふいに中断したのは何故だろうか。

再開したのは、やっと「モザイク」の十一月号。それも第二幕第七齣だけを、わずか14ページで終らせ、肝心の第三幕を続けようとはしなかった。やはり、この年、腸チフスを患って、一ヶ月間入院したのが祟ったのだろうか。その理由を追う前に、とりあえず「モザイク」十一月号の紹介をしよう。

今までのモダンな表紙とはうって変わって、万年青《おもと》の鉢植えという、いかにも日本的なデザインで、それも黄いろに黒の縁どりという地味なもの。

しかし、裏表紙は読者の意表を突き、三人の半裸の女性の踊る姿が描かれている。両乳房をチラチラさせ、大胆に太腿を蹴り上げ、三者三様の表情で歌っている。同じ黄と黒との二色だけだが、波打際の砂浜や光る海面なども生き生きとして楽しい。画家は濱田薄光。

豊一郎の「春の目ざめ――フランク・ヴェデキント」はトップ作品。訳者名は臼川。第二章第七齣は次のように始まる。

――たそがれ。空には軽い雲がかゝつてゐる。路は低い灌木と雑草の間に紛《まぎ》れ込む。遠くで川の音が聞える。

モーリツ。よいものは尚ほどよくなる。——僕はとても駄目だ。ほかの奴等は上へ上へと登つて行けるのに。僕は戸を後ろに締めきつて自由の天地に這入つて行く。——追ひ返されたつて構ふものか。

僕は自分のやる事が旨く行かなんだ。——これから先どうしたら行けるものだろう。——僕は神様と何んにも約束を結んぢやゐない。人間は誰でも好き勝手にやつて行けるものだろうか。僕は皆んなから押しつけられた。——僕は僕の親をよくはしなかつた。最もよくない事が親の身の上にふりかゝつて來た。親は年をとつてゐるから自分達のしてる事は分るべき筈だ。僕が世の中に生れて來た時、僕は弱い者だつた。——でなかつたら、まさか斯んな世の中に生まれ來るんぢやなかつた。何んだつて僕は、ほかの者がその時此世の中にすでに居たと云ふ事實に對して、僕の方で罰金を拂はなけりやならないのだろう。

（以下略　傍点引用者）

モーリツのこの独白は、延々と五ページ三行目まで続く。歩き回りながら言っているのか、立ち止まって呟いているのか、その説明はない。

豊一郎の訳文は、おそらくヴェデキントの原文に忠実なのだろうが、いかにも固い。〝僕は僕の親をよくはしなかつた。〟などは〝僕は親不幸だつた。〟と言い換えてもよかったのではないだろうか。しかし、この長い独白で、モーリツが今日よくいわれる〝うつ病〟、昔の〝神経衰弱〟

に罹っていることが、観客にもよく分かる。

このうつ状態を破ったのは、〝引き裂けた着物を着て、頭に光るきれいを捲きつけ、後ろからモーリッツの肩をつかむ〟モデル嬢のイルセである。イルセの扮装はかつてのヒッピー風で、それだけでも舞台は明るくなった。

彼女は画家や写真家の前で、言われた通りの服装でポーズをとり、暇な時はダンスに入り浸り家をあけているのだ。自由の象徴といってよい。台詞もおもしろい。

イルセ。フェーレンドルフさんはあたいを柱上人《しようにん》にして描《か》いたのよ。あたいがコリントの都府に立つてる所よ。フェーレンドルフさんはね、お前さんだから云つてあげるが、あんな馬鹿ッたらありはしないことよ。此間あたいが、あの人のチューブを一つ踏み潰しちやつたの。するとあの人があたいの髪の毛で以つて刷毛を拭《ぬぐ》つたでせう。あたい耳をぶん毆つてやつたわ。今度はあたいの頭にパレットを抛《ほう》り付けたぢやありませんか。あたい畫架を引ッくら返してやつたわ。そうするとモルストック（畫を描く時左手に持ちて右腕を支ふる木）を振りかざして畫室の中を隅から隅まで、長椅子を飛び越したり、机や椅子を押し倒したりして人を追ひ廻すでせう。暖爐の後ろにスケッチが一枚あつた。――さァどうだ、おとなにしなきや之を引き裂いちまふぞ。先生とうとう大赦令を出しちやつてよ。そして、――そしてね、その場で直ぐと、まあ恐ろしくキスして呉れたこと。（以下略）

イルセのこの乱暴だが生き生きとした台詞に刺激されて、モーリッツも少年らしさを甦らせると同時に、性にも目覚めさせられる。だが、肝心なところは伏字になっているので、想像するしかない。

この「春の目ざめ」に登場する対称的な二組の少年少女、即ちモーリッツとメルヒオール、ヴェンドラとイルセは、いつの時代でも、どこの国にでも存在する、いわば永遠の若者たちである。

最後に「モザイク」十一月号に掲載された他の作品と作家名を紹介しておこう。

「薄暮」西田廻潤
「塔」藤井伯民
「ラ・フォルスタン「ゴンクウル」」武林夢想庵訳
「握手」水島爾保布
「IN THE GRIP OF ALCHOL」清水陸郎
「サニン」ミハイル　アルチィバシェフ

この後、豊一郎は「春の目ざめ」について、二つの雑誌に寄稿しているが、いずれも研究論文で、翻訳ではなかった。

第三幕の発表が遅れた理由を、豊一郎は大正二年十月一日発行の「モザイク」で次のように説明している。

タイトルは「春の目ざめの英譯について」筆者名は臼川。

彼は「春の目ざめ」を「モザイク」誌上で完結しなかったことを冒頭で詫び、何故続ける気になれなかったかを、次のように説明している。

最初はヴェデキントの原書（ドイツ語）を丸善と南港堂で探したがみつからなかったので、本国から取り寄せてもらうことにし、手許にあった英訳本で訳し始めたのだった。しかし、どうしても不味い英訳なので、結局第二幕で中断したのだという。

英訳本は、Francis J. Ziegler 氏の英文で、出版者は《ママ》フィラデルフィヤの Brown Brothers、一九〇九年版と明記され、この出版社は、ヴェデキント以外にも、ストリンドベルヒやトルストイ、ゾラなど世界的な作家の作品をも翻訳出版しているので、豊一郎はある程度信用していたらしい。しかも、英米の新聞紙上の「文学作品評」をみると、この英訳「春の目ざめ」も結構ほめられていたのだという。

だが、ドイツ語の原書が届いたので比較してみたところ、実にひどい語訳が混じっていたので、二幕で中断したのだとのこと。

豊一郎はドイツ語の原文を、英訳本とを随時比較してみせながら、フランシス・J・ジーグラーの訳がいかに間違っていたかを立証してみせている。

最初の比較を引用してみよう。

――メルヒオールとモーリッツの二少年が最初の情欲發動の自覺を話し合つて、夢の話をする所がある。（第一幕第二場。）モーリッツの言葉で『僕は青いズボンをはいた二本の足が教壇（das katheder）を跨ぎ越えてるところを夢に見た』といふ。それは少女の内股か何かを見たのである。英譯ではそれがお寺（the Cathedral）を跨ぎ越すと云ふことになつてゐる。幾ら夢としてもそんな事はおかしい。つまり譯者はKatheder とCathedral を混同したのである。

（「春の目ざめ」の英譯について）

この誤訳ばかりでなく、メルヒオールが感化院に入れられ、脱出しようと思う場面（第三幕第四場）や、自殺する前のモーリッツの台詞（第二幕第七場）なども、実に懇切丁寧に誤訳を指摘している。やはり豊一郎は「モザイク」に発表した『春の目ざめ』の第一幕と第二幕の訳文が拙速だったと悔やんでいるのだ。最後に『春の目ざめ』についての自分の意見をのべている。本邦初訳者としては、当然のことだろう。

――私は『春の目ざめ』は二つの見方で観察されると思ふ。第一は純文藝品として。第二は教育上の問題劇として。第一の見方から云へば、『春の目ざめ』は生の力と人間の習俗との矛盾、及びその矛盾に依つて起る悲劇を主題としたものである。大ない《ママ》る自分の底に横つてゐる自然の力が少年少女の群に一種の新しい驚異を齎した。即ち性欲の發動である。小さな人間の習慣と道徳がそれを壓えつけようとした。そして悲劇を生んだのである。次に第二の見方としては、そんな悲劇に對して我々は如何なる方法を講ずべきかといふ問題を提供したものと見るのである。即ち少年は如何に之を外部から抑壓しようとしても内から欲情が湧いて來る。我々は此んな少年に對して如何なる態度を以つて望むべきかを示したのが此の悲劇であるとする。ヴェデキント自身はどちらに重きを置いて取扱つたものだか私には推測は出來ない。けれども恐らく此の兩方の見方を頭《あたま》に入れてゐたに相違あるまいと思ふ。

（「春の目ざめの英譯について」）

更に、豊一郎はヴェデキントについて〝夢に包まれたような浪漫的の筆の所有者ではない。彼は男でも女でも皆んな裸に剝いて了はねば氣がすまない男である。それでゐて美しさを失はない。そして彼は生の謳歌者である。〟と言い切っている。

『春の目ざめ』を訳するに当たって、豊一郎はヴェデキントから二枚の写真を送ってもらっている。単なる翻訳者ではなく、原作者と友情を交わし合っているのだ。

――私の日本譯のためにヴェデキントから送つてくれた最近の二枚の寫眞を見ると、以前の髯の多い稍々細長い顔が、寧ろ圓味を有つた髯のない顔に變つて、大きな凹んだ目と強い唇の線が役者としての現在の彼の舞臺上の面影を忍ばせるに十分である。

（「モザイク」大正二年十月号）

同誌には、巻末に黄色の薄い用紙で附録のように、生田葵の「カムマースピイレの春の目覺め」

が五ページに亘って添えられている。

〝カムマースピイレ〟とは、ベルリンの劇場の名前で、ドイツ座と隣合せに建ち、それぞれが世界的に有名な演劇を上演していたという。生田葵が「春の目ざめ」を観た時には、ドイツ座の方でトルストイの「生ける屍」を上演していたので、自動車や馬車で来る観客の大部分はそちらに向かい、カムマースピイレのほうは割合に静かだったとのこと。

日本でこの『春の目ざめ』を読んだ時には、果してどのように舞台化されるのかと疑問に思ったそうだが、ベルリンでは一流の役者によって演じられているのに驚いたという。生田葵は克明に役者の姿形、声や演技を説明し、背景や装置なども丁寧に紹介している。

ヴェデキントの原作通りではなく、やはり舞台にかける時はかなり脚色したらしく、感化院の場などはカットされ、全体を十四幕で終らせたらしい。しかも、見せ場である筈の「乾草棚」(第二幕第四場)の場面は、暗黒の中で演じられ、メルヒオールとヴェンドラの声だけで観客の昂奮を誘っていたという。その箇所を引用してみよう。

――七幕目の新らしい試みには、私は私の心臓の鼓動するのを覚えた。只見る舞臺は暗黒である。何一つ眼に觸るゝものゝない眞に墨を流したる如き闇黒である。只見物席にのみ微かな燈火が通ふのみ。慥る舞臺の中から先づウヱルチル・ショット氏のメルショールの聲が湧き出るのである。次でカミールラ、アイベンシュッツ嬢のウエンドラの遺瀬ない聲が産れ出るのである。メルショールの情に堪えざる聲は漸次肉の響きが傳はつて來て、其れが更に一語は一語、獸的に響き渡るのである。其れに應ずる處女の恐怖、好奇心、未だ見ぬ世界を知らされんとする悲哀、憤怒其れに供ふ苦痛と煩悶、憧憬、恥羞、と相錯綜して其の訴ふるが如く、拒むが如き聲に顕はれるのである。

（「モザイク」大正二年十月号）

この観劇記を書いた生田葵は、正式には生田葵山《いくたきざん》といい、葵は別名。一八七六〜一九四五。京都生れの小説家。作風は耽美的で、代表作は『和蘭皿』（明治三十七年）。

この「モザイク」に掲載された他の作品とその作家名をあげる。

「追放されたる一夜」　水島爾保布
「淋しき笑」　小川未明
「困つた繪」　川路柳虹
「少年の春」　清見陸郎
「沈黙」　水守亀之助
「黄ろい光の中より」　五十嵐禎夫
「三人の笑」　西田長左衛門
「サニン（アルチィパシェヴ）」　武林夢想庵訳
「札幌より」　武林夢想庵

表紙はデリケートでモダン。常に工夫されている感じだ。中央よりやや上に、直径11センチの円窓の中に、飛魚が七尾群れ、ゴンドラ風の浅く長い舟の上に扇形の帆を張り、王冠を頭にのせた長髪の男性が乗っている。左腕を後に立て、膝を少し折り曲げ、花びらを散らせた掛布で覆っている。上の方には、七房の葡萄を垂らしたしなやかな枝が左右に伸びて、いかにも夢のある風景。下の方に「モザイク」と右から左へ固いペン描き、その上に、こちらは活字で「十月號」。奥付は今まで同様、一冊25錢。モザイク社の住所も、編集兼發行人も山本三郎と変わらず。表紙は裏表ともに淡い茶色で、着色がないせいか少し寂しい。

「モザイク」で中断された「春の目ざめ」は、大正三年首尾よく岩波書店から単行本として出版された。

それから数年後、東京牛込の芸術座で、踏路社同人によって三日間上演されたという。しかも、その後は築地小劇場で、毎年のように演じられたとのこと。

豊一郎はそのことを、昭和三年十月一日発行の岩波文庫「春の目ざめ」の「はじがき」に記している。

ここで「芸術座」「踏路社同人」「築地小劇場」について『演劇百科大事典』（昭和三十五年平凡社刊）で調べてみた。

「芸術座」は劇団及び劇場の名称とあるが、〝牛込〟という地名があるので、劇場のことだろう。劇団のほうは島村抱月が松井須磨子を中心にして結成した新劇団のこと。「春の目ざめ」は上演していない。

「踏路社同人」については、同事典には記載がない。当時の新劇集団は離合集散が激しかったというから、僅か三日間だけ、牛込の芸術倶楽部の小舞台で研究劇として上演したのかも知れない。

「築地小劇場」については、もっとも詳しく説明されている。先ず劇場名としては、大正十三年（一九二四）京橋区（現在の中央区）築地二丁目二五番地に設立された日本に於ける最初の新劇専門の劇場とのこと。関東大震災後、土方与志が新劇の興隆を目ざして小山内薫と計り、私財を投じて有志とともに建設したもので、定員四九七名、小劇場ながら当時のヨーロッパの先端的設備、機構を備えていたというから、「春の目ざめ」の上演には最適だっただろう。

一方、劇団名としては、小山内薫と土方与志が中心になって若いインテリゲンチャを集め創立した新劇団で、専ら翻訳劇を上演していたとのことなので、「春の目ざめ」も当然上演されたと思う。当時のパンフレットなどがあれば、ぜひ見たいものだ。

さて「春の目ざめ」第三幕に戻ろう。

わたしの読んだのは『近代戯曲集』（「世界文學全集」35　新潮社刊　昭和四年十一月）に収録された翻訳劇10篇の中の「春の目ざめ」（ヴェデキント作　野上豊一郎譯）である。

豊一郎の解説によると〝この翻譯は、大正二年（一九一三年）に作者の同意を得て翌年出版し、更に、大正十三年に改譯したものである。〟という。従って「モザイク」連載中の文章よりこなれていて、読み易い。第三幕の場面は、次の七場からなる。

第一場　ギムナジウムの会議室
第二場　墓地の墓穴の前　雨
第三場　室内
第四場　感化院の廊下
第五場　ヴェンドラの寝室
第六場　葡萄畠（夕方）
第七場　墓場（十一月の深夜）

第一場の「会議室」の装置と登場人物について。

――壁にペスタロッチとジャン・ジャック・ルッソオの肖像が懸かってゐる。緑色で蔽はれた卓の周りには、瓦斯の火のいくつも燃えてゐる下に、教授アッフェンシュマルツ、クニュッペルヂック、フンゲルグルト、クノッヘンブルフ、ツンゲンシュラーク及びフリーゲントートが着席して居る。上座の一段高い肱掛椅子に校長ゾンネンシュチッヒが着席。校吏ハペバルトは戸口に蹲《しゃが》んでゐる。

まことに舌を噛みそうな教授たちの名前だが、校長と校吏（小使さん）の二人はともかくとして、幕が開いた時は誰が誰だか分からない。会議の議題は、メルヒオールの処分をどうするか、ということ。

民主的運営ではないので、校長がすべてを取りしきっている。重々しくみせるためか、表現も固いし、くり返しも多い。例えば、会議室の窓を一枚開けて空気を入れ換えたほうがよい、という提案に、おそらく10分間も費して討論している。しかも、何かというと、戸口にかしこまってしゃがんでいるハペバルトに命じるのも滑稽だ。

最後に、放校処分にするかどうかを決定するため、メルヒオールが会議室に呼び出されるが、メルヒオールの手記に卑猥な表現があるのかどうかは不明のままである。

当時のギムナジウムの頑迷固陋さを観客に訴えるのが目的の場面だろう。

第二場は降りしきる雨の中の墓地。——掘り開かれた墓穴の前に牧師カールバウフが片手に傘をさして立つてゐる。その右手にレンチェル・シュチーツェルとその友人チーゲンメルケル及び伯父プロプストが。左手には校長ゾンネンシュチッヒが教授クノッヘンプルツと一所に。高等普通學校の生徒は輪なりに列んでゐる。少し離れて、こはれかけた一つの墓石の前にマルタとイルゼが。

掘り返された墓穴の中には、自殺したモリッツが横たわっているらしい。埋葬式に訪れた人たちは次々に一掬いの土を投げ込みながら、それぞれの想いを口にする。

モリッツの父親の、レンチェル・シュチーフェルは、「あの子は私の子どもじゃなかった、小さい時から気に入らなかった」と涙に声をつまらせながらいう。

校長は「自殺は道徳に反するもっとも顕著な行為である」をくり返す。

教授は「堕落だ、懶惰、ぼろだ」と死者を冒瀆する言葉を並べ立てる。

伯父は「子どもが親に対して、こんなにまで恥をかかせるとは！」と嘆く。

父親の友人も同じように「二十年間も朝から晩まで子どものことより他に何も考えなかった父親に、こんな恥をかかせるとは」と、自殺したモリッツを詰っている。

その後、大人たちは次々にモリッツの父親の手を握って慰めの言葉をくり返して退場する。

残ったのはギムナジウムの生徒たちばかりである。彼らも同じようにひと掬いの土を墓穴の中に投げ込みながら、ひと言ずつ死んだ友人に声をかける。

ある者は「正直者、お人好し」と言い、ある者は「バカヤロウ、でたらめや」と罵る。彼らにとって現在もっとも大切なのは、徹夜してでも提出しなければならないレポートのことなのだ。だからモリッツがどのような手段で自殺したのかを語り合うだけで、この場を去る。

少し離れた墓石のかげに佇んでいたマルタとイルゼが墓穴の前に出て来て、摘んだばかりの花で作った花輪やアネモネを投げ入れる。そこで始めて、イルゼがモリッツの使ったピストルをマルタに見せる。イルゼの最後の台詞がもの凄い。
――きつと弾丸を水ごめにしたんだわ！　――王様の蠟燭がそこいらぢう一面血だらけにな
つてゐた。脳味噌が柳の下に引つ懸かつたりして。
第三場の室内、というのは、メルヒオルの父母だけがいる部屋のことで台詞も二人の会話のみ。夫妻は教育法の違いを長々と論じ合っている。この時はじめて、メルヒオルの父は、判事だとわかる。
ギムナジウムでは、メルヒオルを退校処分にし、感化院に入れようとしているが、母親はこれに断固反対を唱え、父親はたとえ放校処分になっても、両親がしっかり息子を教育すればよいのだと主張する。だから放校処分の是非よりも、メルヒオルの手記の内容を問題にしているのだ。
――あれの書いたものは、我我法律家の語法を以つてすれば「道徳的發狂」と稱する所の異
常なる精神的腐敗を表明してゐる。――果してあれの状態に幾分でも矯正の餘地があるかど
うか、私には何とも云へない。
この夫の言葉に対して、妻のガボル夫人は次のように反論する。
――一體あの子が何を書いたのでせう！　あの子にそんなものが書けるといふのが、何より
あの子の無邪氣な事の、單純な事の、子供らしい潔白な事の證據でばございませんか！――
こんな場合に道徳の腐敗なんかを嗅ぎ出すのは、人間知識といふものを少しも豫知しない人

ですわ――全く魂の無くなつてゐるお役人か、でなけりや、餘つ程狹量な人ですわ！

メルヒオルの母親は、夫が息子を感化院に入れるなら、離婚すると宣言する。二人は息子に罪がある、ない、をくり返し相手に投げつけた。

そこで遂に父親は、息子がヴェンドラに宛てて書いた手紙を彼女の母親がみつけて、今朝持ってきたばかりなのだ、と打ち明ける。

メルヒオルはヴェンドラに対して、乾草棚で彼女を犯してしまったことを詫び、どんな責任でも負うから心配しないでほしい、と書いたのだった。

最初のうちはガボル氏もその妻も、悪質ないたずらだと否定しようとするが、手紙の筆蹟が息子メルヒオルのものだとわかって途方にくれる。そして、この調子だと他のギムナジウムに転校させても、再び同じあやまちを犯すかも知れないと考え、ついに息子を感化院に入れてしまう。

第四場の感化院の廊下の場面にはメルヒオールの他に五人の少年が登場する。初めのうちは、他愛のない銀貨の賭けをしているが、次第に昂奮してののしり合い喧嘩をはじめる。メルヒオールはひとり離れて窓の外を眺めながら、自分が犯してしまった少女ヴェンドラのことや自殺した友人のモリッツのことを想い出している。この独白の中で、彼はひそかに脱走することを仄めかせる。

第五場はヴェンドラの寝室。彼女はベッドに横になっており、そばに母親のベルクマン夫人と姉のイナ・ミュルレルと往診に来た医師のドクトル・フォン・ブラウゼブルヴェルがいる。

ヴェンドラは食欲もないのに吐き気がしたり、急にからだが熱くなったり、反対に冷え切ったりするらしい。

医者は、それを〝瘻黄病〟だと診断して去る。姉のイナも「早くよくなってね」とヴェンドラにキスして去る。〝瘻黄病〟とは『広辞苑』によると、思春期の女子に好発する小細胞性低色素性貧血で、皮膚が黄みを帯びて蒼白になり、体力が減退する、とある。原因は鉄分の欠乏によるらしい。又『百科事典』には、アイルランド人の移民の女中の貧血に名付けられた病名で、不十分な食事、非衛生、重労働、便秘、月経不順が原因とされる、とある。19世紀末から思春期の少女たちの月経不順は〝瘻黄病〟と診断されたという。

母親と二人だけになった時、ヴェンドラは「わたしは瘻黄病なんかじゃない、このままでは死んでしまう」と訴えるが、母親はあくまでも瘻黄病だと言い続ける。

しかし、ヴェンドラに「ぢゃ、なぜ、お母さまはそんなに悲しそうにお泣きになるの」と聞かれ、母親はついに「あなたには赤ちゃんができるのよ」と口走ってしまった。

ここで初めて観客は、ヴェンドラがメルヒオールの子種を宿してしまったことを知る。それにも拘らず、ヴェンドラは「私たちは乾草の中に寝ていただけなの」と言い、結婚しないうちは妊娠もしない、と信じているようなのだ。それに対して母親は「十四になったばかりの子どもにそんなこと話せるものかね」と言い、ひたすら「神さまにおすがりしましょう」と泣くばかりなのだ。

第六場は、夕暮れ時の葡萄畠で、二人の少年が語り合う場面だが、わたしは何故この場をヴェデキントが設定したのか、何度読み返しても分からない。ちょっと面白かったのは、二人の少年がキスし合うところである。

ギムナジウムでは、このような同性愛がよくあったということを表現したかったのだろうか。わたしは少女時代夢中になって観ていた宝塚歌劇の男役と女役を想い出した。女性同士で抱き合ったり、キスしたりしていてもなんとも思わなかった。あれと同じなのかもしれない。

第七場は、秋も深まった十一月の夜の墓場。登場人物は感化院を脱走したメルヒオールとピストル自殺をしたモリッツ。それに仮面の紳士の三人だけだが、長台詞が多いので、役者は大へんだったただろうと思う。

メルヒオールが墓石を蹴飛ばしたりしながら今の自分の沈んだ気持を語る。何度も自分が悪かったわけではないとくり返すが、そこに痩黄病で死んだとされたヴェンドラの墓が現れる。その時のメルヒオールの驚き。

――雁來紅《はげいとう》が花壇の周りに咲いてゐるな？　――雁來紅なんかが？　――あの女の子だ……さうしてこの女の子を殺したのは僕なのだ！　――この女の子を殺したのは僕なのだ！

そこへピストル自殺をした時に、自分の首を吹きとばしてしまったモリッツが、己自身の首を片手に抱えて現われる。そして死の世界が如何に自由であるかを語りきかせる。二人の会話（生者と死者）がおもしろい。

——モリッツ　僕と握手をしよう。僕は斷言する。君はきつと僕に感謝したくなるよ。こんなことつてめつたにあるもんぢやないよ！　恐ろしく運のよい廻り合せだ。

——僕は特別に浮かみ上つて來たんだもの……

メルヒオル　それぢや君は眠らないのかい？

モリッツ　君たちの考へてるやうな眠なんかはないんだよ。——僕等は行きたいと思ふ所には何處へでも行ける——教會の塔の上でも、高い破風《ふ》の上でも……。

メルヒオル　休むことなしにか？

モリッツ　おもしろいんだもの。僕等は五月柱の周りや淋しい森の禮拝堂の周りを歩いたりするんだ。それから大勢の人だかりの中を飛びまはつたり、不幸な事のあつた所や、花園や、祭の場所を飛び廻つたりするんだ。——それから人家に入り込んで煖爐の中にしやがんだり、寢室の戸張の後につくばんだりもするんだ。——僕と握手をしよう。

——僕等には附合といふやうなものはないけれども、世の中の事は何でも見たり聞いたりされるんだ。僕等は人間の行為や欲望がすべて馬鹿馬鹿しいものだといふことを知って、心の中で笑つてるんだ。

（『近代戯曲集』）

メルヒオルに語りかけながら、モリッツはしきりに握手を求める。握手をしたが最後、メルヒオルも死者の世界に引き込まれてしまうだろうといふことが、観客にも分かる。また、モリッツの語る死の世界が非常に魅力的で、もし悩んでいる若者が見たら、わりあい簡単に引き込まれ、自殺してしまうかも知れないとさえ思われる。

そこへ仮面の紳士が歩み出てきて、モリッツを排除し、メルヒオルを死者の誘惑から救おうとする。

假面の紳士　〔メルヒオルに〕君は腹がすいて震へてるんだね。君には判断する資格はない。――〔モリッツに〕あちらへ行きたまへ。

メルヒオル　あなたはどなたです？

假面の紳士　それは今にわかる。――〔モリッツに〕お前さんは消えてしまへ！　――お前さんは此處で何をしてるんだ！　――お前さんはなぜ首を附けてゐないのだ？

モリッツ　僕はピストルで自殺したんです。

假面の紳士　それならお前さんのゐるべき場所にゐなさい。お前さんのことは皆んな片づいてゐるぢやないか！　墓くさい臭氣を振り撒いて私たちを苦しめちやこまる。はて不思議――ちよつとその指を見なさい。や、畜生！　もう崩れかけてる。

モリッツ　どうぞ僕を追ひ立てないで下さい。……
メルヒオル　あなたはどなたですか??
モリッツ　僕を追ひ立てないで下さい！　お願ひです。もうしばらく此處にゐさしてくださ
い。決してお邪魔はいたしませんから。——地の下は怖くてなりません。

仮面の紳士は、ここでモリッツの同席を許すが、先刻彼がメルヒオルを死の世界に誘うために言った数々のすばらしい事例が、すべて嘘であることを告白させる。そしてメルヒオルに、モリッツに手を差し出すことを禁ずる。しかし、肝心のメルヒオルは、未だに仮面の紳士が誰であるか分からないので、しつこく「あなたは誰方ですか」をくり返す。仮面の紳士が名乗らない限り、信用するわけにはゆかないと断言する。

このやりとりを聞いていた死者のモリッツは、やっと真実を語りはじめる。

「この人の云ふ通りだよ、メルヒオル。僕は出鱈目を云つたんだ。君はこの人の云ふことを聞いて、この人を利用したまへ。假面はかぶつてゐるけれども——少くともこの人はこの人であることだけは確かだ！」

そして尚も口論を続ける二人に、モリッツは割って入り、「許してくれたまへ、メルヒオル。僕が君を殺そうとしたことを！　それも以前の愛着からだつた。——僕は一生涯泣いて苦しい思ひをしてゐてもよい、もう一度君を見送つて此處から出ることが出來たら！」と言う。

自殺した少年の悲しみや苦しみ、孤独感が伝わって来る。このモリッツの台詞は、どんなに観客を感動させたであろうか。仮面の紳士に連れられてメルヒオルが墓場から去った後、ひとり残ったモリッツのつぶやく言葉も、また心に沁みわたる。

――僕は今自分の首を抱へて此處に腰かけてゐる。――月は顔を隠してはまた現はれ出るけれども、別に前より悧巧さうな顔もしてゐない。――では、僕は僕の領分へ歸つて行かう。あの氣ちがひにそそつかしく踏み倒された十字架を立て直さう。そうして何もかも片づけた上で、また仰向けになつて腐れながら暖まつて、笑つてゐよう。

〈メルヒオルも、メルヒオールも引用文通り〉

ここで「春の目ざめ」三幕十九場は幕となる。築地小劇場は、この困難な舞台を、三回に亘って上演しているので、その年月日と演出家および出演者を紹介しておこう。

大正14年5月15日～24日　青山杉作演出　山本安英、竹内良作出演　（装置　伊藤熹朔）
大正15年2月12日（再演）青山杉作演出　山本安英、滝沢修出演　（装置　伊藤熹朔）
昭和3年5月4日～20日　青山杉作演出　山本安英、高橋豊子出演

昭和3年の公演は「築地小劇場」第28回本公演。

当時の舞台写真が「築地小劇場50年展」のパンフレットの中に、二枚だけ載せられていた。いずれも白黒で、しかも小さくて見にくいが、貴重な記録である。

一枚目は第一幕第二場で、大きな一本の樹（かばのきみたいだが正確には分からない）の下のベンチにメルヒオールが腰かけ、その左手に膝をついたモリッツが話しかけている。モリッツは上衣を着ているが、メルヒオールは白ワイシャツにネクタイ姿。両者とも短パン。

この場で、二人の少年はたがいの性衝動についての体験を語り合っているのだ。

もう一枚は、第三幕第七場、十一月の深夜の墓場。中央に二本、上手と下手に一本ずつ白い十字架が立てられ、長方形の石碑や三角屋根の形をした石碑もみえる。

下手に自分の首を墓に乗せたモリッツ、中央に白ワイシャツに上衣を羽織ったメルヒオール、その右手にシルクハットに燕尾服、右手にステッキを持った紳士。

役者はモリッツが友田恭助、メルヒオールは竹内良作、仮面の紳士は、内村喜与作＝小山内薫と写真の下に記されている。

このパンフレットは、昭和48年（一九七三）5月に、渋谷西武デパートで開催された「築地小劇場50年展」の時に発行されたもの。

葡萄棚を思わせるむらさきの棒状の列の前に、二枚の葉をつけた葡萄の房が重く垂れている。菱形の棚に逆三角形の葡萄。同じ色で上部に「築地小劇場50年展」と大きく左から右へ走る横書きのタイトル。すぐ下に細線で挟まれて小さく「新しい民衆の中へ」。中味も表紙もすべて分厚く重々しいＡ４版。

頁を開くと中央に横書き14行の「あいさつ」。

——50年まえに築地小劇場は開場した。築地2丁目に建てられたバラックの小劇場であった。

そこから現在の新劇ベテラン俳優たちが巣立った。開場したのは大正13年6月であった。

明治39年に新劇運動ははじまった。歌舞伎、新派とならんで、その土台が固まるのは築地小劇場の開場以後である。土方与志が私財を投じてこの劇場を建て、小山内薫が芸術上の指導者として協力した。自然主義、表現主義、構成派などの先駆的な仕事が、エネルギッシュにつづけられた。本展は、創立から小山内薫の死までの5年間を中心に構成されている。50年まえの資料がこれだけ展示されるのは、はじめてのことである。芝居を愛する方々の鑑賞を期待する。


（昭和48年5月　日本演劇協会）


実に堂々として淀みない。

目次はなく、いきなり次頁は「新劇のはじまり——築地まで」。このパンフには、頁数の記載もない。

「新劇運動の出発」として、坪内逍遥と島村抱月の顔写真と共に、「文芸協会の発足」の説明。「文芸協会」が早稲田大学を中心にしておこった事を、わたしは初めて知った。演劇好きの末弟が何が何でも早稲田大学に入ると勢込んでいたのも、これで頷けた。

逍遥がシェークスピアの全作品を翻訳する気になったのも、この文芸協会がきっかけだったという。また島村抱月もイプセンの「人形の家」を訳して舞台にかけた。

明治22年当時の歌舞伎座や本郷座の外観、そして本郷座の舞台「ハムレット」の写真もこの第一ページにある。

そこから50年にわたる新劇の歴史が語られ、舞台写真や俳優の顔写真が次々に登場する。何度読み返しても倦きない程である。

最後に「築地小劇場公演リスト」（大正13年～昭和4年）と「新劇の歩み」（制作・倉林誠一郎）が、貴重な記録として付されている。

末弟が入団し、わたしが今でも時々観ている「民芸」もこの中に入っていたが、残念なことに「東京演劇アンサンブル」一九六七のところで「歩み」は途絶えている。


さて、豊一郎に戻ろう。

一九一三年（大正二）三月、沼波瓊音と共に「自由講座」を創設し、新思想の研究と普及を目指した。

三月七日には、尚文堂から「邦訳近代文学」を刊行。

九月には次男・茂吉郎が生まれ、上駒込三二九番地へ転居する。まさに三十歳にして立つ、というところだ。

晴れて翌年一九一四年六月二六日に、『春の目ざめ』初訳本が東亜堂書店から上梓された。この初版本は日本近代文学館にも所蔵されていないので未見だが、十年後の大正十三年九月二十日に、岩波書店から出版されたものを直接、手に触って見ることができた。

豊一郎のよろこびが身体中に伝わってくる。

表紙は、おもて裏ともに湖か空を思わせる淡い水色。白革ふうの背表紙に金文字で「春の目ざめ　野上豊一郎」と縦書き。裾の方に小さく右から左へ「岩波書店」。ツカは一・五センチくらいで、あまり分厚くはない。

表紙にはヴェデキントの手書きと思われるドイツ語で「Frühlings Erwachen」。これも金文字。表紙を開くと、いきなりヴェデキントの上半身の写真が現れる。ひたいが広く、眉が濃い。高い鼻の下には八の字形の髯。唇は固く結ばれ、両眼を大きく開いてこちらをじっとみつめている。白シャツと黒スーツの正装姿。左端に小さく「フランク・ヴェデキント」と記されている。おそらく豊一郎がヴェデキント自身から贈られた二枚のうちの一枚だろう。中年の面影なので、若いほうの写真は、東亜堂書店から出版された十年前の初版の方に使われたに違いない。

写真と表題紙の間に、薄茶いろの紙を挟んである。実に丁寧な造本だ。表題紙には右から左へ横書きで、上から順に「フランク・ヴェデキント」「春の目ざめ」「少年悲劇」「野上豊一郎」「翻譯」「岩波書店」「刊行」と七行に亘って刻みこまれている。

次頁には「翻譯著作權所有　無斷上演を禁ず」と縦書き二行。そしていよいよ豊一郎の「はしがき」が三頁に亘って掲載される。

最初は著者フランク・ヴェデキントの生没年と、この「春の目ざめ」の初演が一九〇六年であったこと。演出者がマスク・ラインハルトであることと、ヴェデキント自身も「仮面の人」として出演したこと。

次は、大正三年に豊一郎が『春の目ざめ』を出版した後、三日間だけ踏路社同人によって上演されたこと。

三つ目は、豊一郎が訳本を出すに当たって、ヴェデキントに上演権の交渉をしたこと。

四つ目は、『春の目ざめ』を何んの目的で訳したかが説明されている。

――勿論私の最初の翻譯の動機は、原作者と共に世の親たちに向つて、また教育者たちに向つて、子供の成熟の可能を考へて、これに光と善い導を與へるやうにしたいと思ふ相談の心からであつたことは云ふまでもないが、更に、私はそれだけでなく、此の作品は一箇のすぐれた藝術品として取扱はれるべき資格を十分に持つてゐることをも信じてゐる。

そして最後に、友人の小宮豊隆、内田榮造及び關口存男の三氏に感謝のことばを述べている。

日付は大正十三年七月。

豊一郎は漱石門下生だけあって、実によい友人に恵まれていたし、また彼らを育てたのは漱石そのひとであったと思う。

「モザイク」（明治45年7月1日号）で発表した時の豊一郎の翻訳と、この上梓した『春の目ざめ』を対比させてみると、彼がかなり工夫をこらしたことが見てとれる。

第一幕第一場の冒頭　母娘の台詞。

「モザイク」

ヴェンドラ。お母さん、私の着物をなぜ斯んなに長くしたの。

ベルクマン夫人。お前今日から十四におなりだよ。

『春の目ざめ』
　　ヴェンドラ
どうして着物をこんなに長くなすつたの、お母様？
　　ベルクマン夫人
あなたは今日からもう十四ですよ！

この母娘の会話からだけでも、豊一郎がいかに現代的に工夫したかがよく判る。

第二幕第一場のメルヒオールとモーリッツの台詞も新しくなっている。

「モザイク」

モーリツ。僕は少し亢奮されて、また愉快になつて來た。――でも希臘語の時間には一つ目の巨人のポリフェームス見たいにぐつすり寝入つ了《ちま》つたつけな。僕は大昔の國語の發音を聞いて自分の頭がよくもよくも痛くならない事だと不思議に思つている。

『春の目ざめ』

モリッツ

僕はやつと元氣づいて來た。それだけ幾らか興奮してもゐるやうだけど。――ギリシア語の時間には酔つぱらつたポリフェームみたいに眠つてゐたんだが、ツンゲンシュラークの親爺に耳をつねられなかつたのが不思議だ。（米印の名称には、丁寧な註解が巻末にあり、次のように説明されている。数字は頁数と行数）

七三　七　ポリフェーム

シチリア島の岩窟に棲んでゐた巨大な一つ目の怪物で、オヂセウスが漂流した時、その仲間の内六人まで此の怪物に食はれた。オヂセウスは彼に酒を飲ませ、酔つて眠つてゐる間にその目をつぶして遁げた。（ギリシア神話）

この二つの表現の違いは、豊一郎も「モザイク」で解明しているように、ドイツ語の原典と英訳本の違いも大きいだろう。

上梓された『春の目ざめ』には、本文の他に附録として「出場人物」「幕と場面」「註解」が付され、いっそう充実している。

「出場人物」には、「少年の組」「少女の組」「家族近親者の組」「學校感化院の職員等の組」に分類され、固有名詞とともに（　）内に、その人物の説明も付けられている。だが、第三幕第七場の重要人物である「仮面の人」は、其他とのみで説明はない。ヴェデキント本人だと書くわけにもゆかなかったのかもしれない。

「幕と場面」も、忠実に、しかも簡潔に整理され、記憶の薄れた時にひもとくのに好都合である。しかも末尾には〝第二幕第三場（ヘンスヘン・リロフの獨白）と第三幕第六場（葡萄畠に於けるヘンスヘンとエルンシュト）と、此の二つの場面は本筋と直接の交渉がないから上演の時は當然省略し得る。〟とあり、わたしが指摘した通りになっていた。

「註解」に採用した語句は、66点にも亘り、豊一郎が情熱を注いでいたのが伝わってくる。前述した三人の友人（小宮、内田、関口）の他に、発行者の岩波茂雄も加わっていたことだろう。

豊一郎は、東亜堂書店から『春の目ざめ』を大正三年に出版した後、「万朝報社《よろずちょうほうしゃ》」に入社した。「万朝報」とは、明治25年（一八九二）に、黒岩涙香が創刊した新聞で、三面に社会の出来事を派手に書き立てた日刊紙。内村鑑三や幸徳秋水も在社していたことがあるという。社会運動、労働運動に関心を示し、何よりも日露戦争に反対していた。明治三十年代には、発行部数第一位となった。大正期に入ると、従来の不偏不党主義を捨てて護憲論に回り、涙香の個性と正義感によって培われたユニークな新聞だったが、昭和15年（一九四〇）に「東京毎夕新聞」と合併して廃刊になった。（『日本現代文学大事典』（人名・事項篇）明治書院刊　参考）

一高→東大と官僚の出世コースを歩みながら、豊一郎が「万朝報社」に入ったのは、東大から英文学部教授の内示を得ていたにも拘わらず、これを蹴って「朝日新聞社」に入った恩師・夏目漱石に倣ったのではないだろうか。

豊一郎も「万朝報社」の記者として勤めながらも、ピエール・ロティ作『お菊さん』を翻訳し、大正四年には新潮社から出版している。『春の目ざめ』の単行本を出した翌年だから、豊一郎が如何に奮闘していたかが分かる。これらを恩師・漱石に捧げたかったからであろう。

漱石は翌年の大正五年十二月九日、この世を去った。

ヴェデキントの『春の目ざめ』も、ピエール・ロティの『お菊さん』も、豊一郎が初めて日本語に訳して紹介した外国文学作品である。ひそかに漱石から示唆されたのではないだろうか。

しかも、『お菊さん』の装幀は、豊一郎自身の手によるもので、実に美しく個性的である。

濃いグリーンの台紙の上に、一寸角（三・五センチ）の朱いろの縁どりを施したカードが六枚、上から二枚、一枚、二枚、一枚と置かれている。カードの中には、花魁、能役者、獅子、台座に乗った鯉、狛犬、歌舞伎役者がマンガ風に描かれ、豊一郎がなかなかユーモラスな人だった事が窺われる。

裏表紙も同じデザインだが、カードの中の図柄は、庵主、赤ん坊、芸者、鶏、物売り、公卿などさまざまで面白い。カードの中には朱点がこまかく打たれ、みどり色の背景にはペン先でグルグルと波が描かれ、なかなか凝っている。

中表紙は見開き続きの夢のような絵。黒いバックに金ペンでさまざまな男、女、植物、動物、舟、岩などを散乱させている。豊一郎のわき立つような想いが伝わってくる。

彼は『お菊さん』を、臼杵中学校に通っていた頃、フランス人の牧師から習ったフランス語で読み、訳したのだという。そのカトリックの牧師は、ゾラをはじめとしてフランスの恋愛小説を読んではいけないと言っていたので、豊一郎が『お菊さん』を訳したと知ったら〝堕落した〟と思うかも知れない、と（序文に代へて）の末尾で述べている。

原作者のピエール・ロティはフランスの海軍士官で、一八八五年（明治18）に長崎に寄港し、七月から九月まで滞在した。彼は日本や日本文化を知るために、その三か月間、十八歳の女性を小高い丘の家に囲い、通った。

この時の体験を記したのが『お菊さん』である。彼は別にお菊さんを愛しているわけではなく、唯単に形式的に結婚式をあげ、披露宴も催し、妻として取り扱っただけなのだ。それは何故なのか。
彼が力をこめて書いたのは、明治三十年代の長崎の風景、日本古来の習慣そして、その雰囲気であった。

『お菊さん』の冒頭で、ロティは「リシュリウ公爵夫人に」という献本の詞をのべている。

――これは私の生涯のうちの或る一と夏の日記です。私は少しの變更も加へず、日附さへそのままにしました。それは、私の場合にもさうなのですが、一體私たちが事件を整頓しようとしますと、却つて不整頓に終るやうなことが屢あると思つたからです。全體を通じて最も重要な役割《ロオル》はマダム・クリザンテエムの上に在る如く見えるかも知れませんが、その實、三つの主要な人物は、私と日本と及び此の國が私の上に及ぼした効果と、これだけです。（『外國人文學全集』講談社　昭和44年3月刊行）

傍点はロティ自身が施したものである。

ロティの文章は綿密で、少しも手を抜かず、しつこい程である。自分の眼で見たもの、感じたことを忠実に再現しようとしている。そのためには、お菊という若い女性を、たとえ三か月とはいえ正式な妻として迎え入れる必要があった。しかし、そのことを知りながら彼のもとにやってきたお菊さんが、心の底でどう思っているのかを考えようとはしない。

ロティはおだやかな夜の船上で、弟分のイヴに言う。上陸したらすぐに結婚すると。しかもその相手になる女性は〃皮膚の黄いろい、髪の毛の黒い、猫のやうな眼をした小さい女をさがさう。――可愛らしいのでなくちやいかん。〃と。

そして翌朝、雨の降りしきる中を、サンパンと称する小舟に乗って長崎へ上陸する。

――私が上陸すると直ぐさま、十人ばかしの不思議なものが、それは降りしきる土砂ぶりの中で定かに見分の附きかねるやうな――人間の針鼠とでも云ひさうに、皆んな大きな黒い物を引きずつてゐる――その異形なものが、私の所に駈け寄つて來て、がやがや云ひながら、私を取り圍み、私の行手を遮ぎつてしまふ。その中の一人が骨の澤山ある大きな傘の透明なその表面に鶴の繪を装飾したのを私の頭の上からさしかける。――さうして皆んなにこにこしながら私の方へ近よつて來る。何かを期待してゐるやうな、愛想のよい有様で。

かねて聞いてゐた。これは唯私の選擇の名譽を得ようとするdjins《ヂン》〔人力車夫〕に過ぎないのである。

（『お菊さん』三）

現在のタクシーかハイヤーのように、当時は人力車が移動手段に使われていた。現在でも古都と称する観光地では、再び流行しはじめているようである。

ロティはその中の一人を選んで「百花園」へ連れて行ってくれ、と頼む。

「百花園」も「人力車」も、今後よく登場する。

『お菊さん』の初版本には、挿絵が二十枚も入っていて楽しいが、この「人力車」の絵も実におもしろい。

菅笠をかむり、蓑で全身を覆った車夫が勢よく走っている。手前には花を散らした雨傘をさし、黒いコートを羽織り、齣下駄をはいた娘が向こうへ歩いてゆく。ペン描きだが細部までよく描きこまれて、豊一郎はなかなかやるな、と思わせる。

「百花園」の事務長みたいな役割をもつ勘五郎（カングルウサン）の絵も、物腰、表情、服装のすべてが彼の役割を象徴している。帽子とステッキをかたわらに置き、頭にはチョン髷をのせ、小腰をかがめた姿は、一見礼儀正しい男にみせながら、女性を外国人に紹介するという秘密の周旋屋であることを匂わせる。彼は英語はもとより、フランス語、ドイツ語もこなす有能な男でもあった。ロティは彼に、長崎で三か月間、通いながら住むための家と、そこで一緒に暮らす女性の紹介を頼む。するとカングルウサンは即座に「マドモアゼル・アプリコ」や「マドモアゼル・ジャスマン」を口走る。

三日後、ロティは彼の斡旋してくれた小高い丘の上の家に行く。二階建ての下には、お梅さんという家主夫婦が住み、上を新婚住宅として貸したのである。

——私たちは歩きまはつてゐる、イヴと私は。三階の、まつ白な疊の上を。此の大きな空つぽの部屋の中を行つたり來たりしながら。すると其の乾燥した薄つぺらな床が私たちの足の下で軋む。——どちらも待ちあぐんでいらいらしてゐる。イヴは私よりも性急になつて、折折外を眺める。私は急に私の選んだ町はづれの、高臺の、殆ど森の中と云つてもよささうな此のあやしげな家に住むことを思うてぞつとするやうな心持ちになる。（「お菊さん」四）

そこへ待ちに待った女たちが、ムッシュ・カングルウに連れられてやって来る。彼は色白で美しい十五歳になるという「マドモアゼル・ジャスマン」を紹介するが、ロティはなにか気に入らない。すでにこの女にはどこかで会った気がするのだ。

——日本に來るずつと以前に私は彼女を見知つてゐた。すべての扇子の上で、すべての茶碗の底で。——あの間の抜けた様子と、あのぽちやぽちやした顔をした彼女を。

——あの瞽へやうもないほど赤くて白い二つの淋しい空地、それが彼女の頰なのであるが、その二つの淋しい空地の上に錐で穴をあけたやうな、あの小さい二つの目を持つた彼女を。（「お菊さん」四）

多分「マドモアゼル・ジャスマン」と呼ばれた女性は、浮世絵のモデルみたいな美しさだったのだろう。ロティが欲した女性は、船上で弟分のイヴに言ったように〝皮膚の黄いろい、髪の毛の黒い、猫のやうな眼をした〟娘だった。

そこでロティは周旋屋にそのことを主張する。そのやりとりを聞いていたイヴが、女たちの中の一人を示し、「あそこを見なさい。あの隅っこを」と指し示す。

そこに運命のお菊さんがかくれるようにして坐っていた。

——長い睫を持つた目、少し細目ではあるが併し世界中のどこの國へ行つても褒められさうな目。殆ど表情であり、殆ど思想である目。圓い頰の上の銅色。眞つ直ぐな鼻。こころもち脹んだ唇、併しいい形をして、非常に愛らしい口もとをした唇。マドモアゼル・ジャスマンより年下ではない、多分十八ぐらゐだらう。でもずつと女になつて彼女は退屈なやうなまた少し蔑すむやうな口つきをしてゐる。斯んなに長引いて、おもしろくもない物を見に來たのを、後悔してるやうな風で。

（『お菊さん』四）

ロティが熱っぽく描いた初対面のお菊さんの姿を、豊一郎もまた熱をこめて訳している。

ロティは早速彼女の名をカングルウサンに訊ねる。するとあの子は〝マドモアゼル・クリザンテエム（菊）〟という娘で、ただこの集団に付いて来ただけだという。つまりお菊は売りものではなかったのである。しかし周旋屋はロティが彼女を欲しているのを鋭く見抜き、彼女のそばへ行って、彼女を無理に立たせ、その全身がよく見えるように夕日の方に向かせる。

そこで初めて彼女も、今、自分がどういう立場に立たされたのかを知り、〝半ば拗ね、半ば笑つて、後退りしようとする。〟

ロティが長崎に来たのは一八八五年夏、江戸幕府が倒れ、明治政府になったとはいえ、女性を売買することになんの抵抗もなかったのだ。このお菊さんの姿の中に、当時の女性の悲しさが滲み出ている。

しかし、勘五郎は「何んでもありません。そっちだって、こっちと同じようにまとまります。あの子はまだ結婚したことがないんですよ」と事もなげに言う。

お菊さんの立姿も、初版本のイラストの中に入っている。左から花の、右から珊瑚のかんざしを小さな髷に刺し、大輪の花を散らした長袖の着物に、荒波の鋭く立った図柄の黒い帯を締めている。眼も眉も細く、やせ型で、さほど美しくはみえないが、尖ったあごと寂しげな口元が印象的。もう一枚は、青い蚊帳の中で、こちら向きに寝ている姿。左手を肩のあたりまでむき出しにして顎の下に添え、右頬を箱枕につけている。蚊帳の外には、彼女が愛用していたらしい煙草盆と長いキセルが描かれている。

ロティの表現。

――青い紗を通して日本の女が透いて見えてゐた。くすんだ色の寝捲姿の、風變りな美しさをして、ぼんのくぼをば木枕の上に安めながら、そして髪は大きな輝いた髷に結び立て、、。彼女の琥珀色の、しなやかな可愛らしい両腕は、彼女の大きな袂から肩のところまでまくれ出てゐた。

（「お菊さん」初版本）

海上勤務のない時には、昼間からその家にお菊さんと二人だけですごすのが、ロティの楽しみであった。

――蟬の家族どもは晝も夜も私たちの古い響き易い屋根の上で啼いてゐる。私たちの縁側《ヴエランダ》からは、ナガサキの上に、目も眩みさうな遠くに、眺望が擴がつてゐる。その街路も、その和船も、その大きな寺寺も見える。一定の時刻になるとそれはまるで仙境の書割のやうに私たちの足下で輝き出す。

（「お菊さん」六）

だが、ロティは決して幸せではなかった。当然のことであろう。お菊はロティを愛して一緒に住んでいるのではなく、あくまでも買われた女であることを知っているからである。彼女はその悲しみと憂さを、三味線をつまびくことと、刻み煙草を吸い、吸ったあとで灰をパンパンと叩きおとすことで晴らしているのだ。

けれども、イヴとロティと共に人力車を連ねて夜の長崎の町を走り廻るときは嬉しそうであった。それは若いイヴがいるからで、最後のほうでは二人はこっそり会うことになる。読者にも、それがうすうす感じられるように、ロティは上手に書いている。しかも少し気まり悪げにだ。にも拘らず、彼は倦きもせずお菊の住まいに通い、長崎の町とそこに住んでいる人々を興味深げに眺めていた。

――此の大きなナガサキは端から端まで同じやうである。其處には石油らんぷが澤山ともれてゐる。其處には色のついた提灯が澤山動いてゐる。其處には威勢のいいヂンたちが澤山駈けてゐる。どこまで行つても同じやうな狭い町で、兩側には紙と木で出來た同じやうな低い小さな家、どこまで行つても同じやうな店ばかしで、窓硝子といふものがちつとも無くて明けつ放しになつてゐる。一様に單純で、一様に幼稚である。如何なるものが製造され、如何なる物が取引されるにしても、精巧な金の漆器を陳列するにも、或ひは古い瓶を列べるにも、干物を列べるにも、屑物を列べるにも、さうして店番は皆んな貴重な物や或ひはがらくた物の真ん中の疊の上に坐つて、足は腰まで丸出しになつて、私たちの隠してゐるものを少しばかり露出してゐる。併し胴だけはつつましやかに包まれてある。さうして有らゆる種類の小さなたまらない稼業が衆人の目の前で、幼稚なやり方で、人の善ささうな風をした職人たちの手に依つて行はれる。

（「お菊さん」十二）

ここまで詳しく、しかも辛辣に書かれてしまうと、最早反発することも、怒ることもできない。わたしはフランス海軍士官のロティがお菊さんの家で泊まった翌朝、どんなものを食べていたかに興味をもっていた。ところが現在の食事と余り変らないのに驚いた。

――朝、起きぬけに始めるのは、垣根に生つた青い小さな二つの梅の、酢漬にして砂糖の粉の中で轉がしたものである。一杯の茶が、日本のこの殆ど傳習的になつてゐる朝食を完結にする。

（「お菊さん」二十二）

近頃、勤めを退めてからは二人とも洗顔のあとに、粉砂糖をまぶした曽我梅をひとつ食べ、おいしいお茶を飲む。緑茶を入れるのは夫である。彼のほうが上手なのだ。

そして、朝食はわたしの作った味噌汁と漬物、彼の好きな干物と大根おろし。これが定番。

お菊のところでは、階下の家主のお梅さんが支度をして運び上げる。

——蓋のついた小さな椀に入れられ、赤い漆の盆に載せられて、運ばれて來る。雀の肉のはやし料理、刻み肉を詰めた車蝦魚、醤油をかけた昆布、鹽を振つた砂糖菓子、砂糖を附けた唐辛子。

（「お菊さん」二十二）

しかし、お菊はこれらの料理をいやそうに口に運び、四分の三は食べ残す。彼女は豊かな家庭で育った娘ではないので、このような外国人向けの料理は口に合わないのだろう。お梅さんは、お菊の旦那であるロティのために作っているのだ。

ロティが昼間やってきた時に、お菊が長々と寝そべっていたりすると、お梅さんは「旦那さまに失礼ではないか」と厳しく詰る。でも、ロティはそれを押し止め、ピンで畳に留められたようなお菊の寝姿に見入っている。ロティにとっては、その姿もまた、日本を観察するためであった。

美しく若いお菊の昼寝姿なら仕方がないが、次の光景は恥かしく目を覆いたくなる。

——このナガサキには、一日中の最も滑稽なる或る時刻がある。それは夕方の五時か六時頃である。この時刻には人人が丸裸かで居る。子供たちも、若い人たちも、年寄たちも、年寄の婦人たちも皆それぞれ瓶《ジャル》〔盥〕の中に坐つて湯あみをして居る。それは少しの蔽ひ物もなく、所かまはず行はれる。庭の中でも、中庭の中でも、店の中でも、または門口でさへも構はずに。往來の此方側から向側へ隣同士で成るべく易易と話の出來るやうに。此の状態で人にも逢ふのである。躊躇することなく桶の中から出て來て、きまり切つた淺葱色の小さな手拭を手に持つたまま、來訪者を坐らせて、おもしろい相槌を打ちながら對手になるのである。

（「お菊さん」三十八）

初版本には、この状景を描いた挿絵もある。

全裸の女性が横向きに立ち、振袖姿の若い女に「さあ、どうぞお入りください」とでも言っているらしい。二人の間には茣蓙も敷いてある。左側には、浅く広いタライが二つ並べられ、手前には今上がった女の手拭もかかっている。奥のタライには、男性が右手に棒のようなものを持ってつかっている。背景は竹垣と植込み。右手前には棕櫚の鉢植え。

とにかく開放的で仰天する。ロティは日本人はにこにこと愛想がよいと言っているが、現在でも意味もなくほほえむことが多い。悲しい時や辛い時でもそうだ。国民性なのだろうか。

ロティが頭痛がした時、お菊さんは彼のこめかみを拇指でグリグリと揉み、護符をクシャクシャに丸めて飲みこませた。今でも田舎ではやりそうな呪《まじな》いである。

ロティはお菊さんのいう通りにしていて、特に軽蔑もしない。やさしい人なのだろう。

いよいよ別れの時がきた。ロティは三か月間の想い出を記念写真に納めようといい、イヴも誘って三人で写真屋へ行く。その時の記述。

――日本には私たちの國と同じやうな體裁の寫眞屋が澤山ある。ただ彼等が日本人であり、日本の家に住まつてゐるだけが違ふのである。今日私たちの行く寫眞屋は、此の間美しい一人のムスメに出逢つたことのある大きな木と薄暗い寺の並んでゐる此の古びた町はづれの奥で營業してゐる。その看板は数個國語が書かれて、小さい流の川岸に臨んだ堀から突き出てゐる。その流は上の方の青い山から落ちて來て、その上には花崗岩の太鼓橋が幾つも架かつてゐて、両岸は軽い竹や滿開の夾竹桃で縁どられてゐる。

昔ながらの日本の斯んな眞ん中に寫眞屋が巣くつてゐるのを見ては驚きあきれてしまふ。

（「お菊さん」四十五）

（傍点引用者）

数箇国語というのは、独、仏、英、露、の他に、オランダ語やスペイン語なども含められるのだろうか。いずれにしても、長崎には多くの外国人が上陸していたらしい。写真屋の前には行列もできていたというから、この写真屋もカングルウサン同様、なかなか有能なのだ。

ロティは写真を撮らせている二人の上流階級らしい美しい婦人にみとれ、その衣裳や立姿をこまごまと描写している。そして最後にお菊さんを挟んで、イヴと三人並び写してもらう。〝可なり滑稽な小さい家族の風をしてゐるのである。〟と書き、自らを嘲笑しているようだ。『外國人文學集』には、明治二十八年頃と三十七年頃のピエール・ロティの肖像写真が載っているが、お菊やイヴと並んで撮ったものは収録されていない。

そして、ついに別れの時が来た。予定されていたこととはいえ、枕を交わし、食事をともにし、夜の長崎の町を歩いた男と女が永遠に別れるのである。つらくない筈はない。

――出口の門の處で、私は最後のさよならを云はうと思つて立ち止まる。クリザンテエムの顔には、これまでなかつた程の高潮した悲痛の小さい澁面が現はれてゐる。それは當り前なことである。それは正しいことである。さうして若しそんなことが無かつたら、私は腹立たしく感じたであらう。

（「お菊さん」五十二）

しかし、ロティはお菊を愛して共に暮らしたわけではなく、日本や日本の女が自分にどのような影響を与えるか知りたかっただけなのだ。

――お前はお前の呉れられるだけのものは呉れた。お前の小さな身體も、お前のお辞儀も、お前の小さい音楽も。要するに、お前は日本のお前の種類の中では、たしかにかあいいものであつた。さうして、私が、いつか若しも、この美しい夏、このきれいな庭、この蟬の合奏《コンセエル》、斯んなものを思ひ出す時に、時折それから關聯してお前の事をも思ひ出すことがあるだらうか。それが誰にわかるものか。……

（「お菊さん」五十二）

ロティにはお菊さんの他にもう一人、車夫のヂンが長崎での思い出の人であった。彼は最後にこの人力車に乗る。ヂンも別れを惜しみ、ロティの買物を手伝ってくれた。

――私が日本を去るに臨んで、無理な微笑を造るでもなく、眞心から私と握手する唯だ一つの手、それは實に彼の手である。

（「お菊さん」五十三）

ロティにとっては、お菊との仮の結婚よりも、上陸して最初に乗った人力車の男のほうが、さっぱりした友情で結ばれたのだった。

——おお、アマッテラス・オオミ・カミ、私をこの小さい結婚からきれいに洗ひ清めて下さい、カモの川水で。

（「お菊さん」五十六）

これがロティのラスト・フレーズである。

豊一郎はなぜピエール・ロティの「マダム・クリザンテエム」を訳す気になったのか。「万朝報社」に入社したその年に新潮社から出版したのは何故なのか。

彼の「日記」がみつかれば、詳細が分かるかも知れないが、その真情は初版本の「ロティのために（序文に代へて）」の中に見出すことができた。しかし、これはあくまでもわたしの主観である。

——私はロティを愛します。彼は誠に愛すべきロマンティックな詩人でありますから、そして我々に對する正直な批評家でありますから。若し此の物語を讀んで憤慨する感傷的な日本人があつたら、私はその人を憐みます。（片仮名の部分はフランス原語）

——今一つの私の動機は、最も卓越した一外國人のエキゾティスムに對する私の興味からであります。私はこれを「逆にされたエキゾティスム」と名づけたいと思います。平凡に倦きたピエエル・ロティは、新奇なものを求めて世界中を航海しました。そしてお菊さんを探し出しました。彼が以前に土耳其の女、阿弗利加の女、南洋の女を探しあてたと同じやうに。そして彼は彼自らを樂しませるためにお菊さんと同棲しました。私の興味はロティのエゴイズムの目で見られたる日本のすべての事物に對する私自身のエキゾティスムであらねばなりません。

私は初めロティのためにと云ひました。それは遂に私のために述べたことになつたのを認めます。（片仮名の部分はフランス原語）

豊一郎は『お菊さん』をロティの書いたフランス原語で読んだが、英訳書も参考にしたと記している。『春の目ざめ』の英訳書は訳語がひどかったが、この『お菊さん』の英訳書は〝厳格な意味に於て或は忠実な翻訳といふことが出来ないかも知れませんが、少くとも一種の自由訳として十分に信用のできるものであることを発見しました。〟と感謝している。

『お菊さん』の翻訳を終えたところで、豊一郎は「ロティについて」を四ページ、更に彼の著作を原語で年代順に26点と日本語訳を自作を含めて四冊紹介している。

飯田旗軒訳　『おかめ八目』　春陽堂（絶版）

後藤末雄訳　『郷愁』　新潮社（近代名著文庫）

高瀬俊郎訳　『日本印象記』　新潮社（新潮文庫）

奥付の発行年月日は、大正四年五月二十三日、定価は九拾銭、発行者は佐藤義亮。

『お菊さん』を出版した直後、豊一郎は事後処理の形で「ロティとロティの女」を「新潮」六月号に書いている。

二段組八ページで、四〇〇字詰原稿用紙に換算すると、約十三枚。さほど長いものではないが、自分自身の装幀した一巻本が沢山の人に読まれるようにと願ったからであろう。

冒頭がおもしろい。豊一郎が『お菊さん』を訳している時に、遊びに来た少女にその粗筋を聞かせたところ、彼女は〝お菊さんみたいな無智な娘が選まれた事に一種の侮辱を感じたやうな顔をして、『そんな娘に日本の女を代表されちやたまらないわ』と口惜しがつてゐた。〟という。それを豊一郎は、その娘はもしロティに自分が選ばれたならば、お菊さんほど安くは賣らなかつた、と言いたいのだろうと解釈していたが、わたしはそうは思わない。〝安く買はれなくてすんだだらうに〟は、人身賣買の値を意味したのではなく、日本の女性の人権を意味していたのではないだろうか。

お菊さんはたしかに無智で情ないほどだが、当時、長崎で貧しい暮らしをしていた十八歳の娘が、多くの弟妹の長女として家のために稼ぐには、そうでもしなければならなかったのであろう。しかも、母親は東京で芸者をしていて、流れてきた女だというから尚更のことだ。

この後、豊一郎は『お菊さん』の内容を要領よく紹介しているが、作者のロティは初めからお菊さんをただの人形とみなしていたこと、ロティの目的は日本文化を知るためであって、彼女を愛するためではなかったことを強調している。そしてロティは〝大いなるエゴイストである。〟と断言した。

ロティは来日する前にも、未開の国の女たちを探し出しては自分の女にして作品化していた。即ち、トルコの少女・アジャデエ、タヒチの女・ララフウ、そして仏領アフリカの奴隷・フッツウ・ガエの三人。豊一郎はそれにお菊さんを加えて、〝いわゆるロティの未開國の女の四重合奏が出來るわけである。〟と皮肉っている。

日本のお菊さんだけは他の三人とは違い、とりあえず文明国・日本で育っているのだが、ロティに言わせるとその日本の文明たるや〝齒の浮くやうな皮相な淺薄な文明〟であり、〝国有の美しい文明を惜しげもなく捨て丶了つて西洋船來の文明を咀嚼し損ねた鍍金の様な、まやかしの文明である。〟

更にロティは日本という国について〝言葉の方が大き過ぎて、響き過ぎる位である。言葉の方が美し過ぎるのである。〟と言って嘆いていたという。

ロティのこの感想は、例のカングルウさんとつき合って生まれたものであろう。

最後に豊一郎は、ロティのことを次のように評している。上げたり下げたりしているのが可笑しい。

一、淋しい厭世観をもった人

二、哄笑できない人
三、鈍化されたラテン人種
四、感情の豊かな詩人
五、早くから世界中を航海して未開国の女を経験したので、人間や女性に対して厭悪を感じていた人
六、夢を描いては失望する空想家

さて『お菊さん』は、その後どうなったであろうか。英訳書を読んだデーヴィット・ベラスコが一九〇〇年に戯曲化し、ロンドンで上演したのが、かの有名な「マダム・バタフライ」である。この舞台を観たプッチーニが、一九〇二年から一九〇四年にかけて作曲し、その年の二月にミラノのスカラ座で歌劇として上演した。初演は不評だったらしいが、改訂して五月にプレシアで再演した時には大成功をおさめたという。その後はオペラ『マダム・バタフライ』として世界各国で上演され、確固たる地位を築いた。

あの小さな日本のお菊さんが、蝶々夫人として羽搏いたのである。

第十一章　「小説二編」

前回発表した『春の目ざめ』と『お菊さん』は、ともに翻訳書であって、豊一郎の原作ではない。彼は漱石山房の常連であったから、師のもとで小説も、翻訳も、評論も、さらに能学についても勉強しようと努めていた。しかし、評論や翻訳は次々にこなしていたけれど、肝腎の小説は、文芸評論やエッセイに較べて非常に少ない。その中で、珍しい作品が二つみつかった。「ホトトギス」（大正二年八月号）に掲載された「底」と、「新小説」（大正三年五月号）にのった「第二の戀」である。四〇〇字詰に換算すると「底」は五〇枚弱、「第二の戀」は八十枚弱で、いずれも著者名は野上臼川。

おそらくこの二編が、豊一郎の最後の小説であろう。「底」のタイトル脇に、〝「お伽話はもうすんで了つた」――ストリンドベルヒ〟という添書がある。これはこの短編の結論を意味しているらしいが、わざわざそこへ付けたのは何んのためであろう。

章立ては「弟とおれ」「亀吉の挿話」「薫子さんとおれ」「おれと高木」「再び薫子さんとおれ」「再び弟とおれ」の六章。

章のタイトルだけを見ても、おれを中心とした人間関係を描いているのだということが分かる。話の発端は、二十一歳になる弟がいきなり結婚したいとおれの許に申し出て来たこと。おれ自身も未婚なのにと、おれはこの唐突な宣告に驚いた。

相手は友だちの妹で十八だという。おれが「美人かい」と聞くと、弟は馬鹿にされたと思い、何故精神的なことを問題にしないのかと喰ってかかる。

〝おれ〟は自分にも同じような経験があるので、もう少し冷静に結婚というものを考えてみようじゃないかと説得を試みるが、弟はそれも拒否する。そこでおれは「亀吉の話」を参考までに話してきかせてやる。ここまでが第一章。

次は、ひと月前に亀吉の父親から手紙を貰い、亀吉が妙な女に引っかかって家出をしてしまったので、説得して帰宅するようにしてほしいと、おれが頼まれたことから始まる。

亀吉は子どもの頃からおれのおやじに養われていたが、十七になった年、ふいに家を飛び出し上京してしまったいわくつきの男だった。行った先は会社員の里見叔父の家だったが、その叔父が急逝した後は、おれ自身が彼を郵便局の事務見習に世話をしてやったのだった。食費は不要だが無給で一年半経ってやっとサラリーが支給され、江戸橋の本局に勤めた。そして今年の四月からは日本橋の三等郵便局で局長兼事務職員として一本立ちしたところだった。

朝早く出勤し、夜は簿記の稽古にも通い、里見の家の子どもにも優しく、評判がよかったのだが、不意に出戻り女と駈落ちしてしまったのだ。理由は、その女が学費を貢いでくれるからだという。

亀吉の行先が判らないので、おれは勤め先の郵便局に電話し、仕事がすんだらおれの家に来い、さもなくば局へ押しかけて行くぞと脅かした。それで亀吉もついに観念して夜更けにおれの所へやって来た。青ざめ、やつれ果てた亀吉を見て、おれはすっかり不愉快になってしまった。

亀吉に父親からの手紙をみせ、いったい何んのつもりだと迫ると、顔も赤らめずにいけしゃあしゃあと口から出まかせの返事をした。

その出戻り女はひでといい、去年から関係している。上絵師の女房だったが、離婚して現在は本所の同郷の者の家の二階に住んでいる。その同郷の者というのが、亀吉の江戸橋の本局時代の知り合いで、その男とはよく気が合い、兄弟の契りまで結んだ仲だから、今更縁切りもできないと言う。

おれは話を聞いているうちにバカバカしくなり、どうにでもなってしまえと思ったが、亀吉の親父に頼まれた以上放ってもおけないので、今まで彼にしてやったことをしつこく言い聞かせ、女と手を切る約束をさせた。

そこまで言ってしまうと亀吉は気が楽になったせいか、今まで言ったことは大半が嘘で、女は浅草で働いている女給で遊びに行った時に知り合った仲だという。女は亀吉と一緒になれば、夜の激しい仕事もしなくてすむと踏んだに違いない、とおれは見抜いた。

そんな女と一生連れ添って、いったいお前の人生はどうなるのかと更に言いきかせ、里見の家へまっすぐ帰れと命じた。

ところがその晩おそく門の戸を激しく叩く音がする。誰だ、と怒鳴ってやったら、「私はひでという者です。伊東が来てる筈ですから、開けてください」としゃがれ声の女が答えた。女は亀吉を返してくれる迄は此処を動かぬと居直った。

　このひでという女の表現が面白いので引用する。

――這入つて來るのを見ると全くあきれて了つた。何より不愉快なのはその荒廢した皮膚の色の汚ないことであつた。年も亀吉と同年どころではない。誰れの目にも三十はずつと越えてゐる。髪は豚の尻つ尾のやうに貧弱である。それを極めて不手際に捲いてゐる。傍に寄つたらどんな臭氣が鼻に入るだらうといふことが直ぐに想像された。おれの家に驅け込むといきなり、

『すみませんが車代がないのですから二十錢拝借さして下さい。』

と云った。おれは貸してやる義務はないと思ったけれど、本統に無さそうな様子だつたから云つたおあしを門の外に待ってゐる車屋に呉れてやつた。女は派手な色の羽織を著て、玩具《おもちゃ》のやうな洋傘《かうもり》を持つてゐた。玄關の式臺に腰をおろして、繃帯をした片足を靴脱ぎの上に踏みかけたまゝでおれと話をした。　（「底」二）

　一九一〇年代の場末の女給の姿がありありと浮かんでくる。

　おれの説得を聞き入れて、亀吉はいったん里見の家に戻ったが、また荷物を持ち出してどこかへ行ってしまった。里見のおふくろは、これまでさんざん面倒を見てやったのにと泣いて訴えた。

この話をきいたおれの弟は、「まさか兄さん、亀吉とぼくは違いますよ」と言った。

ここまでが「亀吉の挿話」だが、次の「薫子さんとおれ」は場面がすっかり変わる。五、六年も会っていなかった薫子さんの見舞いに、おれは病院へ行く。彼女の青白い頬をみつめていると、かつての若々しい少女時代の姿が思い出された。豊一郎が女性の肌を先ず見ることがこの文章でよく分かる。

——おれの目の前を若々しい少女の像が過ぎた。その少女の皮膚は處女でなければ見られない輝きと堅さを有つてゐた。曙の雲のやうな髪と紅い蕾のやうな唇をその少女は有つてゐた。その少女の足は牝鹿の足のやうに長かつたこともおれは知つてゐる。おれはどうかしてその少女の匂ひの高い胸を掻き抱きたい、そしてその前に跪《ひざま》づきたいと願つた。その時少女の背中で組み合はされたおれの兩手は、少女の髪の毛の輕い軟かい暖かい雲の中でわななくであらう。おれは空に向つておれの手を何度も擴げた。けれども少女はおれの手の届かないところから、おれを見て微笑してゐた。おれはたゞ呻いた。(「底」三)

薫子さんのほうも、あなたとは何時か分からないけれど、こうやって向き合って話していた事があるように思われます、と告白した。おれは喜びで胸が一杯になった。

この「薫子さんとおれ」の章は、読んでいてもふうわりと心が温かくなる。

次の「おれと高木」の章では、おれは早速高木の所へ行き、自分が今、薫子さんに会ってひどく感激したことを話す。豊一郎は日本語の〝感激〟という言葉であき足らず、begeistern《ベガイシテルン》と書いている。

その言葉を使った理由として、次のように言訳する。

——けれどもそれは靈的とか神秘的とかの意味で昂奮されたのぢやない。どんな場合にもおれの聯想はおれの感覚の世界へ誘つて行く。おれがbegeisternされたのは聖書の中で耶蘇の禁じてある事を犯したのだ。つまり薫子さんに對しておれの心はbegehrenする機會を有つたのだ。おれにはイリュージャンといふものはない。人並にイリュージャンの起りかけた時でも、人の上へ〳〵と上つて行くのに、おれのだけは下へ〳〵と下つて行く。おれは神さまに一番遠い人間なのだ。（「底」四）

おれはかつて高木が薫子さんを愛していたことを知って、それをひそかに邪魔した。おれはそのことを今になって悪かったと謝るが、高木は別に不快そうにもしない。彼は今の妻と仲好くやっているらしい。逆に、そういうことを今更のように話すおれに、高木は逆に薫子さんに君の気持を伝えたことがあるのかと問い返す。

その時初めて、おれはおれの心の底を覗いてみた。

かつて薫子さんに自分の心を打ち明けなかったのは、おれが臆病だったからだ。心の中では随分と極端な行動も思い描いていたが、現実には何ひとつできなかった。

それを高木は〝出來損いの近代人〟だと冷やかした。

おれが弟のことを高木に話すと、弟のイリュージョンがこわれない限り、説得しても無駄だという。本人が本体にぶつかって自分のイリュージョンをこわさない限り底は見えない、と断言する。おれはその言葉に動かされ、再び薫子さんの病室へ行く。そして今、高木に会ってきたことを話す。

おれは四年前、森の中に住んでいた頃の想い出を語りはじめた。そこには高木も薫子さんもいた。そして、薫子さんに、自分が高木の邪魔をしたことを告白する。

このあたりの会話は、少しもどかしいが核心をついていると思う。引用しよう。

――『あなたは私が一と仕切り高木をあなたから遠ざけやうとしてゐたことが分りましたか。』

おれは斯う云つて了つて、薫子さんの返事を熱心に待った。その返事は、

『あとになつて分りました。』

であった。おれは此の女の理解力を信用することの足りなかつたのを後悔した。同時に臆病なおれの良心を咀《のろ》つた。おれを世間に對して不信用にしなかつた良心。その代りおれ自身に對しておれを不信用にして了つた良心。おれはその良心をひどく咀つた。

（「底」五）

そしてやっとおれは薫子さんにささやく。

『我々は高價を拂はねば自分といふものを底まで見ることは出來ません。然うは思ひませんか。

然う思ふでせう。』

その言葉に薫子さんは深く頷いた。

最後に、おれは弟の所へ行き、自分の本心を話そうと思う。

——おれは弟に昔の羅馬皇帝ヘリオカバルスの話をしてやらうと思った。それから中世紀のブルー・ベアドの話をしてやらうと思つた。それからファウストとグレーッチヘンの話をしてやろうと思った。

けれどもロメオの耳にはそんな話は這入らないだらうと思ひ直した。（「底」六）

ここに学者で文学者の豊一郎らしさが現れるが、この「底」という短編に、西洋文学の悲恋の男女を持ち出す必要があっただろうか。江戸文学の悲しい恋の結末を語ることにしたほうが、ふさわしかったのではないだろうか。

だが、この西洋文学中の悲恋の主人公の名を出したことで、豊一郎の「底」がみえたような気がする。

この「ホトトギス」は、大正二年七月三十日に亡くなった歌人で小説家の伊藤左千夫の追悼号となってゐる。

「伊藤左千夫逝く」と題された追悼文を寄せた文学者は次の四氏。

中村不折「清廉高潔の生」　長塚　節「知己の第一人」

正岡母堂「熱心なお方」　寒川鼠骨「左千夫の事共」
豊一郎の小説の他には五点。高浜虚子の「青峰君」のみが「底」に匹敵する大活字だが、他は皆細い中型。
「松明のともる夕暮」　柏木みを
「お能拝見」　フクスケ
「繪草紙」　法師
「木履の思ひ出」　櫻木紅三
四人の作者名は、わたしの持っている『日本文学辞典』（新潮社及び明治書院）には記載がない。百年経つと消滅する作家のいかに多いことか。
表紙絵は後藤鶏兒画の「羽衣」。木枠の中の松の傍に立つ天女の舞姿。豊一郎の作品の間に挟まれている一頁大の絵は、平福百穂の「瀬戸内めぐり」三枚。日本画の自由闊達な筆捌きがおもしろい。
翌年の大正三年五月号「新小説」に掲載された「第二の戀」は、内容もタイトル通り。
八十枚弱を七章に分け、のっけから本筋にいきなり入るのでぐんぐん引き込まれてゆく。登場人物は三人。

画家の幹二とその妻延子。延子の友人で幹二と同じ画家の春枝。春枝は未亡人だが半年近く前から幹二と結ばれている。典型的な三角関係であることが第一章で明らかになる。

その日、延子は寒気がするといって四畳半に臥せっていた。そこへ幹二と関係してから始めて春枝が訪ねてきた。幹二は画室で筆をとっていたが、玄関口に立っている春枝を見て平常ではなくなった。彼女を妻の寝室に案内した後、幹二は画室に残って走り書きをする。

――よく來られましたね。斯んなうれしいことはない。

――ぼくはあなたと逢へる日の多くなるやうにと、そのことばかし考へてゐました。

そこへ延子が幹二の書生羽織を肩に掛け、春枝を連れて画室に入ってくる。彼女は「わたしたちの間に、今たいへんな問題が起ったところなの」と青白い顔をして言う。この台詞には、幹二ばかりでなく読者もドキリとさせられる。

しかし二人の女性の間で交わされた話というのは、フランス留学から予定より早く帰国するというS氏のことだった。彼は妻がありながら写真屋の娘と関係ができてしまい、それを知った妻が二人の仲を裂こうとしたので、トラブルから逃げ出す為に洋行したのだが、恋人には一言も知らせなかった。それ以来、写真屋の娘は常識外れの行動をとるようになり、〝氣狂ひになつたといふ噂さを立てられた。〟S氏もパリへ行ったものの落ち着かず、絵も描けないので一年も早く帰ることにしたが、妻が再び騒ぎ出し、もう東京には住まないと言い張っているというのだ。

ありきたりの三文小説の筋立てだが、豊一郎はそれを丹念に、しつこい位の表現で描写している。

「自分がちゃんとした妻なら、何も騒ぐことはないじゃありませんか。私なら幾らでも貸して上げるわ」

と延子は言い、「そんなことできる筈はありません」と春枝は否定する。春枝は白い歯を少しみせて笑っていたが、幹二は二人の女の様子を探るように見ていた。

これらのやりとりの間に、幹二はもしかしたら妻は自分と春枝のことに気付いて、そう言っているのではないかと疑う。というのは、彼女は近ごろ insexunlité になってきたからだ。

三人はそれぞれ、S氏、S氏の妻、写真屋の娘についての意見を交わすが、その間に幹二は先刻のメモを春枝の手に握らせた。

延子がココアを作りに台所へ去っている間に、幹二は春枝の病気の父親のことを訊ねる。その父親は、春枝を再婚させようと鋳金家との見合いの話を進めていた。

しかし春枝は、自分は何も知らされていないからと、仲人の所へ行って断ってきたと言う。

この二人の会話が延々と二ページも続く。わたしはハラハラもドキドキもしないが、一世紀前の「新小説」の愛読者はどう思っていたのだろうか。このような会話を豊一郎は自然主義だと考えていたのかしら。

しかし、時たま、ちょっとよい表現もある。二人の関係が春枝の父に知られてしまった時のこと。

二ヶ月前の寒い風の吹く夕暮れ。二人は芝居を観に行く約束をしていた。

　——『とう〳〵知れて了ひましたわ！』

　春枝が然う云ひ出したのは半丁も歩いてからであつた。春枝の息はまだはずんでゐた。幹二は別に驚かなかつた。いつか斯んな日の來ることは彼の心に豫期されてゐたのであつた。彼は春枝を庇はねばならぬと思つた。彼は外套の羽根の下で春枝の手を強く握りながら寺の回りの往來を何度も歩いた。（傍点原文）　（「第二の戀」）

この場面は、無声の白黒映画を観るようである。

その後、二人は一度も逢わなかったが、絵の具屋を仲介にして電話のやりとりだけは続けていた。春枝は父親によって外出禁止にされ、その上ひどいインフルエンザに罹ったりして、電話も途絶えがちであった。

そこへ、ふと春枝が幹二の自宅にやって来たのだ。

延子が再び寒気がすると言って床へ入った隙に、二人は次の逢引きの約束をした。

春枝が帰ったあと、延子は幹二に、春枝が死んだ自分の夫の恵之助さんのことを少しも話さないと言って不思議がってみせるが、幹二は未だ二十五じゃないか、死んだ者のことをよくよく思っても始まらない、とにべもなく切り捨てる。

延子はその返事が物足りないらしく、床の中で手鏡を出して自分の顔を写し出してみて「でも、春枝さんはやっぱりおきれいですわね」と言い、更に「あのひとは、あれでたいへんなヤキモチやきですから、あなたも氣をつけないといけませんよ」と釘を刺す。

このひと言は、恐らく幹二をドキリとさせたと思うが、幹二は画室に戻って何度もこの言葉を頭の中でくり返した挙句、微笑した。この謎の微笑で㈠が終る。

㈡は、春枝から幹二に当てた手紙で始まる。この手紙を幹二はいつも行く絵の具屋で受け取った。二か月間も逢わなかったのに、幹二に何んの変化もみられず、妻の延子とうまくやっているのを見て、春枝は嫉妬にかられ、××座へ一緒に行くことを取り消す。

手紙の最後の三行は、次のように結ばれている。

――私は今描いてゐる畫が思ふやうに行かないのでいやでいやでなりませんから、いつそやめて了つて、あしたから別なのをかき始めます。私はたゞいゝ畫がかきたくてなりません。いゝ畫をかいてえらくなつて、巴里へでも行つて遊びたいと思つて居ります。（「第二の戀」）

署名は「空氣の女より」としてあった。

嫌味を並べてあるが、この手紙には春枝の本心が露われていて、幹二は今度逢ったら何んといってやろうかと楽しみにさえなっていた。そこへ春枝から絵の具屋へ電話がかかってきた。幹二が手紙を読み終えた頃を見計らったらしい。

手紙のことを謝まり、やはり××座に一緒に行こうと誘い直した。幹二もそれに素直に応じた。

雨降って地固まる、といった感じである。

――『お逢ひしたら、どんなにでもお詫びしますわ。（然う云つた聲にいつもの笑顔が見えるやうに思はれた。）ぢやきつと木曜の晩にね！』

幹二は電話口を離れるのが惜しいやうな氣持がしてベルを鳴らさなかつた。向ふでも鳴らさなかつた。（「第二の戀」二）

ここでは熱烈な恋人同士に戻っていた。

㈢　幹二は春枝との約束通り××座へ行く。朝から雪まじりの暗い日だったが、一階の後部座席に坐って、なかなか現れない春枝を待った。

演目がかなり進んでから春枝はようやく幹二の傍に来た。かつて幹二が褒めたことのある黒いコートに黒いボアを巻いていた。

演目がすんだ後、二人は二階の喫茶室に入り、ストーヴのそばに並んで腰かけ、しばらく制作の話などをする。

そのうち春枝はこらえ切れなくなったように「ドアを閉めていいでしょう」と言い、幹二の膝の上に身を投げかけてきた。二人の頬が触れ合い、幹二の胸に春枝の高く脹らんだ軟かな胸がつきあたった。春枝は「二か月目ね！」と咽ぶように言う。

しかし、春枝は幹二が妻の延子と芝居見物したり、演奏会に行くのは許せないらしい。幹二が延子は別ですよと言うと「じゃあ、わたしは何なのでしょう」と問い返す。又もや痴話喧嘩になりそうなので、幹二は黙らせようと思い、彼女のひたいにキスをするが、却って春枝は幹二の首に両手を巻きつけ、重くのしかかってきた。

劇場の外を、二人は身を寄せ合って歩き回る。その間も春枝は、今でも延子とは寝室を別にしているかと問いつめる。幹二がその通りと答えても疑ってかかる。

そして突然、春枝は「私を描いて下さらない?」と言った。幹二はその意味が分かったように思われた。彼は躊躇することなく「えゝ、描いてあげましょう」と応じた。その後の文章を書き写してみよう。

――春枝の軟かいふくやかな白い皮膚を幹二は考へて見た。弾ち切れるほど高く脹らんだ紅い無花果《いちじく》のやうな二つの乳房とその乳房を繋ぐなだらかな曲線《カーブ》とその曲線に續く圓味のある平面とそれからよく發育した長い二本の足……それらを描いて見た。それから腰の彎曲《わんきょく》も描いて見た。臀部《でんぶ》の幅と力の耐久性の強さを考へて見た。幹二は自分の胸を捲きつけてゐる女の胸に次第々々に恐るべき力が籠つて來るのを感じた。

（「第二の戀」三）

この女性の裸像は、そのままギリシア彫刻のマドンナを思い浮かばせるが、豊一郎は画筆を握らせると現代文より巧みであったと思われる。「野上弥生子展」で入手したパンフレットには、豊一郎に関する章が二つある。

一つは「第三部　漱石と漱石山脈の人びと　臼川（豊一郎）」で、もう一つは「野上豊一郎の足跡」である。

「漱石山脈の人びと」には、法政大学の総長時代の写真と津田青楓画の中の弟子たちの一人として。更に明治44年4月に漱石の家族、弟子たちが三列の横並びに集まって撮ったもの。豊一郎は漱石の左隣に陣取り、鼻ひげをつけている。漱石より少し背が高い。

「足跡」の方には、臼杵中学校時代のいかにも田舎の中学生姿と、晴れて一高に入学した角帽姿、そして法政大学学長として机の前に両手を組んだ昭和23年のものが載せられているが、何より際立つのは能舞を描いた豊一郎の画である。「小面」「石橋」「翁」「善知鳥」「隅田川」「藤戸」と、いずれも滑らかな筆遣いで倦きさせない。能に不案内な者にも、その動きや衣裳、表情などが浮かび上がってくる。彼が小説から能楽研究者に移っていったのも当然のように思われる。

「第二の戀」の登場人物たちを、画家にしたのも頷ける。

春枝は歩きながら、深い森の中で二人っきりで暮らしたい、そのためには早く父が死んでくれないかと思う、と洩らす。さらに、幹二の妻の延子が憎らしい、いっそう自分たちのことがばれればいい、延子に憎まれたってかまわないと、さえ言う。

幹二はそれを受けて「今夜にでも二人のことを打ち明けよう、僕もその方がいいと思う」と応じる。しかし、春枝はもうすでに延子は気付いているかも知れない、と疑ってみせる。

して余りある。

幹二はその言葉に頷く気もあり、否定する心もあった。次の文章は、幹二の冷徹な目差を表現して余りある。

――幹二は延子に話す時の事を想像して見た。延子はどんな顔をするだらう？　そして何というふだろう？　それは幹二に取つて興味ある待ち設けだった。若し延子の心の奥に眠ってゐた獸が目を醒まして荒れ狂つたらおれはじつとそれを觀察してやらうと考へた。けれども延子は怒らないだらうと思はれた。然う思ふと同時に併し彼女の冷《ひや》やかな明るい目が其處に在つて、

『あなたはいつまでもお若いのね。あなたにはまだ戀が出來ます。戀をなさい。戀をなさい。私はそれを咎めはいたしません。けれども、春枝さんは惠之助さんの未亡人ですよ。あの二人はあれほどの浮名を謠はれた仲ではありませんか。あなたはそれをお考へになりましたか？』と云つてるやうに思はれた。その瞬間、幹二には一種の殘忍な遊戲衝動が起るのを禁じ得なかつた。（「第二の戀」二三）

そこで目前の女を苦しめる衝動にかられた幹二は、春枝に、いつか延子が死んだ惠之助さんのことを未亡人の春枝が少しも話そうとしないのを不思議がっていた、と告げる。

その瞬間、春枝は唇を震わせ、激しく泣き出した。その咽び泣く女とそれを見守る男を豊一郎は執拗に描く。

――幹二には目の前に立つ女の涙や震え慄く長いしなやかな身體の線や少し洒枯れた泣き聲やが不思議な興味の飢えを充たした。殊に彼女の眉尻から頬へかけてのセンシュアスな肉の圓味の上に、血の色が浮いたり沈んだりする陰影が又なく美しいものに見られた。幹二は抱き寄せて脊中をさすつてやる代りに、矢つ張り黙つて冷ややかに身守つたまゝ、子供が可愛がつてゐる小鳥をいびり苛なむ時のやうに彼女の翼を捩ぢて見たり羽根をむしつて見たりしたかつた。

（「第二の戀」三）

幹二はその夜、春枝を家まで送り届ける。春枝は自分の気持を手紙で伝えると言い、一度別れるが、再び春枝は幹二に追いすがって泣く。

――二人はいつまでも雪の中にもつれて立つてゐた。

第三章の末尾の一行である。新派の舞台でも見るようだ。

第四章は、春枝からの手紙で占められている。

内容は、自分が初恋の男性・惠之助とどのように結ばれたのかを説明しながら、現在、心底愛しているのは幹二だけだと宣言する。

世間からなんといわれようと、殊勝な未亡人面はできない。悪い女かも知れないが、自分は正直に生きたい。

――どうぞ此の不幸な女をいつまでも愛して下さいまし。いつまでもあなたの足の下に跪づかして下さいまし。

（「第二の戀」四）

このようなラブレターを貰って、沈黙できる男性はいないだろう。幹二もすぐ返事を書く。第五章は、幹二の返事で占められている。ここで初めて、作者の豊一郎は第一の恋と第二の恋との違いを、明確に定義してみせている。

初恋は、年が若く感情も単純で、その上に virginity を有っている。ところが現在の二人には、そのようなものはない。第二の恋には、経験があり、平静で、しかも自意識が働いている。sexualité という事にも余り羞恥はない。之は進歩ではないだろうか。

自分は初恋の相手である延子に、夜も眠らずに長い手紙を毎晩のように書いて送った。恐らく延子は今でもその恋文を手文庫の中に蔵っているだろう。しかし、彼女の恋は休火山となり、次第に中性化してゆくばかりだ。この事は、彼女にとっても、自分にとっても悲しむべきことに思われる。多分、あなたは僕の手紙に熱情が感じられないと心細く思うだろう。けれども熱情なら僕の身体に溢れている。

延子には未だ打ち明けていないが、そのうちにきっと話す機会があると思う。

幹二のこの手紙は説教書みたいで、なんの魅力も感じられないが、自分が春枝の身体を求めているのだということだけは、正直に打ち明けている。

第六章では、二人はS氏の帰国展覧会場で会う。作品数も少なく、販売が目的の展覧会なので直ぐに外に出た。

春枝は昨夜は眠れなくて、今朝も起き上がれず昼近くまで床についていたという。幹二との交際を止めさせるために、父親が座敷牢に入れると枕許で脅かしまくる。それを聞いて、幹二は次のように応じる。

――『女房のある者が外の女を愛しちゃいけないといふのはあなたのお父さんに限らず世間一般の意見でせう。反對に女房のある男を愛するのは馬鹿な話だと常識が然う教へてゐるぢやありませんか。』（傍点引用者）

豊一郎の「第二の戀」の主眼は、この常識に刃向かうことにあったと思う。このテーマは、大正時代に限らず現在にも引続いている。又世界の文明国は大抵これを常識としているが、しかし人間の心の中までを支配することはできない。

二人は三十分歩き回った後、駅の二階の待合室に入り長椅子に腰かける。幹二は次の列車で東京を離れ、昨秋よく遊びに行った静かな川のほとりの宿へ行こうと思う。

しかし、春枝は何を言っても返事をせず、ついに「私はいつそ結婚しようかと思いますわ」と口走る。

精も魂も尽き果てた、と言いたげなのだが、例によって幹二は〝自分ながら驚くほど落ち着いてゐた。〟

〝『その事なら落ち着いて十分に話して見やうぢやありませんか。何故あなたはそんな事を考へるやうになつたのです？』〟と逆に春枝の深層心理に迫ろうとする。

二人の間で、春枝の再婚が是か非かが回りくどく、何度もくり返される。

幹二はしきりに愛のない結婚は奴隷になることだ、と説得する。更に、自分への愛が失われ、他に愛する人ができたのなら自分も諦めるが、幹二を愛している限り、他の男との結婚は考えるべきではない、もっと勇気を出しなさい等と言う。

そこに三人の若い女性が待合室に入ってきて、その中の混血娘は幹二と春枝をじっとみつめた。二人はみつめられたまま、黙りこんでいた。発車の時刻が迫ってくるにつれ、大勢の人が詰めかけてきたので、二人は止むなく部屋を出て、そのまま電車に乗って別れた。

春枝は「わたしがいけなかったのです」とか「まだ沢山お話したいことが残っているようだけど……」等と言ったが、幹二は不愉快でならなかった。

世間の常識を打ち破る恋だと信じていたのが、崩れ始めたからであろう。

最後の章（七）は、春枝の手紙で始まる。

昨日のデートから帰って泣いてばかりいること。いっそのこと結婚してしまおうと口走ったことや、幹二の愛をたしかめたくて、延子にやきもちを焼いてしまうこと等をあやまっている。

父親にはきっぱりと再婚はしないと宣告した。父はヘンな顔をしていたが、本人も肺尖カタルで療養をしなければならない身なので、転地してから考えてみようと折れてくれた。

手紙の最後は、〝父が行つて了つたらすぐと電話をおかけいたします。そして逢つたらすぐキスの出來るやうな所で逢ひたい。〟と結ばれている。

春枝もまた幹二の意を受け、自分も肉体を投げ出したいと言っているのだ。それにしても二人の密通を仲介した形の絵の具屋からよく洩れないものだとハラハラするが、当時は幹二と春枝ばかりでなく、画家同士の自由恋愛を提供する場として、それが仁義であったのかもしれない。

春枝の手紙を読み、幹二は〝あの女は矢張しおれのものだ。結婚なんか出來やしない。何所までもおれに随《つ》いて來る女だ。〟と確信し、絵の具屋を出て、電車に乗る。

そして春枝と初めて腕を組んで歩いた深い森の中に入って行った。次の自然描写は、高校生の作文みたいだが引用してみよう。


――木の芽が赤く萌えて朝日に照されてゐた。細かい小枝の繁り合つた高い梢の闇からは軟かい春の空が透いて見えた。小鳥が方々で啼いてゐた。幹二は春枝と初めての晩に腕を組んで歩いた小路をその通り歩いて見た。水のやうな空であつた。大きな星が滲んだやうにたつた一つあそこいらに光つてゐた。

（「第二の戀」七）

幹二は若草の上をころげ回ったり、白い苔の生えた木の幹にしがみついたりして、「いい絵が画きたい」と叫ぶ。そして画室に残してきた描きかけの絵を想い出す。

それは二人の男女が森の中を自由に歩き回っている絵だった。幹二は、あれは春枝とおれだ、一日も早く仕上げなければならない、と湧き立った。

しかし、家に帰れば妻の延子がいる。いつものようにフランス語の本でも読んでいるだろう。とにかく春枝との事を話さなければならない。幹二の心を、豊一郎は次のように表現し、「第二の戀」を終わらせた。

――何もかも云つて了はねばならぬ。そうするとあの女は驚くかも知れぬ。怒らぬと云つても怒るかも知れぬ。けれどもあの女はきつと泣きはしない。もう二人のことを知つてゐるのかも知れないが、兎に角おれが色々話してゐるうちに、あの女はおれの思つてる通りの事を思ふやうになるだらう。あの女はおれの妹だから、おれの幸福を喜ぶだらう。併しこれは他に人には分らないことだ。そしてあの女も春枝を自分の妹のやうに思ふやうになるだらう。おれはきつと然うさせることが出來る。

――幹二は然う思ひ〳〵径を急いだ。（傍点原文）　（「第二の戀」七）

野上豊一郎は、この小説を何んのために書いたのだろう。初めての翻訳『春の目ざめ』の出版直前に、「新小説」に発表したのだ。豊一郎関係の資料はすべて法政大学野上研究所に寄贈した、と三男の耀三先生が洩らしてたらしたので、そちらで見せて貰えば分かるかも知れない。「新小説」第十九年第五巻の本欄を紹介しよう。

「第三者」　生田蝶介
「三十三の死」　素木しづ
「平和を失へる人々」　河野ゆづる
「ナッシング」　伊藤鶴子
「第二の戀」　野上臼川
この他に「雑録」「月日」「藝苑」「劇壇　葛莚言」など盛り沢山。「勧進帳の比較」を小宮豊隆が寄稿している。
表紙は中澤弘光の「竹生島」。
黒いソフトを被り、黒い被布を身につけた男が、琵琶湖に突き出た桟橋に立ち、風に吹かれている。足許には紐でからげた二、三本の筍。湖上には小舟に乗った漁師が二人網を引いている。遠くに竹生島らしいなだらかな山並が流れ、右下端に四角で囲んだ〝弘〟。
巻中にも挿絵が豊富に入れられ、豊一郎の「第二の戀」には一頁大のものが三枚。
一枚目は春枝らしい女性が蝶の乱れ飛ぶ縞柄の着物に背伸びした黒猫のような図柄を正面においた帯を締め、パッチリと両眼を見開いてこちらを見ている。バックはニセアカシヤらしいが、どうかしら。
二枚目は雨の堀端。倉屋敷が立ち並び、大きな唐傘をさしたハンチング姿の紳士が手前に、橋の上を荷車を引いた頬被りの男と黒傘をすぼめた女の子らしい小さな姿がみえる。高い電柱が二本、屋根の上から伸び、電線が左から右へさし渡されている。綿密な線画。

三枚目は開いた窓枠に、背をあずけて雨足を眺めている女性。格子柄の着物に白いエプロンをつけているのでいかにも家庭婦人らしいやわらかさが滲む。右下に〝かたつむ里〟のサインと角の中に〝穆〟。

第十二章　漱石追悼

野上豊一郎を文学の世界に導いた師・夏目漱石の死は、彼の方向を大きく転換させた。ひたすら小説を書くことから、その範囲を外国文学の翻訳や旅行記、評論へと、更に能楽や謡曲の研究分野へと進ませたのだった。

ここで少し立ち止まり、漱石の死（一九一六・一二・九）前後の豊一郎の作品をみてみることにしよう。

一九一五年（大正四年）二月二十五日発行の「新潮」三月号に、面白いアンケートが収録されている。「書齋に對する希望」というタイトルのもとに、漱石はじめ有名作家の回答が集められている。トップは当然、夏目漱石。

――私は日當の好い南向の書齋を希望します。明窓淨机といふ陳腐な言葉は私の理想に近いものであります。

僅か二行ではあるけれど、ずばりと希望をのべている。いかにも漱石らしい明快さだ。それに較べると、二番目の徳田秋聲は長々と十二行も使い、若い頃から現代に至るまでの書斎の移り変りを延々と正直に書いている。比較の意味で紹介しよう。

――以前は書齋といつて別に嚴重なものを拵へるのが嫌ひでした。長火鉢の傍で本を讀むのも好いし、机の傍で世帯話をするのも好いと思ひましたが、近來はそれが厭になりました。

餘り煩はしいために反動が來たのでせうが、段々貴族的になつて行くやうです。書くのには風雨や曇時の影響で、氣分に變化を來さないやうな西洋室が好ましく思へますが、それも可成り明るい日當の好いところを望みます。（以前血の氣の多い時代はそれと反對でしたが。）日本室も同様ですが、これは風物の遷り變りが端的で、それも好きです。裝飾などについては具體的の考案もありませんが、兎に角どつしりと落着のある書齋に立籠る必要をつく〴〵感じてゐます。

さて、読者はどちらの回答を好むであろうか。わたしは断然漱石流だが、実情は正反対である。野上臼川は十番目に掲載されている。これも彼らしい表現で、しかも没する二年前にこの希望を実現させている。例のロトンダの家である。

――私の空想の書齋は西洋建でなければなりません。それと東京の郊外の樹木の多い、日あたりのよい高臺に建てられてあります。そんなに大きい必要はありません。けれども煉瓦か、成るべく石にします。そして蔦を這はせます。窓はどの壁にも竪に長く開けられてあります。南向に小さいヴェランダをこさへてあります。必要に應じて戸をしめれば外界の音はすべて聞えなくなります。冬はストオヴに赤い石炭の絶えないやうにして置きます。

――さうして静かな夜、匂ひのいゝ紅茶でも啜りながら壁の外の雨の音を聞く時のことなぞ想像して見ると幸福に感じます。

徳田秋聲に匹敵する長さだが、ここに描かれた夢の書斎は、彌生子の昭和二三年五月一日付の「日記」に間取りが描かれている。

それに依ると、土地は借地で五八七坪。地代は一ヶ月五十円。建坪四二坪五合。外に建増し三坪五合。内容は和室が八畳、六畳二つ、三畳の四間。洋室が十二畳、五畳が二つ、四・五畳、三・五畳の五間で合計九室。

豊一郎の夢に描いた家よりずっと広く、快適だったらしい。しかし、彼は昭和二五年二月二三日に、僅か六七歳で永眠した。この家を存分に活用したのは、妻の彌生子であった。

現在このロトンダの家は、大分県臼杵市に移築され、大切に保存されている。内部に入ることはできないが、玄関近くまで寄って、蔦の這っている壁や、しっかりとした木造の扉を見ることができる。

この「書齋に對する希望」アンケートで一番おもしろかったのは、大杉栄である。

——監獄の獨房。

南向きの鉄窓の下。

板の間のうすべりの上。

ざうきん桶を倒さに置いた机。

長いことはいやだが半年ばかりの間、又こんな書齋にとじこもりたいものと、時々はつく

〴〵思ふ。

社会主義運動に身を投じ、平民社に出入りし、「電車賃値上げ反対」のデモに加わって投獄されていた頃の想い出を逆手に取って書いたのであろう。

この「新潮」三月号の表紙は、実にしゃれている。座布団か、又はクッションの図柄で、三つの小粒の黒い玉が白い茎に付き、全面を覆っている。中央には黒い菱型の布が貼りつけられ、そこにも薄い濃淡で草花が描かれている。いかにも大正モダンらしい雰囲気。

このアンケートはトップに近いところに収録されているが、重要な作品は、田村俊子の「男の先生へ」と野上彌生子の「洗禮の日」である。

「洗禮の日」は、四百字詰に直すと三〇枚と少しだが、なかなか読み応えがある。彌生子らしい自然描写で、漱石の教えを忠実に履行しているのが分かる。一例をあげてみよう。

――さうでなくてさへ此のあたりの一帯の景色は、森や、原や、大きな古木の並樹や、前庭の広い植木屋や、古風な草葺きの田舎屋、又は別荘風な瀟洒な白い小家などが絵画的な排列を以つて生垣から生垣に続いてゐる、緑草と花に縁取られた小路《こうぢ》を通つて行くと、大きな公園か、花園の一部にでも這入つたやうな感じを与へられるのでありました。

（『野上彌生子全集』第二巻）

また何んと息の長い文章であろう。しかし、読んでゆくうちにこの風景がカラー映画のようにまざまざと目のあたりに浮かぶ。

美しい自然に包まれながら、『洗礼の日』の中心は、茂子の友人・S子が洗礼を受ける気になるまでの経緯を、あらゆる角度から綿密に描写し、一種の人生の断面を抉り出してみせたことである。

三十代の彌生子が早くも大家の片鱗をみせているように思う。豊一郎と結婚して十年。二年前に次男・茂吉郎を出産してまもなく「ソーニャ・コヴァレフスカヤの自伝」を「青鞜」に連載させている。

彼女に較べると、豊一郎は静かに自分の道を歩んでいるようだ。

次に豊一郎が発表したのは、「婦人と文藝」と題する評論。大正五年、「新潮」五月号のトップ作品である。

わたしはこれを初めて読み、豊一郎が早くから男女間に能力の差はない、と主張していることを知り、彼の聡明さにますます尊敬の念を深めた。彼はその証拠を次のように説明している。少し長いが引用する。

——實に、婦人の自己犠牲は長い間我々の理想であつた。西洋に於ても東洋に於ても然うであつた。何となれば、世界の文明は何處へ行つても皆男子の文明であつたから。現に、今日に於ても然うではないとは云へない。殊に過去の時代に於ては、婦人は決して社會の組合員としての加入を許されなかつた。儒教思想を基礎にした徳川時代の文明に於ては、婦人は當然男子の附屬物に過ぎなかつた。基督教に於てもモーゼの十誡は、その中に、婦人が男子の所有物であること（『出埃及記』二〇・一七）を明言してあつて、それが今日まで教會で説かれて居る。ところが近代に及んで此の理想は覆されさうな形勢になつて來た。それは自覺が婦人に生じて來たからである。科學思想が、婦人も男子と同等に生き得べきものだといふことを婦人に説き聞かしたからである。此の平凡の眞理は、寧ろそれが發見されたことの遲かつたのが不思議な位である。マリイ・バシュカートセフが所謂新婦人のチャンピオンとして現はれた。それと相前後してソニア・コヴァレフスキイ、エレン・ケイ、バンクハースト、エンマ・ゴルドマン等の婦人が女權主張の布教者として現はれた。其處此處に多くの女權辯護者《フェミニスト》が同時に現はれた。イプセンはその中でも最大であつた。今日では、女が男と同等に生き得るものであるといふ平凡な眞理を信じ得ない者は恐らく一人もないであらう。（傍点引用者）

（『新潮』大正五年五月号）

傍点を施したところに、豊一郎の真意を読み取ることができる。そして更に、ジョルジュ・サンドやジョージ・エリオットの作品が女性的でないと評されたのは不当である、と結論づけている。彼女らの作品には、理智と明るさと観察の公平さがある、と評し、マダム・ド・スタエルについて、その秀れた資質と行動を紹介する。

――彼女の實生活に就いて見ても、彼女が當時太陽よりも威嚴のあつたナポレオンに楯を突いて、それが為め十年の追放を命ぜられながらも、尚ほコッペーの閑地に優秀の人間を牽き附けて、女王の如き地位を有つてゐた理由は、一つには彼女の有り餘る心情の魅力に據ることでもあつただらうが、同時にまた彼女の非常に鋭い理智の力が他を征服したことに原因してゐたと思ふ。此の理智の力はマダム・ド・スタエルをして遂にナポレオンの勢力を以つてしても企て及ぶ可からざる事を成し遂げさせた。それは佛蘭西國民の頭《あたま》から宗教的偏見道徳的偏見、有らゆる社會的偏見を刈り除いたことであつた。或る意味に於て彼女の此の功績はたしかにボナパルト皇帝以上の功績であつた。これはマダム・ド・スタエルに眞の自由な批判的能力が賦與されてゐたからである。（傍点引用者）

（「新潮」大正五年五月号）

傍点を施した二つの点から、わたしはスタエル夫人をもっとよく調べてみなければならないと思った。幸い大枚をはたいて購入した『マクミラン版　世界女性人名大辞典』（二〇〇五年　国書刊行会）が手許にある。

実は野上彌生子が掲載されているか否かを知りたかったのだが、彼女の名はなく、平塚らいてうが掲げられていた。〝日本婦人団体連合会の会長として、晩年まで国際的な平和運動を続けた。〟ことが評価されたのである。

その他に、日本婦人として掲載されていたのは、20世紀に選挙で選ばれた政治家として市川房枝、教育家として羽仁もと子、女の権利獲得に貢献した女性として、榎美沙子、文学としては、有吉佐和子、小野小町、菅原孝標女、清少納言、林芙美子、樋口一葉、紫式部、与謝野晶子の八名のみ。わたしのもっとも尊敬し、愛している社会運動家で文学者の丸岡秀子も入っていない。編纂者のジェニファー・アグロウ及び日本語監修者の竹村和子にも問い質したい気がする。

さて、豊一郎の絶讃したマダム・ド・スタエルはどう扱われているだろうか。彼女は美しい写真入りで、40行も費して掲載されていた。

スタール夫人のスペルは、ＳＴａｅｌ。これを豊一郎は日本風の読み方で〝スタエル〟と書いたのだろう。

本名は〝アンヌ・ルーイズ・ジェルマン〟。一七六六年生まれで一八一七年没。豊一郎がとり上げた時は、没後百年近くにもなっている。

フランスの小説家、文学批評家、政治文筆家、歴史学者。母親は厳格なカルヴァン主義者で、父親はフランス経済界の重鎮。一七八六年、両親の決めた縁談に従ってパリ駐在のスウェーデン大使・エリック・マニエス・ド・スタール＝ホルシュタイン男爵と結婚したが、その結婚生活は不幸で、彼女は数々の恋愛遍歴を重ねたという。

写真でみる彼女の美しさから考えると、それも当然だったと思われる。厚く柔かい布をターバン風に髪に巻きつけ、胸元の広く開いた黒い服をゆったりと身にまとっている。高い鼻、大きく丸い眼、ふくよかだが引き締った唇、耳もとから顎までみごとな逆三角形をなしている。

恐らく姿も動きも、声も美しかったのであろう。フランス革命期に、リベラルなサロンを開き、ナポレオンへの共感を示していたが、サロンが反ナポレオンの集会所と化した為に弾圧され、一八〇三年、彼によって国外に追放された。スイスのレマン湖のほとりに開設した集会所にもインテリ指導者たちが参加したという。その後も世界中を旅し、ナポレオン没落後、パリに戻った。

彼女には『デルフィーヌ』（一八〇二）と『コリンナ―美しきイタリアの物語』（一八〇七）と題された二冊の著書があるが、豊一郎は手厳しい批評を下している。

その理由は両書とも小説の主人公（男性）が余りにも英雄的に描かれ、ロマン主義に溢れているからだという。

豊一郎は、スタール夫人が未だに女性としての欠点も残していた、つまり理智に富んでいるようにみえても、まだ不足していた、と断じ、浪漫主義が彼女のアキレス踵であった、と嘆いている。

この〝浪漫主義〟ということについて、豊一郎は次のように解説している。

――私は此處に先づ千人の人があることを假定する。その千人の内、七百人まではたとへば現行の社会制度について云へば其れを結構な物として、と云はんよりは寧ろ何事も考へないで、あるがまゝに其れを平氣で受け取る人々でありとする。残り三百人の内、二百九十九人が浪漫主義者である。彼等は社會制度の現状の中に改善しなければならぬ或る物を發見して別に理想を懐いてゐる。けれども理想を誇大視するが為に改善を實行に移すことが出來ないのである。そして殘り唯一人のみが眞の意味に於て現實主義者《リアリスト》である。彼は事實と面接することに於て極めて勇敢である。痛ましさと惨《みじ》めなことに對して少しもひるむことがなく、有るものを有るがまゝに見る勇者である。（後略）

（「新潮」大正五年五月号）

ここで初めて豊一郎は〝浪漫主義者〟と〝現実主義者〟とを比較してみせ、真の現実主義者の典型として、トルストイやイプセン、ストリンドベルグを挙げている。

そして更に、千人のうちの一人になるためには、男女の区別はないと明言し、芸術家はこの千人のうちの一人、万人のうちの一人であることが何よりも根本的な事であると結論づけている。

この豊一郎の「婦人と文藝」を受けて立つように、三人の新進女流作家・素木しづ子、荒木滋子、小野美智子の作品が掲げられ、森田草平、岩野泡鳴らに批評された。

「白霧のなかに」　素木しづ
「胃」　荒木滋子
「破れた心」　小野美智子

特筆大書され、華々しいデビューをしたのだけれど残念なことに『新潮日本文学辞典』（一九八八）にも『日本現代文学大事典』（人名・事項編　明治書院　一九九四）にも、その三名は記載されていない。

百年足らずのうちに消えてしまうとは誠に残念である。

この「新潮」五月号の表紙は、洋館風の建物の庭先なのか、温室のガラス壁を覗いた図柄なのかよく分からないが、素早くペンを走らせた流動的な風景がおもしろい。

一年後の大正六年五月にも豊一郎は「新潮」五月号に「本當の文藝の害毒になる」を寄稿している。

これは「ヂャーナリズムの是非」という総題のもとに書かれたもので、本間久雄の「文化の必然的産物」と、加藤朝鳥の「現實傾向の凱歌」と並んで、トップを飾った。

豊一郎の主張は、そのタイトルの示すように、軽兆浮薄なジャーナリズムやジャーナリストは、真の文学の邪魔になる、という反ジャーナリズム論である。僅か二段組三ページだが、論調は鋭く力強い。

最初はジャーナリズムの定義。それから、どういうジャーナリズムが害毒を及ぼすのかを説く。

――其の時代の為に、若は其の日の為に書くのがヂャーナリズムで、其を書く人がヂャーナリストといふことが出來るのです。（中略）時代の為に書くのだと云つてもそれは或る高い見地から時代を正しく批判するとか、時代を善く教へるとか、時代に新しい善い力を與へるとか、そんなことが動機になつてゐるのではない。却つて反對に時代に當て嵌めて書くのです。時代を導くのではなくて、時代に導かれて書くのです。高い大きな精神が根柢になつてゐるのではなくて、流行が動力になつてゐるのです。

（「新潮」大正六年五月号）

いわゆる時代に阿って書く態度を弾劾しているのだ。戦争中に流行した国家礼讃の文学、戦後まもなくの頃のアメリカ一辺倒が、そのよい見本であると思う。そういう文学を、豊一郎は一九一七年に早くから害毒だと警告しているのだ。

最後に結論として、豊一郎は次のように言い切っている。

――日本の文藝はヂャーナリズムの流れに侵されてゐるかと聞かれゝば、侵されてゐる所もあれば、侵されてゐない所もあると答へるのが正しいと思ひます。侵されてゐる所は之を追ひ拂へばいゝのです。何となればヂャーナリズムは常に本統の害毒になるものでありますから。

豊一郎がこの論文を書いた当時は、侵されている所と侵されていない所とがあったかも知れないが、百年後の現在は果してどうであろうか。

同号には、野上彌生子の「我家の圓天井」が堂々と中央に大きく掲げられている。もう一編は、江馬修の「他人の戀」。この二編の活字が、目次の中ではもっとも目立つ。

「我家の圓天井」は僅か三十五枚くらいの短編だが、風景描写も登場人物の心理状態もこまやかに描き、読み応えがある。内容は家主に不意に家をあけろ、と言われた若夫婦が右往左往して新しい住家を探す二週間ばかりのできごとだが、結局適当な貸家が見つからず、主人公の真子《しんこ》は、大空を見上げて「あそこへ我家《うち》の円天井があるのではないか」と悟った、というところで終る。

この作品も、恐らく夫の豊一郎が「新潮」に推薦したのであろう。夫婦揃って、同じ雑誌の紙面を飾っている。

夫は評論、妻は小説。微笑ましく羨ましい。二人とも立派に稿料を得ているのだから、うちとは正反対だ。

目次のトップは、武者小路實篤の「道徳の力」と広津和郎の「存在と説明」。その下段には〝人の印象〟（其四）として田村俊子氏の印象。田村俊子の作品については、わたしの実母が読むことを固く禁じていたので、未だに触れていない。おそらく野上彌生子の対極に存在する作家だったのだろう。寄稿者たちも錚々たるメンバーである。

「女優であつた時から」徳田秋聲
「技巧と性質と並び到る」森田草平
「私の見た俊子さん」岡田八千代
「人見知りをする女」近松秋江
「軟らかで艶つぽい」鈴木悦
「鞠皮のやうな感じ」長田幹彦

表紙は、大きく羽根を広げたグレイの孔雀が、黒い花型の皿の上に描かれ、華やかで印象的。

夏目漱石が大正五年（一九一六）一二月九日、僅か四九歳で亡くなって以降、その門下生たちはこぞって追悼文や弔辞を書いて発表したが、豊一郎も一高・東大の教え子で、しかも漱石山房の常連でもあったので、その痛恨の想いを「英語青年」第三十六巻第九號（大正六年二月一日發行）から、第十一號（大正六年三月一日發行）まで、連続して書いている。タイトルは「夏目先生と英文学」。順を追って紹介しよう。著者名は野上豊一郎。

㈠の内容は、漱石の東京大学での英語・英文学の講義に就いて。

「十八世紀に於ける英國文學」（明治三八年～四〇年）

アディソン、スティール、スウィフト、ポープ、デフォの五作家（デフォの途中で「朝日新聞社」へ。）

「文學論」（明治三六年～三八年）

「シェイクスピア」（明治三六年秋～四〇年春）毎週三時間

これだけ見ても、漱石の講義がいかに充実していたかが分かるし、また神経を遣っていただろうということも想像できる。明治四十年春に、朝日新聞社に鞍変えしたのも頷けよう。彼は、ものを書きたかったのだ。

『文学論』は、明治四十年五月に出版され、『十八世紀英文學』は、明治四十二年三月に出版されたが、すでに『吾輩は猫である』も、『坊ちゃん』も『草枕』も世に出し、喝采を博していた。

豊一郎はその頃の漱石について、次のように述べている。

——いつまでも大學の講座に噛ぢり付いて黄いろになつたノートを繰り返して一生を終るやうな「學者」を先生が冷笑したのが、決して單なる冷笑ではなくて、其底に非常に熱烈な正義の為めの憤慨の潜んでゐたことが容易に理解されるほどに、先生の仕事は意義のあるものでした。

（「英語青年」大正六年二月一日刊）

豊一郎は漱石の講義を毎回感激なくして聴くことができなかった、と言うが、他科からも聴講生が殺到する程の人気が、伝統を重んじる古くからの教授たちの嫉妬と軽蔑を漱石は浴びせられていたのだろう。

漱石が英文学者として、また英語学者として高い地位にあったのは事実だが、それは彼にとっては一つの職業に過ぎなかった、と豊一郎は推測している。しかも、真の芸術家になる為の回り道であったとも。その部分を引用してみよう。

——先生は五十年の生涯を通じて本統に自分にとつて生き甲斐ある生活を常に探し求めてゐた人だと想像して見ることが出來ます。探し求めると云つても先生に於いては藻掻きあせるといふ行方ではなく、寧ろ然ういふ生活の流れて來るのを待つてゐられたと云つた方がよいかも知れない。兎に角、最後に然ういふ生活が先生に來たのです。

（「英語青年」大正六年二月一日刊）

しかも漱石は、少年時代に学んだ漢文や漢詩から得たものを、英文学や英語学に求めて東大の英文学科に入ったのだというが、卒業後までもそれは得られず、「英文学に欺かれるが如き不安の念」に充たされていた、と告白していたらしい。

この不安の念は、ロンドンへ留学してからも漱石について回って放れなかったとの事。それ故、帰国後、英文学の講師として母校で教えていても、英文学そのものよりも、常に自分自身の文学論を語っていたのだ。

この事を、豊一郎は〝先生は何処までも日本人として、夏目金之助として生きていられたのです。文学にもこの態度を以つて対していられたのです。〟と断言している。

それなら何故、漱石は日本文学科か中国文学科を選ばなかったのだろう。それが、わたしの素朴な疑問だった。漱石はやはり、新しいものにとびついたのではないだろうか。日本文学や漢文学には、すでに錚錚たる大家がいて、その人たちを乗り越えるのは容易ではない。英文学なら未だそれ程の先達はいないので、そちらへ向かったのではなかろうか。わたしのように単純にシェイクスピアが好きだから英文科を選んだというようなわけではない。

大正六年二月一日発行の「英語青年」には、豊一郎の他にもう一人、石田憲次が「夏目先生の談片」を書いている。この中の漱石のシェイクスピア論が面白いので、引用してみよう。

――先生のいはるゝには「全體として沙翁は偉いに違いない、何となれば、あれ程多くの人物になり了せて居る作家は外にないから。併し一つ一つの作を取つていへば一向感心しない。

凡てが作り物である。そして人物の心理の働きなども頗る粗大である。とても近代の佛國や露國の作家を讀むやうな味は出ない、リア王にしろ、オセロにしろ、あゝいふ事件が近世に起つたとしても、あんな具合にはとても発展しない。とても沙翁などをこれから研究する氣は起らない。」（「英語青年」大正六年二月一日刊）

漱石がシェイクスピアをこれほど蔑んでいたとは知らなかった。彼は沙翁の作品は、舞台で上演するための戯曲であることを忘れてしまったのではないだろうか。

もしかしたら、ロンドンに留学した際に、イギリス人があまりにもシェイクスピアを崇め、礼讃するので反撥を覚えたのかも知れない。いかにも明治の日本人らしい心の動きだ。

「英語青年」（大正六年二月一日号）には、「内報」「外報」「スチィヴンスン作「昔の家」」岡倉由三郎著など、きらびやかな英文学の論文が犇めき合っている。

この目次は、表紙の左半分を占め、右側にはサミユゥイル・バトラの写真と彼の紹介文。バトラーはいかにもイギリス紳士らしく謹厳な面持で、白いあごひげが美しい。

「夏目先生と英文學」㈡は、「英語青年」の次号（大正六年二月十五日刊）に発表された。どこまでも漱石の東大での英文学講義内容を忠実に再現しようと心掛けた論文である。冒頭を紹介する。

——夏目先生の大學に於ける講義は一般に文學に對する態度を三つに分けて、⑴鑑賞的、⑵批評的若くは非鑑賞的、及び⑶批評的鑑賞的とされ、おもに此の最後の eritico-appreciation

の態度で進んで行かれたやうです。別の云ひ方でこれを云ふと、自分の其時の趣味を標準として批評的な態度を取つて行かれたといふことが出来ます。（傍点引用者）

（「英語青年」大正六年二月十五日）

文学作品を批評する場合、傍点を施した態度でしかできない、とわたしも思う。〝冷静に〟とか〝客観的にみて〟等よく批評家は言うが、そんなことできる筈がない。だから漱石も〝自分の其時の趣味を標準として〟沙翁やスウィフト、ポープ、メレディス等の批評や鑑賞をのべたのであろう。

次は、日本語と英語の根本的な相違による翻訳のむずかしさを細部に亘って述べている。彼自身『春の目ざめ』（ヴェデキント作）や『お菊さん』（ピエール・ロティ作）を翻訳出版しているので、実践から得た論を展開している。

凡そ日本語ほどヨーロッパ語（英、米、仏、独、伊）を翻訳するのにむずかしい言語はないと思う。日本語自体が平仮名、片仮名、漢字でこまやかな表現をする、複雑な言語であるのに対し、ヨーロッパ語はAからZまでの僅か26字の組合わせで成り立っている単純な言語なのだから比較にならない。その上、風土ばかりでなく、習慣、歴史も全く異なるのだ。早い話が「グッド・モーニング」を今では「お早うございます」と訳してなんの不思議も感じないが、正確に訳せば「よい朝です」なのだ。

豊一郎は〝此の點に於て翻譯といふことは殆んど絶對に不可能だと私は思つてゐます〟と断言する。だから、〝英國の作物ならば英國の信頼すべき批評家の意見に随ふ方が安全だといふやうな態度を執ること、之が第一の方法であります。〟と。

しかし、又こうも言っている。初めから自分の好悪判断を標準して、幾ら英国の偉い学者がなんと言おうと、自分の感性に従って翻訳してゆく、という態度もある、と。

漱石はこの二つの翻訳論を是認した上で、二つをチャンポンにして英国文学の講義を進めたという。いかにも漱石らしいと思う。しかし、どちらかといえば、漱石の講義は〝自分の判断を中心にする〟という方に傾いていた、と豊一郎は分析している。

その一例として、漱石がポープの詩の価値について、英国の批評家たちの論に反撥していたことをあげている。

英国の批評家たちは、〝ポープの詩は技巧的過ぎて、自然に忠実でない〟と非難しているが、漱石はその事について『文學評論』の中で次のように述べていると、豊一郎は原文を引用している。

——けれども西洋人の批評は西洋人に見せる為で、いかに交通頻繁の今日でも日本の讀書界を眼中に置いて議論してゐる者は一人もない。是は明かな事實である。従つて我々が讀んで、どうも不親切である。底まで納得し兼ねるといふやうな事が常に起る。その中で第一に著しく感ぜられるのは、圈外に在る者が圈内の之を即ち楽屋落ちを其儘承つて、敬服するわけにも行かず、反駁するわけにも行かないで妙な顔をしてゐる傾向である。……其次に科學と違つて、普通の英國批評家の文學批評は大抵斷案的である。たゞ技巧的だから技巧的だと云ひ放つのである。如何にして、如何なる點が、如何なる程度に、また如何なる過去に於ける趣味の變遷で、現代の自分には技巧的に見える、と説明して呉れる者は一寸ない、』云々。

（『文學評論』四五一〜四五二）（「英語青年」大正六年二月十五日）

漱石の結論は〝我々は我々で、それだけの仕事を、不充分でも不完全でも遣らなければならない。〟というものであった。

全くその通りである。学者と称せられる人たちは、どちらかというと〝誰それが○○と言っている〟と、自分自身の考えよりも先人の有名な学者の論を紹介していることが多い。わたしは単純に、その博識に感心していたが、漱石のように原作を自力で読破し、自分の考えを率直にのべることが大切なのだと思う。

しかし、漱石は自分の趣味を重んずるあまり、ドストエフスキーの『罪と罰』などは冗漫で読めない、と言ったり、ダヌンチオよりも自分のほうが秀れて芸術家だと冗談半分に話したりしていたという。

この事を豊一郎は〝少し頑固過ぎはしないか〟とやんわりと批判しているが、漱石は自分の批評判断に大いなる自信を持っていたのだろう。だからこそ、東大教授への推挙をことわって、朝日新聞社に入り、作家の道を歩んだのだ。それを裏付けるようなエピソードが、今号には併載されている。

菅虎雄氏談「漱石逸話」である。漱石が東大卒業後、横浜のメイルの記者になろうとして、十枚程度の英文の論文を送ったことがあるという。菅虎雄自身が仲介役として頭本元貞に紹介したのだが、不採用だった。漱石のテーマは「日本の宗教」。もし、メイルで採用されていたら、その後の漱石はどうなっていただろうと、菅虎雄は語っていたという。

菅虎雄は、明治から昭和にかけてのドイツ語学者。東大卒業後、五高教授となり、友人の漱石を招いたりした。

漱石に関しては、この他にもＨＪ＆ＨＴによる『二百十日』の英訳もあり、毎号掲げられる「内報」「外報」の他に、英文・英語研究者たち必読の論文が多くのせられている。だが意外だったのは、前号のサミュエル・バトラーの紹介文に〝ミルトンと同時代の詩人と説明を附したのは大誤謬であった〟とことわり書きがあったこと。二週に一度の発行がいかに大変だったかが推察される。

ジョン・ミルトンは、一六〇八年ロンドンに生まれ、『失楽園』『復楽園』をものし、一六七四年に不幸な一生を終えた作家。

サミュエル・バトラーは、一六一三年貧しい農家に生まれ、唯一の作品ともいえる『ヒューディプラス』で、清教徒に対する痛烈な諷刺をなし、一六八〇年にロンドンでこの世を去った詩人。十七世紀の作家と詩人をとり違えたのだろうと思ったが、前号のサミュエル・バトラーの写真は、十九世紀の作家のもので、まさに〝大誤謬であった〟。

因みに十九世紀の作家、サミュエル・バトラーは、作家で思想家。ケンブリッジ大学に学んだが、聖職につくのをきらってニュージーランドに移住し、牧畜業者として成功した。そのかたわら多才で、諷刺小説を書いたり研究書を出したりしたという。わたしが奈良女子大で学んだのは、こちらのサミュエル・バトラーだった。

豊一郎の「夏目先生と英文学」㈢は、「英語青年」第十一号（大正六年三月一日刊）に掲載された。これでやっと完成したのだ。この号でも、漱石を単なる英文学者としての枠に閉じ込めることに強い抵抗を示している。

漱石が東大教授へとの要請をことわって、朝日新聞社に入ったこと、つまり学者の生活から芸術家の生活へと変身したことを、堕落みたいに評した人が少なからずいた、と豊一郎は洩らしている。

――夏目先生は果して堕落したのでせうか。學者が藝術家になることが果して下落と考へられるでせうか。若し今の世に其んな bureaucratic な偏見に捉へられてゐる人がありとすればそれは非常に氣の毒な人です。何となれば其の人は物若くば事の價値を正當に判斷し得ない人でありますから。

（「英語青年」大正六年三月一日）

〝bureaucratic〟とは官僚的とか官僚主義という意味。豊一郎が日本語で記すことを避けたのは何故だろうか。

更に豊一郎は、漱石の「入社の辞」を引用し、漱石自身が〝何か書かないと生きてゐる氣がしないのである。〟と記していることを紹介した。

〝何か書かないと生きてゐる氣がしない〟のは、わたしたち夫婦も同じだ。「双鷲」が40年続いているのも、その為である。

更に漱石は、東京美術学校で「文藝の哲學的基礎」と題する講演をし、〝心理学的に芸術家の理想及び其の価値〟を批判しようと試みたという。その中で彼は、芸術家に対する世間の誤解に対し、次のように報いている。その部分を、豊一郎の「夏目先生と英文学」㈢から引用してみよう。

――世の中では藝術家とか文學者とかいふ者を閑人と號して、何か入らざることでもしてゐるものゝやうに考へてゐます。實を云ふと藝術家よりも文學者よりも入らぬことをしてゐる人間は幾らもあるのです。朝から晩まで車を飛ばせて駆け廻つてゐる連中のうちで、文學者や藝術家よりも入らざることをしてゐる連中が幾らあるか知れません。自分だけが國家有用の材などゝ己惚れて忙しげに生存上十人前位の権利があるかの如く振舞つても到底駄目なのです。彼等の有用とか無用とか云ふ意味は極めて幼稚な意味で云ふのですから駄目であります。――私なども學校を罷めて縁側にごろごろ晝寝してゐると云ふて、友達が皆んな笑ひます。――笑ふのぢやない、實は羨ましいのかも知れません。――成程晝寝はいたします。晝寝ばかりではない、朝寝も宵寝もいたします。併し寝ながらにして、えらい理想でも實践する方法を考へたら、二六時中車を飛ばして電車と競争してゐる国家有用の材よりえらいかも知れない。私は只寝てゐるのではない。えらい事を考へやうと思つて寝てゐるのである。不幸にしてまだ考へ付かないだけである。（後略）　（「英語青年」大正六年三月一日）

ここまで書き写して、思わず笑ってしまった。この言葉は、現在の私の夫と全く同じである。漱石は当時四十歳くらい、夫はその倍の八十歳である。漱石が短命だったことも、これで納得できた。

講演の紹介はまだ続く。

――ひま人といふのは世の中に貢献することの出來ない人を云ふのです。如何に生きて然るべきかの解釋を與へて、平民に生存の意義を教へることの出來ない人を云ふのです。斯ういふ人は肩で呼吸をして働いてゐたつて閑人です。文藝家はいくら縁側に晝寝をしてゐたつて閑人ぢやない。（傍点引用者）　（「英語青年」大正六年三月一日）

傍点を施した〝平民〟という呼称に、わたしは引っ掛かった。大正時代になっても、漱石は未だこのような言葉を使っていたのか。世間一般の人が日常的に使っていたとしても、漱石には使ってほしくはなかった。

豊一郎は、この後、漱石が大学を辞めて朝日新聞社に入ったことに対して世間が驚いているのを、漱石が「入社の辞」で反論している文章を取り上げている。

——新聞屋が商賣ならば大學屋も商賣である。……新聞が下卑た商賣であれば大學も下卑た商賣である。只個人として營業してゐるのと、お上で御營業になるのとの差だけである。

（「英語青年」大正六年三月一日）

大学教授をことわって、新聞社に入ったことを、こんなにくどくどと言訳する必要があっただろうか。漱石は自分自身で決心したのなら、言訳は一切無用だったと、わたしは思う。豊一郎も、この「入社の辞」に対して、〝言葉が少し過激に失してゐることは確かです。〟とやんわり批判しているが、〝それだけ露骨に先生自らの云はうとする所が出てゐるから面白いと思ひます。〟とも言っている。愛弟子なら、この感想の方が正直なところだろう。

そして又、漱石のこの説に反対する人は、〝それは大學に依つて食はせて貰つてゐる人か若くは食はせて貰ふことを名誉と心得てそれを希望してゐる人に相違ありません。〟と、あくまでも師の肩を持っている。だが、豊一郎は晩年、法政大学教授から総長にまで登りつめたのだから、人間変われば変るものだ。

後半、豊一郎は漱石の文学について述べている。

世間ではよく、漱石はスウィフトやスターンのユーモアやウイットに影響されているというが、たしかにその一面はあるかも知れないけれど、決して真似したりはしていない。『吾輩は猫である』などは、世間の不正、不公平、無理解に対する怒りで充ちている、と言い切って漱石文学の独自性を強調している。単なる諧謔ではない、と。

最後の七行を引用してみよう。

——更に云ひ代へれば、思想家としての夏目漱石氏を十分に理解し得ない限りに於て決して夏目漱石氏の作物の如何なるものをも正當に理解し得る筈はないと思ふのです。つまりは人間としての夏目金之助氏を如何に知るかに依つて決せらるべき解決になるのです。だから問題は此處いらから一轉してもう外國文學と直接の交渉がなくなつて來ます。（一月十二日）

（「英語青年」大正六年二月一日）

豊一郎が漱石を単なる英文学の枠の中に閉じ込めようとする学者たちに向かって、猛烈に憤っていることがこの最後で分かる。豊一郎自身も、英文学者の圏内に留まることに反発し、日本文学から更に能楽の世界へと羽搏いていった。

今号には、豊一郎の他に、ＪＪ&ＨＴによる「二百十日」の英訳が前号に続いて掲載されているが、漱石に関する論文は他にはない。表紙の右半分は、少年義勇団創設者《ボーイスカウト》・陸軍中将サー・ロバート・ベイデン・パウイルの似顔絵。「英語青年」なのに、戦争の影響が現われているようだ。

大正六年には、漱石に関する想い出を豊一郎は他に三編書いている。

「大學教授時代」（談）「新小説」一月号
「夏目漱石先生に闘する想ひ出の二、三」「黒潮」二月号
「自然居士」（挿畫）「ホトトギス」五月号
さらに翌年、大正七年にも「漱石先生の繪」として、「中央美術」六月号に寄稿している。

これまでは雑誌に掲載された漱石の想い出であったが、大正十四年四月二十三日に春陽堂から発行された『文豪夏目漱石』に、豊一郎は森田草平や正宗白鳥らと共に堂々と「夏目漱石氏の一生」の中の「大學教授時代」（其三）を担当している。筆名は野上臼川。

因みに「大學教授時代」（其一）は、畔柳都太郎。（其二）は、松浦一。豊一郎の冒頭の一節。

――先生は嘗て自分に、「大學の講義を三年して居れば、眞面目な人ならきつと神經衰弱になる」と云はれた事がある、教授時代の先生の態度は全く此の一言に盡きてゐる。先生はそれほど眞摯で、且つ嚴格であつた。

（『文豪夏目漱石』）

豊一郎は一高の一年生の時に初めて漱石の英語「ラセラスの歴史」を学んだ。教え方が厳格でゴマカシ（原文）がきかず、実に厄介な英語であったという。その例を事細かにあげているが、英語に興味がなければ読んでいても面白くないので省く、唯、厄介な英語の時間ではあったが、

学生は皆なんとなく漱石が好きであったという。

その中に、華厳滝に飛び込んで自殺した藤村操もいた。一九〇三年（明治36）五月二二日のことだったが、その事について豊一郎は次のように書いている。少し長いが引用する。

――先生は何しろ生徒の下積みをして來ないのを嫌はれたが、藤村はその最近に丁度二度怠けたのだつた。最初の日先生から譯讀を當てられたら、昂然として「やつて來ません」と答へた。先生が「何故やつて來ない」と聞き返すと、「やりたくないからやつて來ないんです」と又答へた。先生は怒つて「此次やつて來い」と云つて其日は濟んだが、其次の時間に又彼は下讀みをして來なかつた。すると先生は「勉強する氣がないなら、もう此教室へ出て來なくともよい」と大變お叱りになつた。するとその二三日後に藤村は突然あんな自殺をして了つた。その報知の傳はつた朝、第一時間目が先生であつたが、先生は教壇へ上るなりに最前列にゐた男を捕へて、さも心配さうな小さい聲で、「君藤村はどうして死んだのだい」と訊ねられた。その男が「先生心配ありません。大丈夫です」と云つたら、「心配ない事があるものか、死んだんぢやないか」と云はれた事があつたが、先生の心算ではあの時手ひどく叱つた故彼が自殺したのぢやないかと、ふと思つたのださうである。後年小説のどれかの中で、藤村の死に對する先生の理解が示されたが、藤村とはこんな挿話があつたのである。


（『文豪夏目漱石』）

漱石三十六歳の時のことだった。『吾輩は猫である』を書き始める二年前。教授の誘いをことわって朝日新聞社に入ったのは、四年後のことである。

『吾輩は猫である』を世に問うてからは、漱石の教室の黒板には猫の絵が画かれていたり〝吾輩は金之助である〟と書いたりして、学生たちは漱石をからかったが、それに対して彼は「ふん」といったような態度で、以前のように怒りもしなかったという。

その頃の漱石の服装は、高いダブルカラーに磨きたての先の尖ったキッドの靴という、一寸キザなスタイルだったらしい。生徒の出欠をとる時もすべて英語で、ミスター○○と呼んでいたので、豊一郎たちはよくその口真似をしたものだという。

豊一郎が漱石と個人的に親しくなったのは、漱石が古びた時計を教卓に置き忘れたのを、自宅まで届けたことからだった。漱石は、その汚ないニッケルの時計を平気で「ありがとう」と言って受け取ったという。その時計は漱石が洋行した時から持っていたもので、授業中はそれを教卓に置いて、〝極めて正確に授業時間を守って〟いたとのこと。豊一郎は漱石とかねてから個人的に親しくなりたいと思っていたので、時計の置き忘れは絶好のチャンスだったろう。しかし、それ以後、漱石と接する機会はなかったらしい。

豊一郎が再び漱石の講義を受けたのは、明治三八年、東大に入学してからだった。丁度、漱石が大学の講師となって三年目で、「十八世紀英国文学史」を三時間、シェイクスピアの講義を三時間受け持っていた。シェイクスピアは「オセロ」「テムペスト」「ヴェニスの商人」等だったが、学生時代に使っていたテキストを調べてみて、豊一郎は面白いことを発見した。

漱石の講義の進め方は、自身の註釈や語の説明をした上で、更に自分の説を付け加え、次第に自分自身の文学論を展開していった。だから、シェイクスピアの作品からは次第に離れていったが、逆にその話のほうが面白くて、法学部の学生たちまで聴講に来ていて、教室は常に満員だったことを想い出したのだ。

漱石はこの講義のために夏休みをすべて返上して下調べに使い、洋罫紙に釘の頭で突いたような細字で、トップの行からラストまでびっしりと埋めていたという。

その講義録を毎時間、一、二枚ずつ持って教室に入ったそうである。それほど几帳面に講義の下準備をし、更に小説も書き始めていたのだから、神経衰弱になるのは当然のことだろう。

豊一郎は漱石の苦しんでいる様子を、次のように描写している。

――青い顔で、物を云ふ前にはき出すやうな「ヱーッ」と云ふ長大息をされ、食指を嘗めては机の上に字様なものを書く癖があつた。吾々は先生がそれに依つていくらか塵芥を甜めることかと心配した位である。而して頤をしやくつては講義を續けられた。（『文豪夏目漱石』）

一高の頃、漱石はハイカラでヴィヴィッドな紳士であったが、大学の講義で見る漱石は、和服のふところに片手を突込み、もう一方の手に出席簿をぶら下げて教室に入ってきたという。いつの間にか出欠の際の「ミスター○○」も消え、ややもすれば沈欝状態に陥入ってしまっていた。

この状態は明らかにノイローゼであるが、それでも大学の講義は休まなかったというから、漱石がいかに生真面目な性格であったかが分かる。

わたし自身、高校図書館に長く勤めていたので、次のエピソードは他人事ではなく、背筋が慄えた。

漱石は図書館の教授室によく入って独りで読書や研究をしていたが、その隣りが図書館職員の事務室であった為、時々談笑する声が洩れてきて、神経にさわり、顔色を変えて「静かにしてくれないか」と怒鳴ったとのこと。それでも止まなかったときは、学長に手紙で訴えたそうである。また、医学部の実験用の犬の声がうるさいのも、漱石の神経を傷つけたらしい。漱石は自分が真面目だから、他人も同じだと考えていたのだろう、と豊一郎は推察している。

講義中に頬杖をついて聴いていた学生を叱りとばしたり、左手のない学生とはつゆ知らず、「ふくろ手をして歩くな」と注意したりしたこともあるという。

そのあとで本当に片腕のないことを知り、気の毒がったそうだが、学生はもっと素早く抗議してもよかったと思う。だが、明治、大正時代に教師に抗議したりすることは許されなかったのだろう。

次のエピソードは、いかにも漱石らしくて面白い。

ある日、授業中に坪井学長が教室に入ってきたが、漱石は知らん顔をして講義を続け、終るまで学長を戸口の所に立たせておいたという。これは、予告もなしに講義中に突然入室した学長の方が礼を失している、とわたしも思うが、わたしなら即座に「何か御用でしょうか」と訊ねる。学長の返答に依っては、「その事なら又あとでお話しましょう」と答えるだろう。他の教授は、どのような接し方をしたのであろうか。

授業が終り、学長は初めて用件をのべたが、漱石は簡単に「ああそうですか」と言っただけであったという。

当時、漱石はすでに「草枕」や「野分」を発表していて、学生の人気は絶大であったらしい。豊一郎が大学二年の時、漱石は去ったが、学生たちは留任運動もしなかった。漱石の気性を知っていたからだという。

最後に「木曜会」のことに言及している。初めの頃の出席者は、寺田寅彦、野村傳之、中川芳太郎、野間清治、虚子、四方太及び豊一郎たち後輩だったが、雑談も少なく、作品を持ち寄って朗読し、互いに悪口を言い合っていた。漱石自身も自作を披露したりした。

けれども新聞記者や雑誌記者が家に来ると、激しい皮肉を言ったりした為、早稲田出身の讀賣新聞記者に悪口を〝一段半も書かれ〟その場にたまたま豊一郎が居合わせたので、飛ば散りを喰って叩かれたこともあるという。

とにかくへつらったり、お世辞を言ったりすることが嫌いだったのだろう。このあたりもわたしの夫と似ている。

最後に豊一郎は、漱石が大学を辞めたとき、彼に当てて書かれた手紙を公開している。これは豊一郎が先に、漱石に手紙を出し、その返事として届いたものである。

大学教授や大学生に対する不満が赤裸々に述べられていて、漱石が豊一郎を深く信頼していたことが分かる。最後の数行を紹介しよう。

——月給は必要に候へども、月給以外に何もなきものども、ごろ〳〵して毎年赤門を出て來るは、教授連の名譽不遇之と存候。彼等はそれで得意に候。小生は頃日ヘーゲルが伯林大學で開講せし當時の情況を讀んで、大いに感心致し候。彼の眼中には眞理あるのみにして、聽講者の亦導理を目的として參り候。月給をあてにしたり、嫁を貰ふ様な考で聽講せるものはなき様子に候。阿々。

〝夏目漱石の一生〟は、次のように構成されている。

幼年と青年時代　森田草平
学生時代（其一～其三）　大塚保治他二名
松山時代（其一、其三）　真鍋嘉一郎他一名
熊本時代（其一、其三）　早見淸他一名

大学教授時代（其一〜其三）　野上臼川他二名
朝日新聞社時代　山本笑月
この他の項目について。

〝感想及び印象〟は、馬場孤蝶ら二十二編
一本立ちしているのは、トップの「夏目漱石氏の逝去」編者の和田利彦はじめ、「夏目先生の「人」及び「藝術」」の和辻哲郎他十氏で、できれば全部紹介したい位である。

編集・発行の和田利彦は、実によく集めて回ったものだ。

和田利彦に敬意を表し、冒頭の一節を紹介する。

——大正五年十二月九日午後六時五十分、夏目漱石氏は遂に逝いた。

顧れば、明治三十八年、「倫敦塔」「幻影の楯」「琴のそら音」「一夜」の諸作がつぎ〳〵に發表せられ、同年十月、漱石氏最初の大作「吾輩は猫である」の初版が出版せられて、我國一般の知識的所有に干《あづか》つてから、逝去迄の間には、僅かに十一年の歳月が挾まれて居るに過ぎない。而もこの、日露戰役を首途としたる十年間こそ、實に我が文明史上に於ける最も紀念すべき、而して最も有意義なる文運の勃興期であつた。

（『文豪夏目漱石』）

これを書いた編者の和田利彦の名は『日本近代文学大事典』にも『新潮日本人名辞典』にも記載されてない。何故だろう。

表紙は四角な竹籠に括けられた白水仙。毛筆で左側に文豪夏目漱石。右側に細字で乙卯春々写京者写美と漱石山人と読めるが、果してどうであろうか。大正十年四月の印刷、発行であるが、実に美しい。

次に紹介するのは、野上豊一郎と初めて本名を使った評論「夏目漱石の文章」である。この作品は、昭和九年（一九三四）五月一九日に、厚生閣から発行された「日本現代文章講座　鑑賞篇」に収録されている。

この講座の執筆陣はまことにきらびやかで圧倒されるが、「夏目漱石の文章」を担当したのは、豊一郎がその道の本家とみなされたからであろう。

これまでにも、昭和五年五月に鉄塔書院から「漱石のオセロ」を出しているので、数多くの執筆者の中から選ばれたと思われるが、これまでの仰ぎ見る師のことを書く、というよりも、漱石を一文学者とみなして冷静に見ることができ、大変おもしろく描かれている。

だが、やはり一高、東大を通じて、漱石から英語・英文学を学び、木曜会にも出入りを許された愛弟子であったので、その懐に深く分け入っているのは慥かだ。

――此處には、漱石先生が文壇に出て亡くなられるまで約十年の間に、いかにその文章が變化したか、また變化しなければならなかつたか、その一端を私の見て來た印象に従つて述べて見ようと思ふ。それ故に、此の話は非常に個人的なものになるであらうことをゆるしていただきたい。

（「日本現代文章講座　鑑賞篇」）

傍点を施したところに、豊一郎の真面目さが滲んでいると思う。

初めのうち漱石は、大学の先生が小説みたいなものを書くというので、半ば好奇の目でみられていたけれど、『吾輩は猫である』が「ホトトギス」に連載され出してから、急に評判になったという。その理由は〝文學的ジャンルとして他に類例のないほど珍奇なものだつたからである。理智的で、論争的で、相當に反抗的精神が露出してゐて、随筆だか、小説だか、論文だか、戯文だか、わからないやうなところがあつた。〟と豊一郎は分析している。

その理由のひとつとして、『猫』から次の一節を引用し、動詞の現在形の多出を披露してみせる。

――「白状するが餅といふものは今迄一辺《ぺん》も口に入れた事がない。見るとうまさうにもあるし、又少しは氣味がわるくもある。前足で上にかゝつて居る菜つ葉を掻き寄せる。爪を見ると餅の上皮が引つ掛かつてねばねばする。嗅いで見ると釜の底の飯を御櫃《おはち》へ移す時のやうな香《にほひ》がする……」といつたやうな風であつた。（傍点豊一郎）

（「日本現代文章講座　鑑賞篇」）

いかにも漱石の短気なところが出ていておもしろいが、これが当時では新しい文体だったのだ。漱石は写生文のつもりだったのだろう、と豊一郎は推測している。

『猫』から『坊っちゃん』『草枕』『倫敦塔』『幻影の盾』『一夜』『薤露行』と続いて、その文体の変化に注目する。そのことを次のように説明している。

――とにかく言葉の活かし方といふものについて漱石先生は非常に敏感であつた。だから文章のスタイルなどもどんどん變つて行つた。「草枕」式スタイルと「坊つちゃん」式のスタイルが初めは對立してゐたが、「草枕」式のスタイルは最初の長編「虞美人草」まで行つて、それきりやめにしてしまつた。

「虞美人草」は明治四十年に先生が大學の職（講師）を辭して朝日新聞に關係して、最初に書いた小説である。色彩の濃厚な、いやにこつてりしたものであつたが、紫の女の藤尾といふのを中に圍んで、甲野さんとか宗近さんとか糸子とかいつたやうな當時のインテリ階級に好感を持たせるやうな人物が動いてゐたので、忽ち評判を高めたが、先生として決して成巧の作品ではなく、一つの試みに過ぎなかつたと思ふ。（『日本現代文章講座　鑑賞篇』）

『虞美人草』が漱石の作品群の中では一番よく読まれたものではないかと思うが、わたしは余り好きではなかった。豊一郎もそうであったと知って我が意を得たおもいである。

その頃、豊一郎が漱石からもらった葉書に、〝人工的インスピレーション製造に取りかゝる〟〝「花食《は》まば鶯の糞《ふん》も赤からん」〟などと記されていたという。

花は朝日新聞に入社したこと、鶯の糞は自分の小説という意味だろうか。わたしはそう解釈してしまったが、豊一郎は〝メレディスを花とすれば、鶯の糞は「虞美人草」である〟と分析している。更に、漱石が「草枕」式スタイルを「虞美人草」を最後として早く止めてしまったのは賢明だったと思う、とも評している。

とはいうものの、漱石は本来的には想像力が強く、ヴォキャブラリイも豊富で、才気に充ちているので、平々担々なのはむしろ好きではなかったのではないかと思うが、本格的に小説を書いて生計を立てるとなると、そうそう奇抜なことばかり言ってはいられなくなり、勇む胸の手綱を引き締めて確実な足どりで進むことに決めたのだろう、と豊一郎は推測している。

特に明治四十三年の修善寺での大患以後は、肉体的にも精神的にも人間が変ったように思われる程、書くものにも変化が生じたと分析する。

その後の作品群は「彼岸過迄」「行人」「心」「道草」そして未完となった「明暗」だが、表現も大地に足を踏みしめ、一字一句抜きさしならぬ堂々たる文章になったと評す。死に直面した漱石が、ペンに残りの命をかけたのは当然である。

執筆中は人を絶ち、書斎に閉じ込もって午前中書き、午後は読書か、散歩、または絵を描いたりしていたという。読書は外国文学だったらしい。それでも木曜日だけは面会日としていたというから大したものだ。

大患以後、病中世話になった医師の送別会を漱石が開き、記念写真を出席者一同で撮っているが、漱石のすぐ左隣（向かって右）に豊一郎が寄り添っている。明治四十三年四月十二日とのみで、場所は分からない。鏡子夫人はじめ子どもたちは前列、他に小宮豊隆、坂本三郎、野村傳四。後列に、松根東洋城、森医師、東新。男性は羽織、袴、四人の娘たちは振袖姿。鏡子夫人は総しぼりの和服姿で豊かな胸が印象的。長男・純一だけがしゃれた洋服を着ている。右上隅の円内に、森田草平と鈴木三重吉の顔写真が刷り込まれているが、出席はしていたが撮影の時不在だったのだろうか。

わたしはこの写真を、講談社昭和三十九年刊の『日本現代文學全集』24「夏目漱石集」(二)で久しぶりに見たが、編集者の伊藤整、亀井勝一郎、中村光夫、平野謙、山本健吉五氏が、すべて彼岸に去ったことを改めて思い粛然とした。

それにしても漱石は早逝であった。

豊一郎の「夏目漱石の文章」を収録した『日本現代文章講座　鑑賞篇』の他の項目を紹介しておこう。

〈現代作家の文章〉は、芹澤光治良の「現代藝術派作家の文章」他四編。

〈現代諸家の文章〉は、新居格の「現代批評家の文章」他六編。

〈作家個別鑑賞〉は、後藤朝太郎の「徳富蘇峰の文章」他二十二編。野上豊一郎は、この章の三番手。

〈西歐作家鑑賞〉は、堀口大學の「ホテル・モオランの文章」他三編。

最後は〈名文と悪文〉。八波則吉の「現代名文の鑑賞的研究」と、大宅壮一の「現代悪文の批判的研究」の二編。総執筆者数、四十一名。しかし、この中で女性作家は二人だけ。林芙美子「現代諸家書翰の文章」と窪川稲子「山本有三」の文章。野上彌生子は加わっていなかった。この頃彌生子は眼を悪くし、五月八日に左眼の手術をしているので、執筆どころではなかったのだろう。又「日記」にも「夏目漱石の文章」について、読んだ形跡はない。

おわりに

心から尊敬し、愛していた恩師・夏目漱石を失ってしまった豊一郎は、その想い出の記をあらゆる機会を捉えて書いた後、呆然としてしまったのではないだろうか。

生きる目標を失ったといっても過言ではない。文学の師の跡目を継ぐ目的が突然消えてしまったのだ。

しかし、豊一郎には家庭もあり、これを維持するためには、いつまでも嘆いてばかりはいられなかった。

そこに、かすかに一条の光が射し込んできた。元気な頃の師・漱石と観劇したこともあり、また仲間たちと謳ったこともある能楽である。

能楽の奥の深さ・響きのよさ・美しさは、それ迄にも豊一郎の身に沁み込んでいたであろうが、そこへ自分が入り込もうと迄は思わなかったに違いない。

しかし、漱石を失った今、豊一郎に遺されたのは、師と共に楽しんだことのある能楽であった。彼をその道に導いたのは、他ならぬあの世に住みついてしまった漱石であったろうと、わたしは思う。

能楽の踊りも衣裳も美しく目を楽しませてくれるが、肝腎の曲がむずかしく、いくら耳を澄ませて聴いてもよく分からない。奈良女子大に在学中、京都在住の同級生に能舞台を観に連れて行って貰ったが、彼女は能役者の台詞を覚えているらしく、小さく口ずさんでいた。

録音テープでも買ってその気になれば、今よりなんとか判るようになったかも知れないが、英文科生であったし、レポートも多く、原書を沢山読まなければならなかったので、その時間的余裕はなかった。現在でもチンプンカンプンである。

そんな中で「観世・宗家・幽玄の華」と称する展覧会が銀座松屋であるのを知り、早速正月三日にも拘わらず出かけていった。夫は「正月休みなのに御苦労なこったな。行くならオレは落語のほうがよい」と言って腰を上げなかった。

わたしが秘かに興味をもっていたのは能面である。

奈良女子大に通っていたわたしは、下宿が許された二年生の一学期から、奈良坂の中腹にある古い時計屋の離れに住みついた。珍しいことに、その家の隣りが般若寺と称する古風な寺であった。

学校帰りに思いついて、そのままその寺の古い門をくぐった。僧侶も留守居役もおらず、庭の中程にうす汚れた寺院があった。近づいてみると深い屋根の奥まった欄間に、無数の面が飾られていた。

鬼の面、おかめの面・泣き顔・怒り顔・天女の面など、ありとあらゆる表情をした、古い木製の面がぐるりと廻っていた。いつまで見て回っても倦きなかった。

一時間ほどして下宿にもどり、台所で仕事中のお内儀に、般若寺でみた面のことを話すと、彼女は
――まあ、お一人で、あの寺へ入りなすったの。そんな恐ろしいことを！

と、いつもの美しい顔を、ひどく歪ませた。それはそのまま、寺でみた山姥の表情だった。

それ以後、時おり魔がさしたように、般若寺の門をくぐった。面と向き合っていると、秘かに話しかけてくれるようで孤独が慰められた。

しかし間もなく、卒論準備に追い立てられ、その余裕もなくなった。それ以来、五十年ぶりに観る能面であった。

般若寺のものとは較べようもなく、キラキラと光り、数も多く、美しい能衣裳も飾られ、この世のものとは思われない程であった。今、手許にあるその時の図録は、色褪せもせず、ずしりとわたしの前に横たわっている。

あの時、思い切って出かけ、ほんとうによかったと思う。

＊著者紹介

稲垣 信子（いながき のぶこ）

1954年奈良女子大学文学部英語英文学科卒。
東京都区立中学校英語教師・都立高校司書教諭を経て、
実践女子大学、杏林大学、専修大学にて非常勤講師を勤めた。

著書『冬つらぬきて』（冬樹社）、『星を奪う者たち』（未来社）、
『井上靖　高校生と語る』（武蔵野書房）、『丸岡秀子の贈り物』（岩波書店）、
『理想の学校図書館』（筑摩書房）、『「野上彌生子日記」を読む』上・下（明治書院）、
『「野上彌生子日記」を読む　戦後編―『迷路』完成まで―』上・下（明治書院）、
『「野上彌生子日記」を読む　完結編』上・中・下（明治書院）

文芸二人誌「双鷲」同人
筆名　楢信子

野上豊一郎《のがみとよいちろう》の文学《ぶんがく》――漱石《そうせき》の一番弟子《いちばんでし》として

平成27年3月21日　初版発行

著　者　稲垣《いながき》 信子《のぶこ》

発行者　株式会社 明治書院
　　　　代表者　三樹　敏
印刷者　亜細亜印刷株式会社
　　　　代表者　藤森英夫
製本者　亜細亜印刷株式会社
　　　　代表者　藤森英夫

発行所　株式会社 明治書院
〒169-0072　東京都新宿区大久保1-1-7
TEL 03-5292-0117　FAX 03-5292-6182
振替 00130-7-4991　ISBN978-4-625-65418-3

装幀：阿部寿